烈火の太洋2

太平洋艦隊急進

横山信義

Nobuyoshi Yokoyama

C★NOVELS

扉　画　高荷義之
地図・図版　安達裕章
編集協力　らいとすたっふ

目次

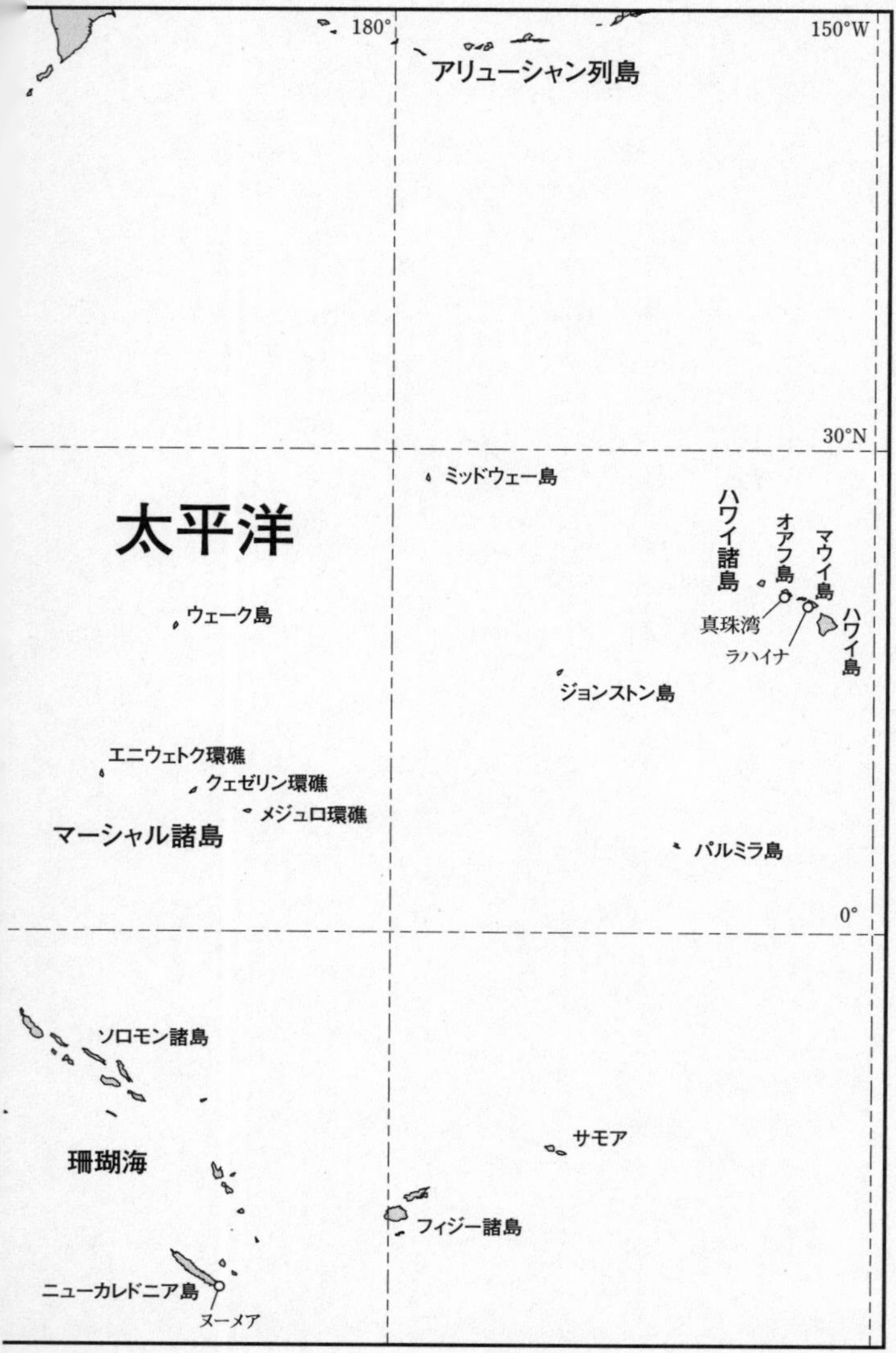
180°
150°W
アリューシャン列島
30°N
ミッドウェー島
太平洋
ハワイ諸島
オアフ島
マウイ島
ハワイ島
真珠湾
ラハイナ
ウェーク島
ジョンストン島
エニウェトク環礁
クェゼリン環礁
メジュロ環礁
マーシャル諸島
パルミラ島
0°
ソロモン諸島
サモア
珊瑚海
フィジー諸島
ニューカレドニア島
ヌーメア

西太平洋要図

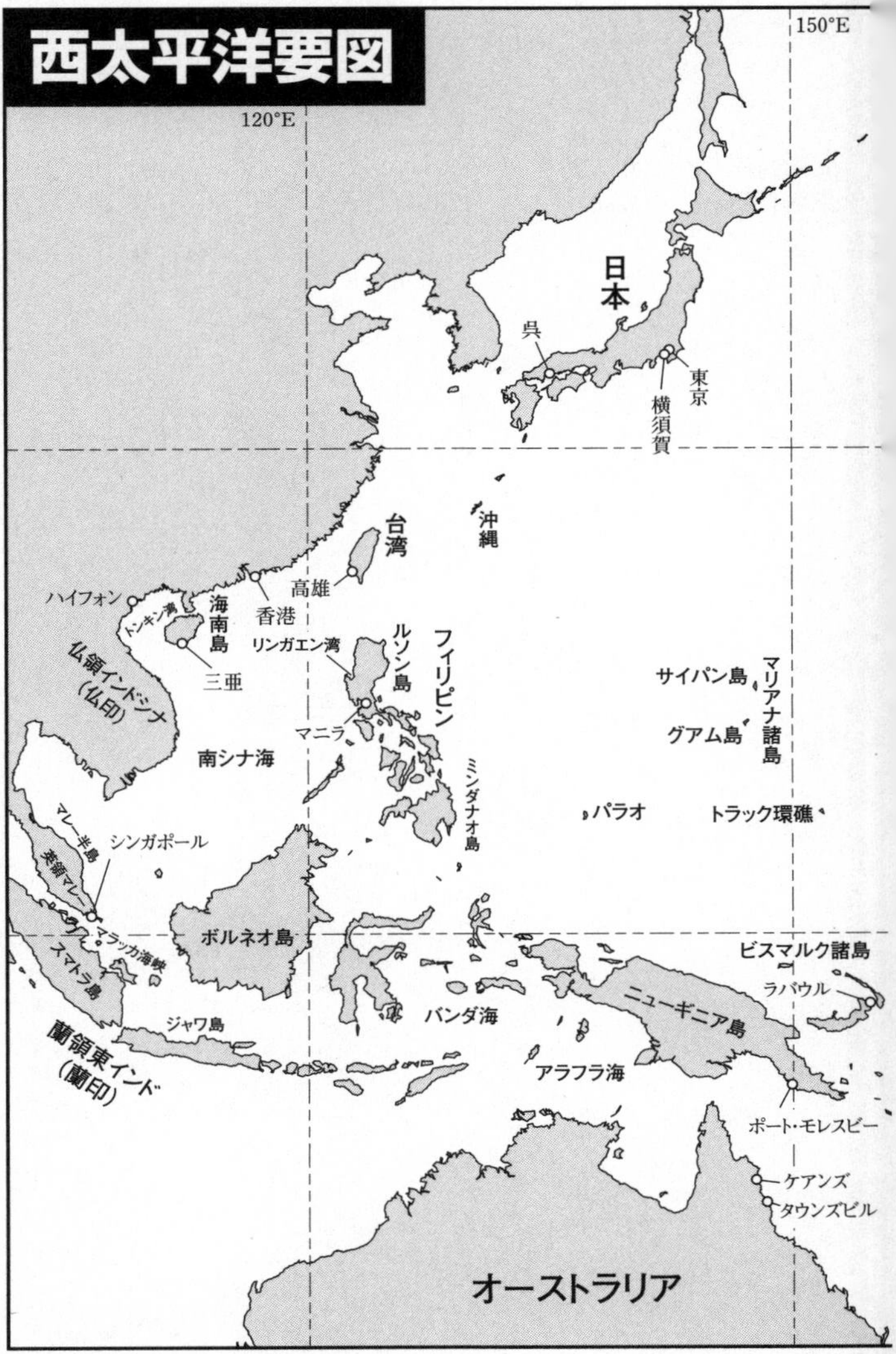
120°E
150°E
日本
呉
東京
横須賀
沖縄
台湾
高雄
香港
ハイフォン
トンキン湾
海南島
三亜
リンガエン湾
ルソン島
フィリピン
マニラ
仏領インドシナ
(仏印)
南シナ海
ミンダナオ島
サイパン島
マリアナ諸島
グアム島
パラオ
トラック環礁
マレー半島
英領マレー
シンガポール
マラッカ海峡
スマトラ島
ボルネオ島
ビスマルク諸島
ラバウル
ニューギニア島
バンダ海
ジャワ島
蘭領東インド
(蘭印)
アラフラ海
ポート・モレスビー
ケアンズ
タウンズビル
オーストラリア

烈火の太洋2

太平洋艦隊急進

第一章　最後通牒《つうちょう》

1

大英帝国海軍の航空母艦《こうくうぼかん》「イーグル」と「ハーミーズ」は、二四ノットの速力で北西に向かっていた。

目的は、戦闘ではなく遁走《とんそう》だ。

三〇分前、インド洋艦隊本隊から、信じられない報告が届いている。

大英帝国海軍最強にして、「世界のビッグ・セブン」にも数えられた四〇センチ主砲搭載戦艦《せんかん》「ネルソン」「ロドネイ」が、日本艦隊との砲撃戦に敗れて沈没し、残存艦は西方に避退《ひたい》中だという。

艦隊砲戦が終わった今、日本軍の目は、別働隊《べつどうたい》――二隻の空母に向いているはずだ。

空母同士の戦闘では、イギリス側が先手《せんて》を取った。

「イーグル」「ハーミーズ」から発進した、合計二二機のフェアリー・ソードフィッシュ雷撃機《らいげきき》が、日本軍の空母四隻に先制攻撃を敢行《かんこう》した。

だが、ソードフィッシュ隊は戦果を上げられず、艦上機の発進を一時的に妨害《ぼうがい》しただけで終わった。

間もなく、その報復が始まる。日本軍の艦上機が襲いかかって来る。

「こちらのパンチはかすりもせず、一方的に叩きのめされる。栄えある大英帝国海軍《ロイヤル・ネイヴィー》が、そんな無様《ぶざま》な戦《いくさ》をしてたまるか」

「イーグル」艦長クレメント・ムーディ大佐は、そのように考えているが、状況は絶望的だ。

「イーグル」は、チリから発注を受けて建造していた戦艦を途中から空母に転用した艦だ。ある程度の防御力はあるものの、艦齢《かんれい》は一九年に達し、老朽化が進んでいる。

「ハーミーズ」は、基準排水量一万トンそこそこの軽空母であり、防御力は「イーグル」より劣《おと》る。

四隻もの空母から発進した艦上機に襲われたら、ひとたまりもない。

指揮官としては、別働隊が敵の攻撃隊に発見されないよう、祈る以外になかった。

「敵機来襲の予想時刻は？」

「一一時三〇分から一二時三〇分の間、といったところでしょう」

ムーディの問いに、飛行長のトニー・アルフォード中佐が答えた。

インド洋艦隊本隊より、戦闘終了の報告電が入ったのは、現地時間の七時三八分だ。

日本軍の空母が、艦隊の直衛《ちょくえい》に就《つ》いていた戦闘機隊を収容するまでに、約一時間。

戦闘機に燃料・弾薬を補給し、艦上爆撃機、艦上攻撃機と共に発進させるまでに一時間半。

別働隊の上空に到達するまでに一時間半。

合計四時間と見積《みつ》もられる。

現在の時刻は　現地時間の一〇時四一分だから、敵機は早ければ一時間以内に姿を現すはずだ、とアルフォードは述べた。

「一一時を過ぎたら、直衛機《ちょくえいき》を上げましょう」

アルフォードは言った。

「イーグル」の飛行甲板には、直衛用のフェアリー・フルマー一一機が待機している。

僅《わず》か一一機、それも戦闘機《せんとうき》としてはさほど高性能とは言えないフルマーが、どこまで母艦を守り切れるか心許《こころもと》ないが、艦長としては、この一一機と二二名のクルーに、頭上の守りを託《たく》す以外になかった。

一一時を過ぎたところで、

「直衛機発進！」

「風に立て！」

を、ムーディは命じた。

「イーグル」が艦首を風上に向け、一一機のフルマーが順次発艦を開始した。

哨戒機《しょうかいき》としての使用を考慮《こうりょ》し、専任の航法士を乗せるため、単発複座という形式を選んだ機体だ。胴体も、コクピットも、前後に長い。

その機体が、一機、また一機と飛行甲板を蹴《け》り、空中に舞い上がってゆく。

発艦が終わったところで、「イーグル」が針路を北西に戻し、別働隊は避退を再開する。

時刻は一一時一〇分、一五分、二〇分と、敵機来襲の予想時刻に近づいてゆく。

時刻が一一時三〇分を過ぎたところで、

「直衛機より『敵影見えず』との報告です」

指揮所に移動したアルフォードが報告を上げた。

「後部見張《みは》り、敵機は視認できないか？」

「直衛機以外は見えません」

「通信室、『ハーミーズ』や駆逐艦《くちくかん》から報告は届いていないか？」

「ありません」

後部見張員と通信員が答えた。

「少しだけ長く生き延びられたか」

「船であれ、航空機であれ、予定通りには行きませんからね。敵の動きを見積もるとなれば、なおさらです」

首をさすったムーディに、航海長のマイケル・コリンズ中佐が言った。

二隻の空母は、周囲に駆逐艦を従え、頭上を一一機のフルマーに守られたまま、北西へと航進する。

頭上から聞こえるのは、耳に馴染《なじ》んだロールスロイス・マーリンⅧ型エンジンの爆音だけだ。

「艦長より通信。本隊から通信はないか？」

ムーディはあることに思い至り、通信長のジョニー・エズモンド少佐を呼び出した。

本隊の後方には、空母「フューリアス」が付いている。巡洋艦《じゅんようかん》のような中型艦も多い。

日本軍は別働隊よりも、本隊を優先して攻撃したのではないかと想像したのだ。

「ありません」

「セイロン島の友軍からはどうだ？　コロンボやトリンコマリーが二度目の空襲を受けているとの情報はないか？」

「ありません」

「了解した」

ムーディは受話器を置いた。

一三時を回ったところで、ムーディはアルフォードを呼び出した。

「貴官が見積もった時刻を過ぎたが、日本機が出現する様子はない。我が隊は、敵を振り切ったと考えられないだろうか？」

「今、そのように判断するのは危険です。敵の攻撃隊が、何らかの事情で発進が遅くなっている可能性が考えられます。もう少し、様子を見てはいかがでしょうか？」

「分かった」

ムーディは返答し、受話器を置いた。

「来るなら早く来い」

後方の空を見やり、日本軍に呼びかけた。

首にロープを巻かれた状態で、絞首台《こうしゅだい》上に放置された死刑囚《しけいしゅう》になったような気がした。

更《さら》に時間が経過するが、日本機は姿を見せない。

「もう、来ないのではないか？」


西に傾《かたむ》きかけた太陽を見上げ、ムーディが呟《つぶや》いたとき、

「通信より艦橋《かんきょう》。『ローヴァー』より緊急信！」

エズモンド通信長が、緊張した声で報告を上げた。

「ローヴァー」は開戦時、シンガポールにいた潜水艦《せんすい》の一隻だ。インド洋艦隊の指揮下に入った後は、セイロン島周辺の哨戒に当たっている。

「敵艦《かん》隊見ユ。位置、『コロンボ』ヨリノ方位一五五度、二〇〇浬《カイリ》。発見セル敵艦ハ空母二、巡洋艦三、駆逐艦八。敵針路九〇度。一三四八《ヒトサンヨンハチ》」

「九〇度か？　九〇度と言ったのだな？」

ムーディは確認を求めた。

セイロン島からも、インド洋艦隊からも遠ざかる方角だ。

「間違いありません。日本艦隊は、後退しつつあります」

「引き続き、情報収集に努めよ」

ムーディは一旦《いったん》受話器を置いた。

——およそ五時間後、ムーディは安堵《あんど》に胸をなで下ろしていた。

太陽は姿を消し、別働隊の周囲は夜の闇《やみ》に包まれている。

日没後の航空攻撃はあり得ない。

どのような事情によるものかは不明だが、日本軍はインド洋艦隊への追撃を断念した。「イーグル」と「ハーミーズ」は、虎口《ここう》から脱したのだ。

ムーディは、今《いま》一度自分の首に右手をやった。

自分たちが生き延びたことが、すぐには信じられなかった。

2

日本帝国海軍第一、第二艦隊は、七月一九日の日没前に、シンガポールに帰還した。

入港を告《つ》げるラッパの音に迎えられ、四隻の戦艦、四隻の空母、一一隻の重巡、四個水雷戦隊の軽巡と駆逐艦が、さざ波を立てながら入港する。

港内にいる水上機母艦、哨戒艇、駆潜艇《くせんてい》、掃海艇《そうかいてい》といった船は、全て日本の軍艦旗を掲《かか》げている。

香港《ホンコン》と共に、英国の東洋支配の中心となって来たこの港湾都市は、今や南方における日本の重要拠点《きょてん》となっているのだ。

港内には、多数の輸送船が見える。

セイロン島攻略のために編成された、第一四軍を運んで来た船だ。

本来であれば、今頃はマラッカ海峡《かいきょう》を抜け、セイロン島に向かっているはずだったが、南シナ海で起きた変事《へんじ》のため、将兵も、輸送船も、シンガポールに留《と》め置かれていた。

「何のためにインド洋くんだりまで出かけたのか、分かりませんな」

連合艦隊旗艦《きかん》「長門《ながと》」の艦橋で、参謀長福留繁《ふくとめしげる》少将が、司令長官山本五十六《やまもといそろく》大将に話しかけた。

「背後《はいご》を安定させるため、と考えればよかろう」

ぶすりと、山本は応《こた》えた。

（長官は、命令に納得しておられない）

航空参謀日高俊雄《ひだかとしお》少佐は、声と表情から、山本の内心《ないしん》を悟《さと》った。

台湾《たいわん》・高雄《たかお》の第三艦隊司令部から、

「第五駆逐隊、米艦隊ト交戦セリ」

との緊急信が飛び込んだのは、七月一五日。セイロン島南方海上における英国艦隊との戦闘が終了した直後だ。

その三〇分後には、大本営より、

「IS作戦（インド・セイロン島攻略作戦）ヲ一時中止ス。連合艦隊主力ハ現海面ヨリ後退シ『シンガポール』ニテ待機セヨ。爾後《ジゴ》ノ指示ハ別途《ベット》通達ス」

との命令電が届き、第一、第二両艦隊は、引き上げを開始した。

「米英との戦争は亡国《ぼうこく》を招く。万一、開戦に至《いた》った場合には、短期決戦で」

と、誰よりも強く主張していたのは山本自身だ。

セイロン島からインドへの進攻が成功すれば、英国を短期間で屈服《くっぷく》させ、米国の参戦前に戦争を終わらせることも可能なはずだった。

それが中断され、何よりも恐れていた対米開戦の可能性が高まったとなれば、暗澹《あんたん》たる思いであろう。

山本は、言葉を続けた。

「我が軍は『ネルソン』『ロドネイ』を撃沈した。英国には、ビルマやマレー、シンガポールの奪回《だっかい》を図《はか》る力は残っていまい」

第一艦隊と英国艦隊の決戦は、大本営《だいほんえい》によって「セイロン島沖海戦」の公称が定められ、日本側の勝利と戦果が大々的《だいだいてき》に発表されている。

第一艦隊は、戦艦「ネルソン」「ロドネイ」の他、巡洋艦二隻、駆逐艦四隻撃沈、巡洋艦二隻、駆逐艦五隻撃破の大戦果を上げ、英国艦隊を退却に追い込んだ。

日本側は、損傷艦を多数出したものの、喪失《そうしつ》は駆逐艦三隻だけとなっている。

山本が言った通り、英軍がこの方面で反撃に転じる可能性はなくなったと判断できた。

「勝利は喜ばしいのですが、犠牲《ぎせい》が大きすぎましたな。『長門』と『陸奥《むつ》』は、向こうしばらくの間、前線には出せません」

福留が言った。

ネルソン級戦艦二隻との砲撃戦で、「長門」は第四砲塔を、「陸奥」は第三、第四砲塔をそれぞれ失った。

両艦は、長期のドック入りを余儀《よぎ》なくされる。

今の状況下で、帝国海軍最強の戦艦が二隻とも戦列から離れることに、福留は不安を抱いているようだった。

「戦術展開によって補《おぎな》うことは可能だろう」

山本の言葉に、深刻そうな響《ひび》きはない。「長門」「陸奥」の不在を、さほど重要視していないことをうかがわせた。

「『長門』『陸奥』のことはともかく、英軍の空母を取り逃がしてよかったのですか？」

首席参謀の黒島亀人《くろしまかめと》大佐が聞いた。

第三艦隊司令部からの緊急信と、大本営の命令電が飛び込んだとき、連合艦隊司令部では、

「引き上げるにしても、発見された英空母を叩いてからにしてはどうか」

との声が上がった。

セイロン島沖海戦の終盤、第一航空戦隊司令部より、コロンボ沖に敵空母二隻を発見した旨《むね》が報告されていたのだ。

英空母は二隻。第一、第二両航空戦隊の空母四隻から攻撃隊を繰り出せば、撃沈は可能だ。

後顧《こうこ》の憂《うれ》いを断《た》つという意味もある。

だが山本は、決定を変えなかった。

「今にも前門《ぜんもん》から入って来そうな虎《とら》を、後門《こうもん》から逃げ出した狼《おおかみ》よりも優先すべきだろう」

と述べ、二隻の英空母を見逃したのだ。

「結果論ではありますが、英軍の空母は、放置して

も差《さ》し支《つか》えなかったと考えます」

作戦参謀の佐薙《さなぎ》毅《さだむ》中佐が言った。

作戦終了後、「ネルソン」「ロドネイ」の乗員救助に当たった第二駆逐隊より、

「捕虜《ホリョ》ノ供述《キョウジュツ》、以下ノ如《ゴト》シ。英艦隊ハ空母三隻ヲ伴フ。艦名ハ『イーグル』『ハーミーズ』『フューリアス』ナリ」

との報告が届けられている。

三隻の空母は、いずれも旧式艦であり、搭載機数は二〇機程度に過ぎない。

しかも第一艦隊上空の戦闘で、味方直衛機が多数の敵機を墜《お》としている。

「搭載機を失った空母は、弾薬庫《だんやくこ》が空《から》になった戦艦と同じです。我が軍にとり、脅威《きょうい》にはなりません」

佐薙は、そのように締《し》めくくった。

「短期的には作戦参謀のおっしゃる通りですが、長期的にはどうでしょうか？」

日高が反論した。

搭載機数の少ない旧式空母でも、航空機の輸送には使用できる。

今後、三隻の旧式空母がインドやセイロン島に航空機を運び込み、同方面の英軍航空兵力が強化される可能性がある。

また、英本国に帰還した空母が、盟邦《めいほう》ドイツやイタリアに損害をもたらす可能性も考えられる。

盟邦のことを考えれば、英空母を仕留《しと》めておくべきだったのでは、と日高は主張した。

「今は、我が国のことを最優先で考えるべきだろう。米国と戦争になるかどうか、という瀬戸際《せとぎわ》だ」

たしなめるような口調《くちょう》で、山本は言った。

対米開戦となれば、欧州《おうしゅう》の戦局など気にかける余裕はなくなる、と言いたげだった。

「長官は、対米開戦はあるとお考えでしょうか？」

福留の問いに、山本はゆっくりと答えた。

「連合艦隊《GF》司令部に届いた情報だけでは、確たることは言えぬ。今分かっているのは、五駆が南シナ海

上で米アジア艦隊と交戦したことだけだ。報告電は、詳しい状況を何も報《しら》せていない。ただ……大本営がGFをセイロン沖から呼び戻した以上、その可能性は高いと見なければならぬだろう」

「GFとしましては、最悪の事態に備える必要があります。後手《ごて》に回れば、我が方が不利です」

黒島が、強い語調で言った。

艦橋に入って来る夕陽を反射し、両目が光を放っている。何かを期待しているような表情だ。

元々《もともと》黒島には、作戦の立案そのものを楽しんでいるところがある。

黒田官兵衛《くろだかんべえ》、真田幸村《さなだゆきむら》といった名軍師《ぐんし》のように、自分が立案した作戦で、米軍をきりきり舞《ま》いさせたいと願っているのかもしれない。

「対米開戦となった場合、最優先すべきはフィリピンの攻略です。同地を占領《せんりょう》しなければ、本土と南方資源地帯の海上連絡線が断ち切られ、我が国は戦争に必要な物資の供給源を失います」

「GFが勝手に動くわけにもゆくまい。フィリピン周辺の制海権《せいかいけん》確保はGFの役目だが、フィリピンに上陸、占領するのは、陸軍の任務だ」

福留の具申《ぐしん》に、山本は応えた。

「当面はシンガポールに待機したまま、大本営の指示を待つ、と言われますか？」

「対米開戦に即応《そくおう》できるよう、準備だけは進めておこう。相手は米国だ。首席参謀が言ったように、後手に回った場合、不利になるだけでは済まないかもしれぬ」

山本は、幕僚《ばくりょう》全員の顔を見渡《みわた》した。

その視線が、日高に向けられた。

「航空参謀、今から高雄に飛んでくれるか。三艦隊と二連空（第二連合航空隊）に、指示を出しておきたい」

「高雄に飛び、三艦隊と二連空に長官の御指示をお伝えします」

日高は直立不動《ちょくりつふどう》の姿勢を取り、命令を復唱《ふくしょう》した。

昨年五月、連合艦隊航空参謀の辞令を受け取ったときには、「柄《がら》じゃない」と思ったものだが、一年二ケ月が経過した今、参謀勤務も板《いた》に付いてきたような気がする。

江田島《えたじま》同期の浜亮一《はまりょういち》中佐は、「やってみれば何とかなる」と言っていたが、浜の言った通りだと実感している。

「ただし――」

山本の目が、一瞬光ったように見えた。

「外交交渉が続いている間は、絶対にこちらから手を出してはならん。このことを、三艦隊司令部と麾《き》下《か》部隊に、特に強調して貰《もら》いたい」

3

「同じ話の繰り返しになりますが――」

外務大臣有田八郎《ありたはちろう》は、うんざりした、との思いを隠《かく》そうともせず、外務省を訪《おとず》れた駐日本・アメリカ合衆国大使ジョセフ・グルーに言った。

「発砲したのは、貴国のアジア艦隊が先です。船団を護衛していた第五駆逐隊の戦闘詳報は、貴国の艦隊が先に砲撃したと記しております」

「そのような記録には何の意味もありません、ミスター・アリタ。当事者同士の主張が食い違う場合には、第三者の証言が必要です。それがあって、初めて貴国の主張が真実と認められるのです」

グルーはかぶりを振った。

七月一五日、南シナ海で生起《せいき》した第三艦隊隷下《れいか》の第五駆逐隊と、米アジア艦隊の軽巡一隻、駆逐艦二隻の武力衝突を巡《めぐ》る話し合いは、事件の二日後、七月一七日から始まった。

有田が海軍から受けた説明によれば、

「七月一五日午前、南シナ海の西部を航行していた輸送船一〇隻と護衛の第五駆逐隊が、軽巡一隻、駆逐艦二隻から成《な》る米アジア艦隊の触接《しょくせつ》を受けた。船団と米艦隊は並進《へいしん》していたが、一〇二七《ヒトマルフタナナ》（現地時間九時二七分）に米艦隊が突然発砲したため、第五駆逐隊の『旗風《はたかぜ》』『春風《はるかぜ》』も、自衛上やむなく応戦した。米艦隊が優勢であったため、第五駆逐隊は輸送船を守り切れないと判断し、魚雷戦に踏《ふ》み切った。魚雷は米軽巡に命中し、米駆逐艦二隻は乗員救助に入ったため、戦闘はその時点で終了した」

　となっている。

　これに対してグルーは、

「アジア艦隊に所属する第二三任務部隊《TF23》の軽巡洋艦『ミルウォーキー』、駆逐艦『フォックス』『ケイン』が、北上中の日本軍輸送船団を監視していたところ、九時二七分に日本軍の駆逐艦から砲撃を受けた。TF23はやむなく応戦したが、日本軍は魚雷を発射し、『ミルウォーキー』が被雷《ひらい》、沈没した。『フォックス』『ケイン』は、『ミルウォーキー』の乗員救助を優先し、船団の監視を打ち切った」

　と主張した。

　その上で、

「日本政府の公式謝罪」「責任者の処罰《しょばつ》」「賠償金《ばいしょうきん》の支払い」「一九三九年一二月一日以降に日本が占領した英仏蘭《えいふつらん》植民地からの撤兵《てっぺい》」

　の四条件を要求し、

「回答期限を、日本時間の七月二五日〇時とする。拒絶《きょぜつ》された場合、もしくは回答なき場合には、合衆国と日本の関係は、重大な局面を迎える。その責任は、全て日本側に帰《き》するものである」

　と伝えた。

　現在の時刻は、七月二四日の午前一一時。回答期限までは一三時間だ。

　日独伊三国同盟を締結《ていけつ》したときも、日本がドイツ、イタリアとの盟約に従って、英仏蘭三国に宣戦《せんせん》を布《ふ》告《こく》したときも、米国は日本に対する経済制裁を実施するのみで、ここまで強硬《きょうこう》な要求を突きつけて来ることはなかった。

「戦いは先手必勝。米国の宣戦布告を待つのではなく、こちらから仕掛《しか》けてはどうか」

と主張する声も、陸海軍内部にあった。

だが政府は、なお外交交渉による解決を期待した。

日本では有田がグルーと会談を重ね、駐米日本大使堀内謙介《ほりのうちけんすけ》もワシントンの国務省に日参《にっさん》し、国務長官コーデル・ハルとの交渉に当たった。

会談は堂々《どうどう》巡りとなり、時間を空費《くうひ》するばかりだったが。

（本国からの訓令《くんれい》があるためだろう）

有田は、そのように想像している。

米政府はグルーに対し、日本政府への妥協《だきょう》はまかりならぬと厳命しているのだ。

個人としては親日的で温厚なグルーだが、一連の交渉では、過去のような態度は影を潜《ひそ》めている。

冷厳《れいげん》そのものの表情と口調から、巨大な国力を誇《ほこ》る米国を代表しているのだ、との気概《きがい》を感じさせた。

「我が方の記録に意味がないと言われるのであれば、貴国の主張にも意味がありません。そもそも、第三者が存在しない場所で起きたことですからな」

「おっしゃる通り、これは水掛《みずか》け論に過ぎません。平行線が決して交わらぬのと同じで、話し合いだけで決着《けっちゃく》が付く問題ではありません」

グルーは頷《うなず》いた。

このまま議論を続けても、決着はつかない。その一点において、両者の認識が一致していると認めたのだ。

「それでは、先に我が方が提案しました外相会談、または首脳会談についてはいかがでしょうか?」

有田は議題を変えた。

グルーの背後には、国務長官のコーデル・ハルがおり、更にその後ろには、アメリカ合衆国大統領フランクリン・デラノ・ルーズベルトがいる。

米政府の強硬な態度を軟化《なんか》させ、状況を好転させるには、外相と駐日大使ではなく、外相同士、ひいては首脳同士の会談によって事態を打開する以外にない。

有田はこのように考え、七月一八日の会談で、

「私が訪米して、ハル国務長官やルーズベルト大統領との会談を。私では不足だと言われるなら、平沼《ひらぬま》首相（平沼騏一郎《きいちろう》。内閣総理大臣）が自ら訪米し、ルーズベルト大統領と首脳会談を行いたいと希望しております」

とグルーに提案したのだ。

提案から六日が経過した現在、米政府からの回答は届いているはずだ。

「『外相会談、首脳会談とも、現在は実施する環境になく、その意義《いぎ》を認めない』というのが、本件に関する合衆国政府の回答です」

グルーは、そっけない口調で言った。

「時間稼《かせ》ぎをしようとしても無駄《むだ》だ」

そんな意味が、表情に込められているようだった。

確認を求める口調で、有田は聞いた。

「提示された四条件に対し、イエスかノーかで回答する。回答がない場合はノーと見なす。それが、貴国政府の要求ですか？」

「最初から、そのように申し上げております」

「もはや議論の時は過ぎた、と？」

「我が国が提示した回答期限までは、あと半日余りです。議論を重ねる時間は、もうありますまい。日が変わるまでにイエスの答がいただけないようであれば、本国政府は通告した通り、行動を起こすでしょう。ただ――」

「何です？」

「提示した四条件のうち、第一項から第三項までは考え直してもよいと、国務省から訓令が届いております」

「先の武力衝突をなかったことにしたい、とおっしゃるのですか？」

有田は、思わず身を乗り出した。

米国が妥協の姿勢を見せたのは、南シナ海における武力衝突に関連したものだ。

「事件そのものを、なかったことにはできません。我が国は旧式艦とはいえ、軍艦一隻を失い、死者六七名、負傷者八二名の被害を受けたのですから。ただ、不幸な事故として処理することは可能です」

「当然、交換条件があるのでしょうな？」

「貴国がヨーロッパの戦争から全面的に手を引くことが、その条件です。ドイツ、イタリアとの同盟破棄も含めて」

「それはまた……随分《ずいぶん》と……」

言葉に詰まった有田に対し、グルーは続けた。

「イギリス、フランス、オランダとの講和《こうわ》につきましては、合衆国が仲介《ちゅうかい》の労《ろう》を執《と》りましょう。三国は戦時賠償を要求してくると予想されますが、できるだけ減額できるよう取り計らいます。我が国としましては、非常に割のいい条件を提示しているつもりですが」

有田は、しばし沈黙した。

グルーが提示した米国の要求は、到底《とうてい》呑《の》めるものではない。安政《あんせい》五年（一八五八年）、日本に著しく不利な内容であることを知りながらも、日米修好通商条約の締結に踏み切らざるを得なかった大老《たいろう》井伊直弼《いいなおすけ》の心中も、今の自分と同じではなかったかと思う。

グルーは先を続けた。

「これは、合衆国が貴国に与えた最後のチャンスです、ミスター・アリタ。『イエス』の一言さえあれば、貴国は参加する必要のなかった戦争から手を引くと共に、ドイツ、イタリアのような独裁国家と手を切れるのです。貴国の国益にとって、何が本当にプラスになるのかを熟慮されれば、答は自《おの》ずと明らかではありませんか」

「貴国は、最初からそれを要求するつもりだったのですか？　南シナ海での武力衝突を奇貨《きか》として、係争中の問題を一気に解決しようと？」

「三国同盟の破棄、及びヨーロッパの戦争における貴国の中立化は、我が国が要求し続けて来たことです。解決の機会が到来したとなれば、逃す法はありません」

「我が国の参戦は、ドイツ、イタリアとの盟約だけが理由ではありません。国家の自存自衛のためでもあります」

「貴国が同盟を破棄され、中立化を宣言すれば、合衆国はすぐにでも貴国に対する経済封鎖を解除します。イギリス、フランス、オランダの植民地を占領せずとも、必要な資源は入手できます」

「信じてよろしいのですか、その御言葉を？」

試すような口調で、有田は聞いた。

閣僚《かくりょう》の中には、

「米国大使の言葉など、信用ならぬ。我が国が南方資源地帯を手放しても、米国が経済封鎖を解除するとの保証はない。米国が我が国を信用させたいなら、無条件で経済封鎖を解くことだ」

と主張する者もいる。

陸軍大臣の板垣征四郎《いたがきせいしろう》大将などは、その代表だ。

「私は合衆国の特命全権大使です、ミスター・アリタ。私の言葉は、そのまま合衆国の国家意志であると御判断いただきたい」

静かな声で、グルーは言った。

大使の立場を、軽く見ない方がよい――そんな忠告が、込められているように感じられた。

有田は、しばし沈黙した。

グルーも、それ以上言葉を発しようとはせず、外務省の大臣室は静寂《せいじゃく》に包まれた。

他の部屋とは厚い壁と扉に隔《へだ》てられているため、省内の喧噪が伝わって来ることはない。

時計の針が時を刻む音だけが、部屋の中に響いている。

数分が経過したところで、有田は口を開いた。

「貴国の要求を呑むことはできません。ドイツ、イタリアとの同盟は、国防上不可欠のものですし、南方の資源地帯も、帝国の自存自衛のためになくてはならないものです。南シナ海で起きた武力衝突だけに的《まと》を絞られるのであれば、賠償や戦死者遺族への補償を考えますが」

「答はノーですな？」

グルーは頷いた。最初から、会談の結果を予期していたような口調だった。

立ち上がり、出口に足を向けながら、グルーは言った。

「日が替わるまではお待ちしましょう。貴国政府がお考えを改められる可能性に懸《か》けてみます」

——だが、日本政府の意志は変わらなかった。

翌七月二五日午前九時、外務省を訪れたグルーは、うやうやしい手つきで、有田に外交文書を手渡した。

米国の上下両院が、賛成多数によって対日開戦を決議したこと、ワシントン時間の七月二六日〇時、日本時間の同日一四時をもって、日米両国が戦争状態に入ることが通告されている。

アメリカ合衆国は、参戦の意思を表明したのだ。

4

「これで貴国とは、敵同士になった」


在スウェーデン・アメリカ合衆国公使館付武官レイモンド・バナー中佐は、日本陸軍中佐船坂兵太郎《ふなさかへいたろう》に言った。

金髪碧眼《へきがん》の白人だが、ストックホルムではさほど目立たない。体格も中肉中背《ちゅうにくちゅうぜい》だ。軍人というより、事務職か文官《ぶんかん》に見える。

あまり人目を引かない人物だからこそ、中立国の公使館に送り込まれたのかもしれない。

船坂がバナーとの会見場所に指定したのは、ストックホルムの旧市街地区にあるホテルの一室だ。

在スウェーデン公使館付武官としてストックホルムに赴任《ふにん》して以来、船坂が米英の公使館付武官と接触するとき、同じ場所を二回以上使ったことはない。

中立国のスウェーデンには、盟邦ドイツ、イタリアの公使館付武官が常駐しており、日本の外交官や武官の動きに目を光らせている。

交戦国の武官との接触を、盟邦に知られては、何かと厄介《やっかい》なことになるのだ。

「残念だ。貴国とだけは、戦いたくなかったが」

船坂は、大きく息《き》を吐き出しながら言った。

親独派が幅を利かせる日本陸軍にあって、船坂は異端《いたん》とも言うべき親米英派であり、独伊との同盟に反対し続けた海軍の米内光政《よないみつまさ》、山本五十六、井上成美《いのうえしげよし》といった人々に共感を覚えている。

バナーへの一言は、本心からのものだった。

バナーは、コーヒーを一口すすってから応えた。

「合衆国公使館では、貴国がドイツ、イタリアと軍事同盟を結んだときから、このようなときが来るだろうと予測していた。昨年一二月、貴国が参戦したときには、合衆国の参戦も時間の問題だと確信した。公使は『遅きに失したほどだ』と言っているほどだ。むしろ、よく八ヶ月近くも引き延ばしたと感心している」

（米国の公使館は、本国の動きを把握《はあく》していたか。あるいは、本国の参戦を予《あらかじ》め知らされていた可能性もあるな）

バナーの言葉から、船坂は米国公使館内部の動きを推察した。

バナーや米国の公使館員は、送られて来る通達や訓令を丁寧《ていねい》に分析することで、参戦に向けた米本国の動きを摑《つか》んでいたのではないか。

「『ミルウォーキー事件』がなくとも、合衆国はいずれイギリスの側に立って参戦しただろう」

バナーは言葉を続けた。

「ミルウォーキー事件」とは、南シナ海の武力衝突に対する米国の公称だ。日本側の雷撃によって、軽巡「ミルウォーキー」が沈没し、一四九名の死傷者が出たため、この名が付けられている。

日本側でも公称を定めたはずだが、在スウェーデン公使館にはまだ伝わっていなかった。

「開戦の口火《くちび》は、大西洋やイギリス本土近海で、ドイツ軍相手に切られた可能性もある。今回は、きっかけとなった戦闘が、たまたま南シナ海で生起したというだけだ」

「先に発砲したのは、貴国の艦なのか？」

船坂は身を乗り出した。

バナーの言葉から、米国が参戦の意志を固め、その機会を探っていたことがうかがえる。南シナ海で先に発砲し、日本に全責任を押しつけたとしても不思議はない。

「中立国の公使館に、そこまでの情報は届いていない。そもそも私は、陸軍武官であって、海軍のことは管轄《かんかつ》外だ。仮に真相を知ったとしても、貴官に教える道理《どうり》がなかろう」

バナーの答を聞いて、船坂は、自分が馬鹿な問いを発したと悟った。

敵国の武官に、機密を喋《しゃべ》るはずがない。

「真相を知るのは、当事者のみということか」

「貴国が開戦を避けたいのであれば、真相如何《いかん》に関わらず、日本側の責任を全面的に認めるべきだったな。合衆国に速やかに謝罪し、責任者を処罰し、死亡者遺族と負傷者に賠償金を支払う。そうしていれば、合衆国政府も矛《ほこ》を収めざるを得なかった」

同情するような口調で言ったバナーに、船坂は反《はん》駁《ばく》した。

「冤罪《えんざい》を被《かぶ》れと言いたいのか？」

「『ミルウォーキー事件』の責任を認めても、一時的な不名誉と若干《じゃっかん》の出費で済む。名《な》を捨てて実《じつ》を取るという選択も、必要だったのではないかね？」

（それができる組織ではないからな、海軍は）

腹の底で、船坂は呟いた。

陸軍省での勤務や、義弟である浜亮一海軍中佐との付き合いを通じて、海軍の性格はある程度分かっている。

誇り高い海軍には、冤罪であると知って、罪を被るような真似《まね》はできないだろう。

米海軍が、日本海軍の性格を知った上で謀略《ぼうりゃく》を仕掛けて来たのであれば、忌々《いまいま》しいながらも見事だと認めざるを得ないが。

「私に、というより我が国公使館にとり、『ミルウォーキー事件』は既に過去のことに過ぎない。気がかりなのは、ドイツ、イタリアが盟約通りに行動するかどうかだ」

バナーは笑いを消し、船坂の顔を見つめた。

今日は、現地時間の七月二八日。米国が対日宣戦を布告してから、一日以上が経過している。

三国同盟の盟約に従うなら、ドイツ、イタリアには対米参戦の義務があるが、今のところ、両国が対米宣戦を布告したとの報せはない。

かといって、中立の声明も発表していない。

独伊両国とも、「ミルウォーキー事件」に関して、米国に対する非難声明を発表しているが、対米参戦については沈黙を保っている。

「それは、我々も知らされていない。仮に知っていたとしても、私の口からは話せない」

船坂はかぶりを振った。

親米英の立場を取る船坂だが、日本はドイツ、イタリアと同盟を結んでいる立場だ。

自分の信条はともかく、同盟国の機密を明かすわけにはいかない。

「そうだろうな」

バナーは、失望した様子もなく頷いた。船坂の答を予期していたようだった。

「我が国公使館は、ドイツは必ず我が国に宣戦を布告すると睨《にら》んでいる。イタリアも続くだろう、と。根拠は、ヒトラーの性格だ」

バナーは言った。

三国同盟の中心となっているのはドイツであり、総統《そうとう》アドルフ・ヒトラーには、盟主としての誇りがある。その立場上、日本との盟約をゆるがせにはできない。

また、ドイツの当面の敵であるイギリスは、既にアメリカの後方支援を受けており、同国の港には、連日のように援助物資を満載《まんさい》した船が入港している。

イギリスがドイツに屈服しないのは、アメリカの後《うし》ろ盾《だて》があるからだと言っていい。

アメリカの参戦を恐れ、アメリカの輸送船団には一切《いっさい》手出しができないという状況は、ヒトラーを相当に苛立《いらだ》たせているはずだ。

盟主の責任と対英戦の状況打開、この二つの理由から、ヒトラーは対米戦を日本に任せきりにはしないと考えられる。

イタリアの統領《ドゥーチェ》ベニト・ムッソリーニは、ヒトラーの盟友という立場ではあるが、競争意識も激しい。ドイツが対米宣戦を布告すれば、追随《ついずい》するはずだ――と、バナーは根拠を述べた。

「独裁国家は鼻持《はなも》ちならない存在だが、行動は読み易い。独裁者の性格が、国策に反映されるからね」

そう言って、バナーは締めくくった。

「先にも言ったように、ドイツ、イタリアの対米参戦について、私に話せることはない」

船坂は、「日本の公使館付武官」の立場を堅守《けんしゅ》した。

腹の底では、おそらくバナー中佐の言う通りだろう、と考えている。

ヒトラー総統は、同盟国に対しては義理堅《ぎりがた》いところがある。その「義理堅さ」と誇りを考えれば、ドイツは三国同盟の盟約に従って、対米参戦するであろう。

ただし、時期については判然《はんぜん》としない。

昨年、日本がドイツとの盟約に従って、英仏蘭三国に宣戦を布告したのは、欧州の大戦が始まってから三ヶ月後だ。

陸海軍の動員準備が進んでおらず、ドイツに呼応《こおう》しての参戦はできなかったためだ。

ドイツも昨年の日本同様、ある程度の時間をかけ、対米戦の準備を整えた上で、米国に宣戦を布告するのではないか。

だが、その推測は口にしなかった。

「堅いな、日本人は。侍魂《サムライ・スピリッツ》という奴かな?」

苦笑したバナーに、船坂は答えた。

「私は日本陸軍軍人として、軍律に従っているだけだ。――機密厳守という軍律に」

「いいだろう」

バナーは船坂に握手を求めた。

「交戦国同士ではあるが、貴官とはこれからも有意義な話ができそうだ」

5

日本と米国が戦争状態に入った七月二六日以来、東京・霞《かすみ》ケ《が》関《せき》の海軍省と軍令部は、不夜城《ふやじょう》の様相《ようそう》を呈《てい》していた。

赤レンガ造りの建造物は、深夜まで窓の灯《ひ》が消えず、中で職員が動き回っている様が見える。

日が替わっても、職員の半分近くは退庁しない。二、三時間程度の仮眠を取っただけで、翌日の仕事に入る有様《ありさま》だ。

軍令部が長年研究を進めて来た対米作戦計画では、フィリピン、グアムをいち早く押さえると共に、連合艦隊主力を中部太平洋に進出させ、西進して来る米太平洋艦隊主力を迎え撃つことになっていた。

ところが、海軍はそのような作戦を実施できる状態にはない。

南方資源地帯を占領し、長期持久《じきゅう》の不敗態勢を確立したものの、肝心《かんじん》の連合艦隊はインド洋に出撃している。

シンガポールまで呼び戻したものの、帝国海軍最強の戦艦「長門」「陸奥」は、セイロン島沖海戦で大きな損傷を受け、すぐには再出撃できない。

作戦計画の根本的な立て直しは、動員計画や艦艇の整備計画、航空機の開発・生産にも影響する。

浜亮一中佐が所属する軍務局の第二課――国防計画や国際条約の規約を担当する部署は、特に多忙《たぼう》であり、課長の山口次平《やまぐちじへい》大佐以下の全課員が、海軍省に泊まり込みで業務に当たっていた。

七月三一日の一〇時過ぎ、その軍務局を含めた海軍省に、重大な報せが飛び込んだ。

「内閣総辞職ですって⁉」

「国民には、正午のニュースで知らせるそうだ」

聞き返した山口第二課長に、軍務局長岡敬純《おかたかずみ》少将は答えた。

井上成美少将が軍務局長を務めていたときは、第一課長の職にあった人物だ。井上が航空本部長に異動した後、少将に昇進し、軍務局長になっている。

山口第二課長と共に親独派の将校で、度々《たびたび》井上に「独伊との同盟締結に御同意を」と迫《せま》る姿を、浜も覚えていた。

「後継首班《しゅはん》は決まったのですか？」

第一課長矢野英雄《やのひでお》大佐の問いに、岡は答えた。

「長谷川清《はせがわきよし》参議官に、組閣《そかく》の大命《たいめい》が下った。米国と戦争になった以上、首相が文官では心許ない。対米戦争の主力は海軍である以上、海軍軍人が望ましい。以上の理由から、長谷川さんの就任《しゅうにん》が決まったそうだ。陸軍は、陸軍軍人から首相を出したいと考えていたようだが」

（敵を知る人か）

浜は、長谷川の経歴を思い出している。

長谷川清大将は海兵三一期。連合艦隊司令長官山本五十六大将の一期上だ。

米国駐在の経験があり、少佐任官後は、主として軍政畑《ばたけ》を歩んでいる。

日本は、日米開戦という国難に対し、米国をよく知る人物を行政のトップに選んだのだ。

「海相《かいしょう》は留任ですか？」

「いや、海相も総長も交替する。海相には塩沢《しおざわ》さんが、軍令部総長には嶋田《しまだ》さんが、それぞれ就かれるということだった」

「海相は一気に若返りますね」

矢野は、感心したように頷いた。

新たな海軍大臣に決まった塩沢幸一《こういち》大将は海兵三二期。現海軍大臣永野修身《ながのおさみ》大将の四期下だ。

軍政系統と軍令系統の職をほぼ等分に歩んで来た人物で、バランス感覚には定評がある。今の時局《じきょく》では、海軍大臣に最適任の人物かもしれない。

「総長が交替されるというのは意外です。宮様《みやさま》が退《しりぞ》かれるのですか？」

山口が疑問を口にした。

宮様とは、現在の軍令部総長伏見宮博恭王《ふしみのみやひろやす》元帥《げんすい》を指している。

昭和七年二月から今日まで、実に八年以上に亘《わた》って、軍令のトップを務めてきた人物だ。

評判は、あまり芳しいとは言えない。

皇族であることに加え、元帥の地位にあるため、海軍内部に絶大な権力を持ち、専管《せんかん》外の事項である人事への口出しも多かった。

軍令部のみならず、海軍省まで含めて、自分の城であると考えていた節《ふし》がある。

その伏見宮が総長から退任するのであれば、自らの意志で、ということになる。

「宮様御自身は、退任の理由を明らかにされていないが、戦争指導の重責は担《にな》えないと判断されたのだろう」

（潔《いさぎよ》い御決断だ）

岡の答を聞き、浜は腹の底で呟いた。

平時《へいじ》、あるいは欧州の戦争を遠く離れた極東から援護するだけであれば、伏見宮にも大過《たいか》なく総長の職務をこなせたであろうが、米国と正面から戦うとなれば、自分には荷が重すぎると考えたのだ。

逃げ出したと取れなくもないが、それはいささか悪意的であり、皮相的《ひそうてき》な見方でもある。

伏見宮殿下は、御自分にできることとできないことの区別を付けられ、今が退《ひ》き際《ぎわ》と御判断されたのだろう、と浜は推測していた。

「よろしいでしょうか？」

今度は、浜が質問した。

「嶋田さんが総長に就かれるということは、インド洋方面艦隊の長官には、別の方が親補《しんぽ》されるということですか？」

インド洋方面艦隊は、ＩＳ作戦のために編成される部隊で、セイロン島、インド攻略作戦の支援に当たる予定だった。

「司令長官に内定していた嶋田繁太郎《しげたろう》中将は、現在は軍令部出仕《しゅっし》として待命状態にある。

その嶋田が、伏見宮の後任として軍令部総長に任じられるということは――。

「インド洋方面艦隊の編成も、IS作戦も、白紙撤回となった。大本営の正式な決定だ」

岡の言葉に、驚いた者はいなかった。

七月一五日に起きた武力衝突の直後、軍令部はセイロン島沖で作戦行動中だった連合艦隊を、シンガポールまで呼び戻している。

大本営は「IS作戦の中止は一時的なものであり、情勢の変化に応じて再開する」と各部に通達していたが、誰もが再開はないと考えていたのだ。

「今後、インド方面で攻勢に出ることはもうない、と考えてよろしいですか？」

「大本営は明言《めいげん》していないが、そのように考えて間違いないだろう。西方ではビルマ、アンダマン諸島、ニコバル諸島を最前線として守りを固め、海軍と陸軍は戦力の過半《かはん》を対米戦に振り向けることになる」

浜の問いに、岡は頷いた。

（際《きわ》どいところだった）

浜は、日本がどれほど危険な状況に置かれていたのかを悟り、背筋《せすじ》に冷たいものを感じた。

万一、第一艦隊がセイロン島沖海戦に敗北していたら、英軍はセイロン島、インドの守りを盤石《ばんじゃく》にするだけではなく、ビルマやマレー半島の奪回を目論《もくろ》んだかもしれない。

その場合、日本軍は南方資源地帯防衛のため、かなりの兵力を西方の英軍に振り向けねばならなかったところだ。

結果、日本は米軍の撃退も、南方資源地帯の防衛も果たせず、全戦線で総崩《そうくず》れとなったかもしれない。

対米戦に傾注《けいちゅう》するためにも、セイロン島沖海戦は必ず勝たねばならない戦いだったのだ。

連合艦隊は、そうとは知らずに、薄氷《はくひょう》を踏むような戦いを行っていたことになる。

「ドイツとの連携が重要性を増しますな」

「うむ」

矢野の言葉を受け、岡が頷いた。

岡は軍務局長に就任したとき、

「軍備強化のため、ドイツからの技術導入を積極的に進める。そのためにも、ドイツとの関係は緊密《きんみつ》に保つ必要がある」

との方針を打ち出している。

目の前に迫った米軍との戦いに、ドイツの技術は不可欠なのだ。

「ドイツとの連携には、対ソ関係が密接に関わりを持ちます。ソ連との関係が良好でなければ、ドイツからの技術導入はできません」

第一課員の鎌田正中佐《かまたただし》が、山口を始めとする第二課員の顔を見渡しながら言った。

国際条約は、第二課の担当だ。ソ連との関係は把握しているのか、と問いたげだった。


「ソ連の動きについては、軍令部第七課より情報が届いておりますが、満ソ国境は平穏《へいおん》であり、ソ連軍の越境《えっきょう》はないとのことです。独ソ国境についても同様です。ただ、在ソ連大使館付武官からは、米英の駐ソ大使がクレムリンを何度も訪問しており、注意が必要との報告が届いています」

第二課員の穂積勉《ほづみつとむ》少佐が、鎌田の懸念《けねん》に応えた。

岡が、眉《まゆ》を吊り上げた。

「米英は、ソ連を連合国に引き入れようとしている、と？」

「スターリン書記長（ヨシフ・スターリン。ソ連共産党書記長）やモロトフ外相（ヴィヤチェスラフ・モロトフ。ソ連外務大臣）との会談の内容は不明ですが、他の可能性は考えられません」

「ソ連が参戦しないまでも、シベリア鉄道の利用を制限したりすれば、厄介なことになるな」

岡が言った。

現在の日独連絡は、シベリア鉄道を経由して行われている。

ドイツからは、既に航空機用エンジン、無線電話機、電波探信儀《たんしんぎ》等の設計図や見本が届けられ、日本からもドイツに大型発動機艇、酸素魚雷の設計図と見本をドイツに運び込んでいる。

ソ連がシベリア鉄道の利用に制限をかければ、ドイツからの技術導入は不可能になる。

「シベリア鉄道が使えなくなった場合に備え、潜水艦を使ったドイツとの連絡線を確保すべきかもしれません」

浜が発言した。

帝国海軍の伊号潜水艦は、いずれも一万浬を超える航続距離を持っている。

シンガポールを中継点に使えば、アフリカ南端の喜望峰《きぼうほう》を経由して、ドイツに到達が可能だ。

今後の戦局によっては、ドイツ、イタリアがスエズ運河《うんが》を占領する可能性もある。

そうなれば、潜水艦を使わずとも、水上艦でもドイツとの連絡が可能になる。

「その話は、後で軍令部も交えて協議しよう」

岡が、浜の発言を抑えた。

「技術導入以上に気がかりなのが、独伊両国が盟約通り、対米参戦するかどうか、だ。我が国だけで米国を相手取るのは、国力面から考えても非常に厳しい。独伊に大西洋側から米国を牽制《けんせい》し、ある程度の兵力を引きつけて貰う必要がある」

「仮に独伊が参戦しなくとも、遠からず米国が独伊に宣戦を布告すると推測します」

浜の発言に、山口が聞き返した。

「何故《なぜ》、そのように考える？」

「第一に、米国にとっての主敵はドイツであること、第二に、英国は米国にとり、最も重要な盟邦であることです」

浜は理由を述べた。

米国は民主主義に至上の価値を置いており、ナチス・ドイツのような独裁国家とは互いに相容《あいい》れない存在だ。

その独裁国家が、欧州の過半を支配下に収めるような大国となることを見過ごすわけにはいかない。

更に英国は、多くの米国民にとって父祖《ふそ》の地であると共に、民主主義という共通の価値観を持つ。

その英国を、見殺《みごろ》しにはできない。

米国にとっては、万難《ばんなん》を排《はい》してでも救わねばならない国なのだ。

米国は、多少強引《ごういん》な策を用いても、独伊両国、特にドイツに宣戦を布告する可能性が高い――と、浜は述べた。

「もっともな説ではあるが、我が国としては、外務省を通じて独伊に盟約を守るよう促《うなが》すしか――」

山口が言いかけたとき、局長の机の電話が鳴った。

岡が受話器を取り、二言三言、言葉を交わした。

「たった今、外務省から海軍省に連絡があった。独伊両国は、今日中にも我が国との盟約に基づき、米国に対して宣戦を布告するとのことだ」

受話器を置いた岡は、晴れ晴れとしたような表情を向けながら言った。

「独伊の参戦については、何も心配する必要はなかったということだ」

第二章　零戦初陣《ぜろせんういじん》

1

アメリカ合衆国の対日宣戦布告後、すぐには大規模な戦闘は生起しなかった。

ルソン島の極東航空軍は、台湾《タイワン》南部の高雄《タカオ》、台南《タイナン》両飛行場に爆撃をかけたものの、少数機による夜間爆撃であり、戦果は少ない。

一方、タイワンの日本軍航空部隊も、ルソン島への攻撃をかけて来ることはない。

日本本土と南方資源地帯の間を行き来する輸送船は、七月二六日以降、港で逼塞《ひっそく》している。

最初の一週間ほどは、彼我《ひが》共に、艦艇、航空機の喪失も、戦死者も生じなかったのだ。

その均衡《きんこう》状態は、八月二日に終わった。

現地時間の七時一九分、マニラ周辺にあるアメリカ極東航空軍の飛行場——クラークフィールド、ニールソン、イバ等で、空襲警報が鳴り響いたのだ。

「来やがったか、ジャップめ！」

マニラの北西に位置するイバ飛行場で待機していた戦闘機隊のクルーたちは色めき立った。

タイワン南部の航空基地に日本軍の大部隊が集結していることは、既に判明している。

極東航空軍としては、先制攻撃をかけ、地上にいる間に撃破したいところだが、戦闘機にはイバ飛行場からタイワン南部の基地まで往復できるだけの航続距離はない。

タイワンへの攻撃は爆撃機部隊に任せ、戦闘機隊は敵の来襲を待つ以外になかった。

待ちに待った、出撃の時が来たのだ。

駐機場に、四四名の戦闘機クルーが参集した。

第一〇戦闘機群の指揮官ハリー・ディーン中佐が全員の前に立ち、命令を伝えた。

「ラワグ（ルソン島北西部の地名）の監視所から報告が入った。約一三〇機と見積もられる敵機が、ルソン島上空に侵入した。目標は、クラークフィールドとイバの可能性が高い。第一四、一五戦闘《14、15FS》機中隊は、全力で迎撃に当たれ」

「敵の機種は分かりますか？」

「監視所は『敵機』としか伝えていないが、全機が爆撃機だと見てよいだろう。九六式艦上戦闘機《クロード》も、九七式《ネイト》戦闘機も、タイワン南部からマニラまで往復できるだけの航続距離は持たぬからな。諸君は、敵機を墜とすことだけを考えればよい。以上だ」

第三小隊を率《ひき》いるマイケル・ブレア中尉の問いに、ディーンは答えた。

「敬礼！」

号令一下《いっか》、全員がディーンに敬礼した。

踵《きびす》を返したクルーたちの前には、筋肉質の大男を思わせる太い機体が敷き並べられ、活発に暖機《だんき》運転の音を立てている。

空冷エンジン機らしい太い機首と直線的な胴体に低翼配置の主翼を組み合わせた機体は、破城鎚《はじょうつい》に翼を付けたかのようだ。

カーチスP36〝ホーク〟。一九三七年より配備が開始された、合衆国陸軍航空隊の主力戦闘機だ。

制式採用から三年が経ち、盟邦イギリスのスーパーマリン・スピットファイア、最大の敵であるドイツのメッサーシュミットBf１０９などに比べると、性能面で見劣《みおと》りがする。

最新鋭機のカーチスP40〝ウォーホーク〟も本国で生産が進められているが、イギリスへの供与やヨーロッパに派遣される部隊への配備が優先され、極東航空軍にはまだ回って来ない。

だが、今日の相手に戦闘機の随伴《ずいはん》はない。

爆撃機だけなら、恐れるに足りない。飛行場の手前で、一機残らず墜としてやる。

多くのP36クルーがそのように考えつつ、次々とイバ飛行場の滑走路から舞い上がった。

高度を一万フィートに取り、イバとクラークフィールドの間を往復しつつ、旋回待機に入る。

時刻が八時を過ぎたとき、

「『イバ・コントロール』より全機へ。敵は二手に分かれた。一隊がイバ、一隊がクラークフィールドに向かっている。14FSはイバ上空で待機。15FSはクラークフィールドに向かえ」

イバ飛行場の指揮所から、ディーンが無線電話機を通じて指示を送ってきた。

ルソン島の主要飛行場には、対空用レーダーが建設されている。

張り巡らされた電波の網《あみ》が、南下して来る日本機を捉えたのだ。

P36四四機のうち、14FSに所属する二〇機が機体を翻《ひるがえ》し、イバ飛行場にとって返す。

15FSの二四機はクラークフィールドの上空で、敵機を待ち構える。

「戦力を二分《にぶん》するとはな」

第三小隊に所属する三機をイバに誘導しつつ、ブレアは呟いた。

戦力の集中は、勝利の原則だ。にも関わらず戦力を二分したということは、一度に二箇所の飛行場を制圧できる自信があるのか。

「俺たちを、フランス軍やイギリス軍と同じと思ってるんじゃないですかね？」

小隊二番機に搭乗するアントニオ・ステファネリ少尉がイタリア訛《なま》りの英語で話しかけた。

「その可能性はあるな」

ブレアは、忌々しさを込めて答えた。

昨年一二月一日の参戦以来、日本軍はフランス領インドシナ、イギリス領マレー半島、オランダ領東インドを席巻《せっけん》し、短期間で占領下に置いた。イギリス領ビルマだけは多少手こずったようだが、六月初旬には同地を占領下に置いている。

インドシナのフランス軍やマレー半島のイギリス軍は、植民地の治安維持を主目的とする部隊であり、正規軍と正面から戦えるような装備は有していなかったのだ。

だが、フィリピンの合衆国軍は違う。

アメリカ陸軍 P36A「ホーク」

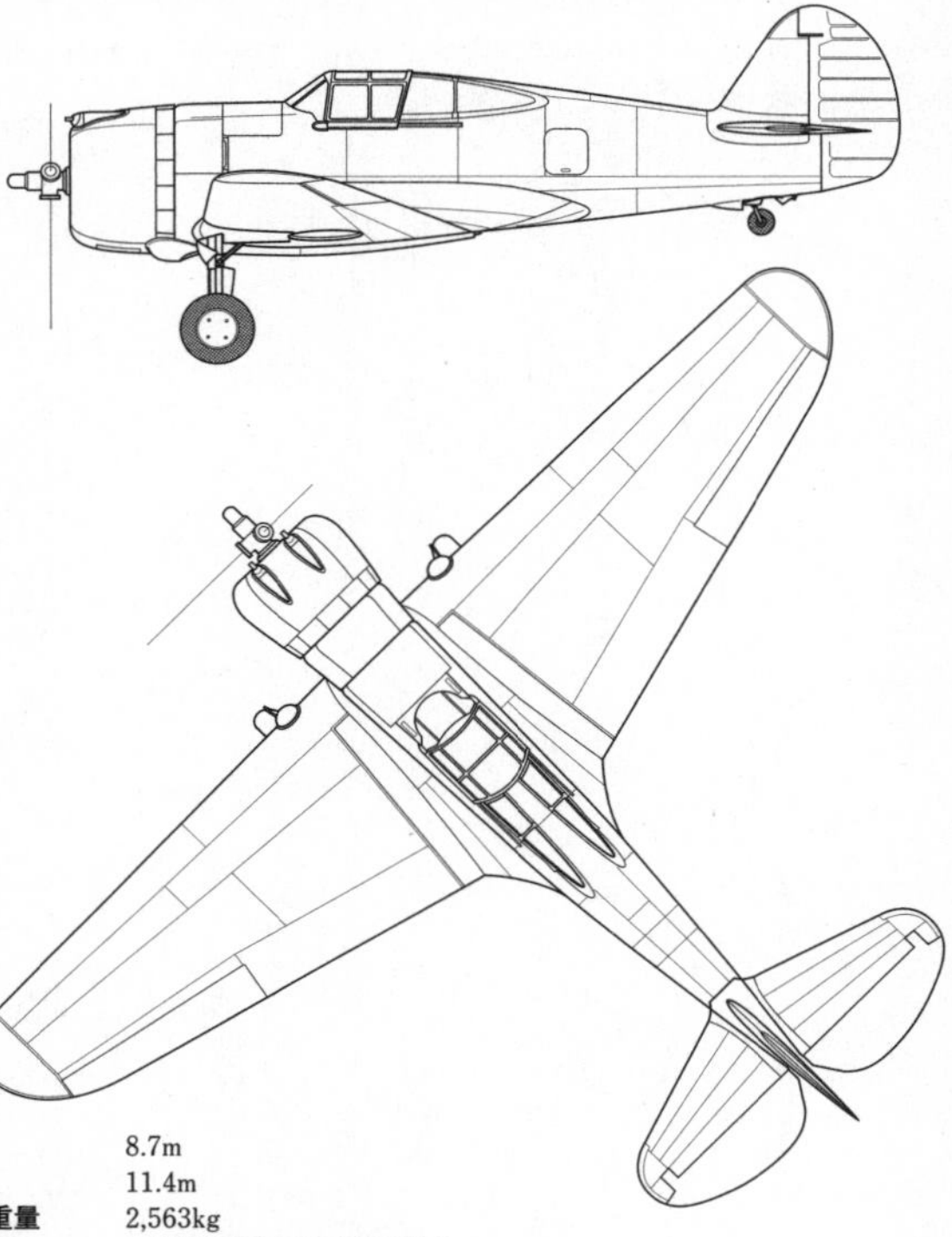

全長	8.7m
翼幅	11.4m
全備重量	2,563kg
発動機	P&W R1830-13 1,050馬力
最大速度	504km/時
兵装	12.7mm機銃×1丁(機首固定)／7.62mm機銃×1丁(機首固定)
乗員数	1名

アメリカ陸軍航空隊の運用する戦闘機。全金属製、単葉、引込脚など近代的な設計で知られる。開発当初はエンジンの不調もあり、いったんは不採用となったが、P&W R-1830を搭載することで設計通りの性能を発揮。P-26戦闘機の後継機として本格的な生産に移行した。

武装は機首に12.7ミリ機銃、7.62ミリ機銃を１丁ずつ備えている。なお、輸出用モデルは12.7ミリ機銃２丁、7.62ミリ機銃４丁と大幅な武装強化が図られている。

日本がドイツ、イタリアと軍事同盟を締結して以来、対日開戦は必至《ひっし》と見て、守りを固めて来たのだ。

フィリピン軍の顧問《こもん》から、在フィリピン軍の総司令官に異動したダグラス・マッカーサー中将は、

「フィリピンは本国《ステーツ》から増援が到着するまで、充分持ちこたえられる」

と豪語《ごうご》している。

日本軍が、インドシナのフランス軍、マレー半島のイギリス軍と同程度の敵を相手取るつもりでフィリピンを攻撃して来れば、将兵の血と引き換えに、手痛い教訓を得ることになろう。

「アメリカの戦闘機乗りがどれほど手強《てごわ》いか、貴様らの身体に教えてやる」

敵愾心《てきがい》を込めて呟き、ブレアは機体を操った。

イバ飛行場の上空で旋回待機に入ってから数分後、

「敵機《ボギー》、右前方！」

14FS隊長ジェームズ・アシュトン大尉の声が、無線機のレシーバーに響いた。

ブレアは右前方に視線を向けた。

敵機は、三隊に分かれている。

二〇機前後の編隊が二隊。その上方に、十数機の編隊が見える。

「九六式陸上攻撃機《ネル》だな」

ブレアは敵機に当たりをつけ、合衆国のコード名で呼んだ。

九六式陸上攻撃機《タイプ96ボマー》。四年前に制式採用された、日本海軍の双発爆撃機だ。ということは——。

「気をつけろ、戦闘機《ファイター》がいる！」

アシュトン大尉の二番機を務めるロバート・ガン中尉の叫び声がレシーバーに響いた。

高みに位置する十数機が単発機であることは、ブレアもすぐに気がついた。

識別リストで覚えたクロードでも、ネイトでもない。機体全体がクロードより大きいことに加え、主翼の下に提《さ》げている固定脚がない。引込脚を持つ新型機だ。

敵もP36の編隊を認めたのだろう、次々と右旋回をかけ、速力を上げた。

「散開《ブレイク》!」

アシュトンの声が、レシーバーに響いた。

14FSのP36二〇機が、一斉に機体を翻したときには、既に敵機は間近に迫っていた。

動作が遅れた一機に、真っ赤な火箭《かせん》が突き刺さる。

次の瞬間、そのP36の左主翼が、付け根付近の一部を残して消し飛んだ。

一瞬で揚力《ようりょく》を失ったP36が、左に大きく傾き、錐揉《きりも》み状になって墜落し始めた。

「……!」

ブレアは声にならない叫びを上げた。

クロードが装備する七・七ミリ機銃では、このようなことは起こらない。新型機は、火力も大幅に強化されている。

「三小隊、続け!」

麾下の三機に命じるや、ブレアはエンジン・スロットルを開いた。

P&W《プラット・アンド・ホイットニー》　R1830レシプロ・エンジンが咆哮《ほうこう》を上げ、全備重量二・六トンの機体が加速された。

敵新鋭機の姿が、みるみる膨《ふく》れ上がる。

サーベルを思わせる細身《ほそみ》の胴と、刃物のように薄い主翼を持つ機体だ。スマートを通り越し、華奢《きゃしゃ》にさえ見える。一連射を浴びせただけで、粉微塵《こなみじん》に砕けそうな気がする。

「くたばれ!」

叫ぶと同時に、ブレアは発射ボタンを押した。

一二・七ミリ機銃から、火箭が噴《ふ》き延《の》びた。

ブレアは、我が目を疑った。

目の前から、敵機が消えたのだ。

一二・七ミリ弾は、高空の大気だけを空《むな》しく貫いている。

「ジャクソンがやられた!」

ブレアのレシーバーに、悲鳴じみた叫びが飛び込

んだ。小隊四番機に搭乗するビル・ホーマー少尉の
声だった。
　ブレアは咄嗟《とっさ》に首を捻《ひね》り、後ろ下方を見た。
　小隊三番機、ヘンリー・ジャクソン少尉のP36が、
黒煙を引きながら地上へと落下してゆく。
　何が起きたのか分からない。敵機が目の前から消
えたと思った直後には、ジャクソンのP36が被弾し
ていたのだ。
「敵機、後ろから来ます！」
「右旋回！」
　ステファネリの警告を受け、ブレアは命じると同
時に、操縦桿《そうじゅうかん》を右に倒した。
　視界の中で、空が反時計回りに回転し、機体が横
倒しに近い角度まで傾く。
　ブレアの第三小隊三機は、一番機を先頭に大きな
弧《こ》を描き、敵の攻撃を回避にかかる。遠心力がクル
ーの体重を倍加《ばいか》させ、肉体が鉛《なまり》と化したように重く
なるが、ここが踏ん張りどころだ。
「敵が追って来る！　振り切れ――」
　不意に、ホーマーの悲鳴がレシーバーに響いた。
声は途中で、けたたましい破壊音にかき消された。
「ビル！　どうした、ビル！」
　ブレアの呼びかけに、応答はない。
音から判断して、コクピットに直撃を受けた可能
性が高い。
　ブレアの第三小隊は、ごく短時間のうちに三、四
番機を失ったのだ。
「小隊長、垂直降下を！」
「分かった！」
　ステファネリの叫びに、ブレアは即答した。
操縦桿を目一杯《めいっぱい》右に倒し、右フットバーを軽く踏
んだ。
　急角度で旋回していたP36が横転し、右の翼端を
先にして降下に入る。
　身体が浮き上がる中、ブレアは首を左にねじ曲げ、
敵の動きを見た。

敵機が、ブレア機、ステファネリ機を追ってくる様子はない。深追いを避け、ネルの近くに戻るつもりかもしれない。

敵機のクルーは、イバ飛行場への攻撃が最優先であることを心得《こころえ》ているのだ。

「ステファネリ、続け！」

機体を水平に戻したところで、ブレアは二番機に命じた。

操縦桿を手前に引きつけ、機首を上向かせた。

我が目を疑う光景が、ブレアの視界に飛び込んだ。

P36が、日本機に追い回されている。一機、また一機と火を噴き、空中の戦場から姿を消している。

敵機の動きは、恐ろしく素早《すばや》い。

P36がフル・スロットルで突進し、射弾を放っても、急旋回や垂直降下によって、難なくかわす。

急旋回をかけた敵機は、素早くP36の後方に回り込み、垂直旋回でかわした敵機は、宙返《ちゅうがえ》りや上昇反転によって、P36のバックを取る。

緩横転《スローロール》などという高等テクニックを用いる機体もある。ネジを回すようにして機体を回転させ、P36の頭上を飛び越えるのだ。

最初に見たときには華奢という印象を受けたが、間違っていたと認めざるを得ない。

贅肉《ぜいにく》を極限まで落とした、体操選手のような戦闘機だ。

背後に回り込まれたP36も、敵機を振り切ろうと試みる。

急旋回や宙返りをかける機体もあれば、フル・スロットルで遁走を図る機体もある。

敵機はP36を逃がさない。

水平旋回であれ、宙返りであれ、内側へ内側へと回り込み、距離を詰めて銃撃を浴びせる。

まっすぐ前に逃げた機体にも背後から追いすがり、主翼やコクピット、胴体後部に射弾を浴びせる。

主翼を叩き折られた機体は、錐揉み状になり、コクピットに直撃を受けた機体は、風防《ふうぼう》ガラスの破片や金属片をまき散らしながら墜落する。

胴体に被弾した機体が、コントロールを失ってよろめく。そこに別の敵機が射弾を撃ち込み、止《とど》めを刺す。

戦闘開始時点では二〇機を数えたP36が、半分も残っていない。数の優位は、敵の側に移っている。

本来の攻撃目標であるネルは、整然たる編隊形を崩すことなく、イバ飛行場に迫っている。

「見ちゃおれん……！」

ブレアは呻《うめ》いた。

戦闘機同士の戦いとは、到底思えない。

これでは、敵機の方が「鷹《ホーク》」であり、14FSは追い散らされる小雀《こすずめ》に等しい。

「どうします、小隊長？」

「ネルをやる！」

ステファネリの問いに、ブレアは答えた。

自分もステファネリも健在だ。一機でも二機でもネルを墜とせば、味方の被害を軽減できる。

ブレアは操縦桿を手前に引き、エンジン・スロットルを開いた。

ネルの編隊を目がけ、上昇を開始した。

バットのような形状の胴体に、幅広く長い翼と二基のエンジン、二枚の垂直尾翼を持つ機体だ。

それが整然たる編隊形を組み、イバ飛行場へと向かっている。

上昇して来るP36二機は視界に入っていないのか、撃って来る様子はない。P36は全て掃討《そうとう》されたと思い、安心しているのかもしれない。

「戦場での見落としは命取りだぜ、ジャップ！」

その言葉を敵機に投げかけたとき、

「後方より敵機！」

ステファネリの声が、レシーバーに飛び込んだ。

咄嗟に首を捻ったブレアの目に、被弾して黒煙を噴き出す僚機《りょうき》の姿が映った。

「ステファネリ！」

叫んだときには、ステファネリ機は機首を大きく下げ、落伍《らくご》している。

たった今、ステファネリ機を仕留めた敵機は、ブレア機の後方から食い下がっている。

「くそったれ！」

ブレアは罵声《ばせい》を漏らした。

敵機の実力を見誤《みあやま》り、部下を三名も死なせてしまった。小隊長にあるまじき失態《しったい》だ。

ブレアは前方に向き直り、ネルを睨み据えた。

速力、上昇力とも、敵機の方が上だ。背後に付かれたら、振り切るのは至難《しなん》だ。

敵機から逃れることは、もう考えていない。せめて墜とされる前に、ネルを一機でも墜とすのだ。

照準器《しょうじゅんき》の白い環《わ》が、ネル一機を捉える。

一二・七ミリ機銃の射程内だが、こちらは下から撃ち上げる格好だ。必中《ひっちゅう》を期《き》すには、もう少し距離を詰めたい。

ブレア機は、なおも上昇する。

P36よりも大きな双発爆撃機が膨れ上がり、照準器の環からはみ出す。

ブレアが機銃の発射ボタンに力を込めたとき、凄《すさ》まじい衝撃が背後から襲った。

ブレアは射弾を放ったが、被弾の衝撃で照準が狂ったのだろう、射弾は見当《けんとう》外れの方向に飛んでいる。

ネルが死角に消え、イバ飛行場の滑走路や付帯設備が目の前に来た。

このときになって、ブレアは初めて、自機の左主翼が付け根付近からもぎ取られていることを悟った。

機外への脱出を図るが、錐揉み状態の機体の中では、ろくに身動きができない。

ブレアは絶叫《ぜっきょう》を上げた。

自らの運命を知った男の、絶望の叫びを閉じ込めたまま、P36は回転しながら滑走路に激突した。

このときには、ネルが投弾を開始している。

高度一万フィートから投下される爆弾は、指揮所、格納庫、対空砲陣地等の地上施設を爆砕《ばくさい》し、滑走路に破孔を穿《うが》つ。

滑走路上に散らばるブレア機の破片も、その中に巻き込まれてゆく。

イバ飛行場の東方に位置するクラークフィールド飛行場でも、爆撃が始まっている。

ネル一機から、五〇〇ポンドクラスと思われる爆弾二発ずつが投下され、地上の数十箇所で一斉に爆発光が閃《ひらめ》き、火焔《かえん》が躍《おど》る。

ロッキードA29〝ハドソン〟、ダグラスB18〝ボロ〟といった機体が、格納庫もろとも爆砕され、掩《えん》体壕《たいごう》の中の機体も、直撃弾に吹き飛ばされるか、至近弾の爆風に煽《あお》られて擱座《かくざ》する。

滑走路上でも多数の爆発光が閃き、アスファルト塊《かい》や土砂が、炎に乗って空中高く舞い上がる。

マニラ近郊の二箇所の飛行場は、今や完全に機能を失い、炎と黒煙に包まれていた。

日本機が飛び去った後も、火災は赤黒い大蛇《だいじゃ》のように大地をのたうち、極東航空軍の機体や基地施設を蹂躙《じゅうりん》し続けていた。

2

「この匂いだ」

台湾・高雄飛行場の指揮所で、第一二航空隊の飛行隊長進藤三郎《しんどうさぶろう》大尉、第二中隊長白根斐夫《しらねあやお》中尉と向き合うなり、日高は懐かしいものを感じた。

二人は、日高が各地の航空隊を渡り歩いていたときにまとっていたものと同じ空気を、周囲に漂《ただよ》わせている。前職だった霞ヶ浦《かすみがうら》航空隊の教官に戻ったような気がした。

「戦闘の概要《がいよう》につきましては、先ほど司令官の前で報告した通りです」

進藤が、最初に口を開いた。

第一二航空隊は、量産が始まった新型艦上戦闘機「零式《れいしき》艦上戦闘機」の装備部隊だ。

同隊はセイロン島の攻略後、同島東岸のトリンコマリーに進出し、インド攻撃に参加する予定だったが、米国の参戦によって運命が変わった。

「零戦《ぜろせん》を台湾南部の基地から発進させ、陸攻《りっこう》の護衛に付ける。零戦の航続性能なら、高雄からマニラまで往復できる」

山本連合艦隊司令長官はそのように主張し、一二空をフィリピン攻撃に参加させるよう求めたのだ。

日高はシンガポールから高雄に飛び、山本の指示を三艦隊と第二連合航空隊に伝えた。

一二空は命令に基づき、この日――八月二日、二連空の九六陸攻と共に、ルソン島に向かったのだ。

零戦の航続距離は一二〇〇浬。

高雄からマニラまでは約五〇〇浬であるから、計算上は往復できる。

ただし、戦闘時の急激な機動に伴う燃料消費の増大を考慮すれば、帰路《きろ》に燃料切れとなる可能性も懸念される。


日高も、二連空司令官大西滝治郎《おおにしたきじろう》少将も、多数の未帰還機が生じるのでは、と危惧《きぐ》したが、一二空は、作戦参加機二七機中、二四機が帰還した。

被害ゼロとはいかなかったものの、未帰還機を三機に抑えたのだ。

帰還後の報告によれば、一二空はルソン島上空で、進藤が直率《じきそつ》する第一分隊一五機と、白根が率いる第二分隊一二機に分かれた。

前者は第一四、一五航空隊を護衛してクラークフィールドに、後者は第一三航空隊を護衛してイバに、それぞれ向かった。

クラークでは敵戦闘機約三〇機、イバでは同じく約二〇機の迎撃を受けたが、第一分隊、第二分隊ともこれを撃攘《げきじょう》し、陸攻隊を守り切ったのだ。

クラークフィールド攻撃を担当した第一四、一五航空隊の指揮官からは、

「攻撃終了。『クラークフィールド』ニ爆弾多数命中。効果甚大《ジンダイ》。敵飛行場ハ使用不能ト認ム。戦闘機隊ハ

護衛任務ヲ全ウセリ。今ヨリ帰投ス。〇九四〇《マルキュウヨンマル》」

との報告電が届き、イバ攻撃隊を担当した第一三航空隊指揮官も、同様の報告電を送っている。

日本軍は、作戦目的である「敵飛行場の制圧」を達成し、フィリピンを巡る戦いの緒戦《しょせん》で勝利を収めたのだ。

日高は攻撃隊の帰還後、大西二連空司令官に頼み、一二空の指揮官を呼び出して貰った。

進藤も、白根も、表情が堅い。

自分たちの所属部隊である二連空の参謀ならまだしも、相手は連合艦隊司令部から派遣された参謀だ。雲上人《うんじょうびと》のように思っているのかもしれない。

「かしこまらないでくれ。居心地《いごこち》が悪い」

日高は苦笑した。

「司令から聞いていないか？　俺も去年の五月までは、貴様たちと同じ立場だった。霞空《かすくう》で教官をやっていたところを、GF司令部に引っ張られたんだ」

「そうでしたか。GFの参謀という割には、あまり偉《えら》そうではないなと思っていました」

進藤が笑い出した。

日高が、元は自分たちと同じ立場だったと知り、緊張がほぐれたようだ。

口調も表情も、親しみ深いものになっている。

「こう申し上げては失礼ですが、参謀飾緒《しょくしょ》もあまり似合っておられないように思えます。飛行服を御着用になった方が相応《ふさわ》しいかと」

「失礼じゃないさ。俺も同感だ」

日高は笑いながら応えた。

連合艦隊司令部で勤務する立場だが、「長門」の艦橋よりも、高雄や台南のような飛行場の方が性《しょう》に合っている。

できることなら、このまま高雄に留まり、搭乗員に戻りたいほどだ。

「貴様たちも知っていると思うが、今のGF長官は航空主兵主義《しゅへい》の提唱者だ。海軍の軍備についても、戦艦や巡洋艦より、空母の建造と航空機の増産を優先すべきだと主張されている」

日高は真顔《まがお》に戻り、進藤と白根の顔を等分に見て言った。

「とは言うものの、長官は搭乗員の経験はお持ちではないし、現場のことにも精通《せいつう》しているとは言えない。長官が御存知ない、航空戦の実相《じっそう》について補佐するのが、俺の役目だと思っている。高雄に来たのは、長官の御指示を三艦隊司令部や二連空に伝えるためだが、それ以上に搭乗員の意見を吸い上げ、作戦に反映させたいと考えたからだ」

「そういうことでしたら、何でもお話しします」

進藤は、白根と顔を見合わせて頷いた。

「敵の機種は何だった？」

日高の問いに、進藤は即答した。

「クラーク上空で遭遇《そうぐう》した機体は、Ｐ36〝ホーク〟と判断されます。イバ上空でも、同じ機体が迎撃して来た旨を、二中隊長が報告しております」

「Ｐ36か」

日高は、機名を繰り返した。

米陸軍航空隊の主力戦闘機だ。開戦前に入手した情報では、速力、火力では九六艦戦より勝《まさ》るが、零戦より劣っている。

米国では、新型のＰ40に切り替わりつつあるというが、フィリピンにはまだ配備されていないようだ。

フィリピンは米本国から遠いためか、あるいは日本軍にはＰ36で充分と判断したのか。

「戦ってみての感触は？」

「相手になりません」

白根が笑いながら答えた。

「速力、上昇力、運動性能の全てにおいて、零戦より劣っています。我が方は倍の機数を相手取りましたが、三倍であっても圧勝できる自信があります」

「空中戦では、三機の未帰還機が出ている。損害が生じた理由を知りたい」

「未帰還機のうち二機は、乱戦の中で墜とされたと判断されます」

進藤は、沈んだ口調で答えた。

大勝利を収めたとはいえ、戦死した部下のことを思うと、口が重くなることは避けられないようだ。

「乱戦の中で、というと？」

「彼我入り乱れての混戦状態の中で、迂闊《うかつ》に敵機の前に飛び出してしまい、銃撃を浴びたようです。混戦になりますと、このようなことが生じるのは避けられません。戦闘機搭乗員は、あらゆる方向に気を配るのが理想ですが、なかなか理想通りには行きません。特に、経験が浅い若年《ジャク》搭乗員は」

「あとの一機は？」

「被弾した機体が帰還途中で力尽《ちからつ》き、墜落したものです。搭乗員の多くは今回の作戦をやり遂げましたが、片道五〇〇浬というのは、作戦距離として長過ぎます。機体の損傷、あるいは搭乗員の負傷といった事態に見舞《みま》われた場合、基地まで機体や搭乗員の身体が保《も》たないこともあり得ます」

今度は白根が答えた。口調が、批判めいたものになっている。

無茶な作戦案を持ってきた日高と、その後ろにある連合艦隊司令部に対する怒りが感じられた。

「よせ、白根。作戦批判は、搭乗員の本分を逸脱《いつだつ》している」

「いや、白根中尉の言葉はもっともだ」

日高の言葉に、進藤も白根も、信じられぬ、と言いたげな表情を浮かべた。

連合艦隊の参謀が、司令部批判を認めたことが意外だったようだ。

「零戦を陸攻の護衛に付ければ、空母を使用することなく、台湾からルソンの米軍基地を叩ける」

山本のこの発想に、反対意見を唱《とな》える者はいなかった。

日高も、「流石《さすが》は航空主兵主義を提唱される長官だ」と感じ入り、山本の命令を、そのまま第三艦隊と二連空に伝えた。

だが、そこには、搭乗員の消耗《しょうもう》に対する配慮は

日本海軍 零式艦上戦闘機 一一型

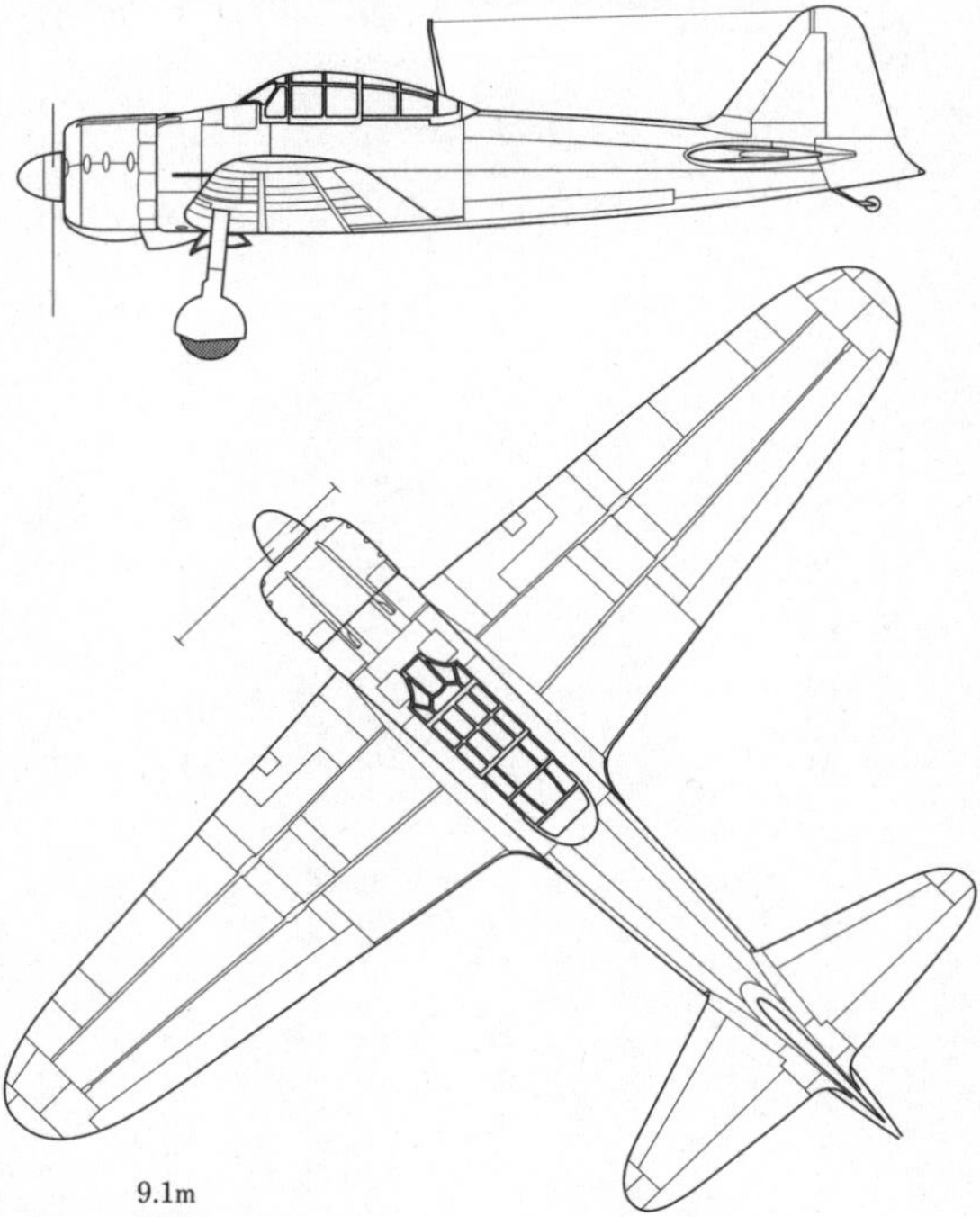

全長	9.1m
翼幅	12.0m
全備重量	1,754kg
発動機	三菱「栄」一二型 940馬力
最大速度	533km/時
兵装	7.7mm機銃×2丁（機首固定）／20mm機銃×2丁（翼内）
乗員数	1名

九六式艦戦の後継として開発された新型艦戦。海軍の要求仕様は、軽快な運動性、高速力、強力な武装、長大な航続距離など、非常に厳しいものだったが、堀越二郎技師を中心とした開発陣は、その要求を満足する戦闘機を完成させた。翼内に装備した20ミリ機銃は、頑丈で打たれ強い米軍の機体にも有効であると期待されるうえ、落下式増槽を用いることで得た3,300キロを超える航続性能は、敵地深くまで進攻する爆撃機の護衛任務も充分こなせると、前線では本機の量産が渇望されている。

なかった。

五〇〇浬の距離を飛行するには、約三時間を要する。陸攻なら副操縦員と交替で操縦できるが、零戦は一人きりだ。

敵地上空では、疲労した状態で敵機と戦い、その後は帰路の五〇〇浬を飛行しなければならない。

搭乗員出身の日高には、それがどれほどの負担になるか理解できる。未帰還機が三機に留まったことは、むしろ奇跡と言える。

本来なら航空参謀の自分が、長官に再考を求めねばならなかったはずだ。

そう考えると、恥《は》じ入らないではいられなかった。

「私からも、うかがいたいことがあります」

進藤は、あらたまった態度で言った。

「我々よりも一足先に、一、二航戦の母艦航空隊が実戦を経験しています。このときの戦闘距離はどの程度でしたか?」

「目標までの距離一二〇浬前後で、艦上機を発進させたと記憶している。長くても一五〇浬までだ。九六艦戦は、零戦ほどの航続距離を持たないからな」

「その分、搭乗員の負担も小さくて済んだ、と言えそうですね」

進藤は皮肉げに笑った。

「今回の作戦は、多分に奇策の趣《おもむき》がありました。米軍にしてみれば、単発の戦闘機が長駆《ちょうく》五〇〇浬の距離を飛んで、攻撃して来るとは思っていなかったでしょう。そこに奇襲の効果が生まれ、勝利を得られたと考えます。ただ、長距離攻撃は零戦に航続性能ぎりぎりの飛行を強《し》いるだけではなく、搭乗員も能力の限界を振り絞ることになります。特に帰路は、戦闘による疲労だけではなく、負傷や機体の損傷という悪条件が加わります。今回のような作戦を何度もやれるかと言われますと、自信はありません」

「山本長官は、このように言っておられる。『我が国に、米国を屈服させる力はない。狙《ねら》うとすれば、敵に出血を強いて厭戦《えんせん》気分を誘い、多少なりとも有利な条件で講和を勝ち取るだけだ』と。そのためには不可欠なのは、人材だ。どれほど高性能な機体を開発したところで、それを乗りこなす搭乗員がいなければ、宝の持ち腐れにしかならん。その人材をいたずらに消耗したのでは、『米国に出血を強いる』力が失われる」

「搭乗員に過度の負担を強いてはならない。それが、今回の作戦から得た戦訓ですか？」

白根の問いに、日高は頷いた。

「我が軍は、確かに緒戦で勝った。クラークフィールド、イバの敵飛行場を壊滅《かいめつ》させ、ルソン島の制空権を奪取した。だが、それは搭乗員の過度の負担と引き換えに得られた勝利だ。そのことを、ＧＦ司令部に報告するつもりだ」

「勝ち戦で得られた戦訓とは思えませんね」

「勝ち戦の中にも、敗北の要素は潜んでいる。それを見つけ出して潰《つぶ》しておけば、次の戦闘で、少しでも被害を軽減できる」

「実のところ、参謀からは、『勝って兜《かぶと》の緒《お》を締めよ』とかいった精神訓話を聞かされるのかと思っていました」

白根が笑った。日高を「連合艦隊司令部のエリート」ではなく、「搭乗員仲間の一人」と見なしている様子だった。

「損害を減らすよう腐心《ふしん》するのも、参謀の役目だからな。そのためには、現場の声を聞くのが一番だ。今後も度々邪魔《じゃま》させて貰うが、よろしく頼む」

その言葉で、日高は二人の戦闘機隊指揮官との会見を締めくくった。

日没が近いのか、指揮所の周囲が翳《かげ》っている。米軍と、初めて大規模な戦闘を交えた一日が終わろうとしているのだ。

高雄における日高の仕事は、まだ残っている。

明日は陸攻隊の指揮官からも話を聞き、報告書をまとめるつもりだった。

の海岸に現出した光景が再現されたように見えた。

「日本軍は、これまでよりも慎重だな」

浜辺に足を下ろしたシュランツは、連絡将校付の梶本久志《かじもとひさし》中尉に話しかけた。

シュランツはフランス領インドシナとイギリス領マレー半島、及びイギリス領ビルマへの進攻作戦に同行し、日本軍の戦い方をつぶさに見て、ドイツ本国に報告書を送った。

過去の作戦と今回のフィリピン進攻では、大きな違いが一つある。

事前の制空権奪取が徹底していることだ。

仏印、マレー、ビルマでは、日本軍は制空権の確保が必ずしも充分とは言えない状態で進撃を開始したのだ。

極東に配備されているフランス軍やイギリス軍の航空兵力は、さほど強力なものではなかったため、日本陸軍は空襲によって大きな被害を受けることなく、フランス軍、イギリス軍を撃破して、所定の作

3

波打ち際には、多数の大型発動機艇、小型発動機艇がのし上がっていた。

上陸部隊の将兵は次々と砂浜に足を下ろし、戦車、装甲車、火砲等の武器や弾薬箱、食料、日用品、医薬品等の梱包も陸揚《りくあ》げされる。

荷下ろしを終えた大発、小発は、海岸から離れ、沖合の輸送船へと戻ってゆくが、空いた場所には新たな大発、小発が到着し、揚陸作業を開始する。

フィリピン・ルソン島の北西部に位置するリンガエン湾の海岸だ。

日時は、日本時間の八月一六日七時（現地時間六時）。

ドイツ国防軍から連絡将校として派遣され、フランス領インドシナへの進攻作戦にも参加したヨーゼフ・シュランツ少佐の目には、八ヶ月半前、ダナン

戦目的を達成している。

　ところが今回のフィリピン進攻では、日本軍は上陸前に入念な航空攻撃を実施した。

　八月二日のクラークフィールド、イバの両飛行場に対する攻撃を皮切りに、爆撃を反復し、二週間近くをかけて、マニラ近郊のアメリカ軍飛行場を全て潰したのだ。

　この準備攻撃が奏功《そうこう》したのだろう、ルソン島の攻略を担当する日本陸軍第一四軍は、空からの攻撃を一切受けることなく、主力の第一四師団をリンガエン湾に上陸させている。

　空襲のみならず、水際《みずぎわ》での迎撃もない。

　アメリカ軍は、緒戦で制空権を失ったと判断し、海岸付近での抵抗を諦《あきら》めたのか。

「軍司令部では、アメリカ軍は兵力を温存《おんぞん》し、持久戦に入るつもりではないか、と見ております」

　梶本は応えた。

「フィリピンはアメリカ本土から見て、太平洋の反対側に位置します。しかも途中の南洋諸島では、我が軍が守りを固め、アメリカ軍の来寇《らいこう》を待ち構えています。救援部隊の到着までには、数ヶ月を要するでしょう。フィリピンのアメリカ軍は、その現実を承知しており、救援部隊の到着まで時間を稼ぐつもりかもしれません」

（アメリカのフィリピン救援は、本国の戦略にも影響するな）

　腹の底で、シュランツは呟いた。

　ヨーロッパの戦況については、在日ドイツ大使館付の武官が情報を伝えて来る。

　総統アドルフ・ヒトラーは、イギリスに対し、Uボートによる通商破壊戦と並行して、本土に対する航空攻撃に踏み切った。

　イギリス本土に対する最初の攻撃は七月一〇日に実施され、順次規模が拡大している。

　イギリス本土の制空権を奪取した暁《あかつき》には、本土への直接進攻も計画しているとのことだ。

大発の設計図を元に開発した、上陸作戦用の大型舟艇《しゅうてい》も、量産に入っているという。

問題は、アメリカがフィリピンとイギリス、どちらの救援を優先するかだ。

フィリピン救援を優先するなら、イギリスへの援助はその分減少し、ドイツ軍のイギリス本土進攻作戦は成功率が高くなる。

逆にイギリス救援を優先するなら、イギリス本土への進攻は困難になる。

アメリカの選択次第で、ヨーロッパと太平洋の戦局が大きく変わる。

「アメリカ軍が持久戦を選ぶとなれば、フィリピンの大部分は容易《たやす》く占領できるのではないか？　敵がどこに立てこもるにせよ、包囲して水源や糧道《りょうどう》を断てば手を上げるはずだ。その策を用いれば、味方の被害も少なくて済む」

シュランツの一言に、梶本は頷いた。

「そうなることを、私も願っております。特に、マニラを戦場にはしたくありません。市街戦となりますと、制圧までに時間がかかりますし、市民の犠牲も増えますから」

だが、自身の見通しが楽観的に過ぎたことを、シュランツはこの日の夜、早くも思い知らされることになる。

日本時間の二三時四七分（現地時間二二時四七分）、「テキシュウ！」の叫びが上がった。

数秒後、橋頭堡《きょうとうほ》の真上に複数の光源が出現し、月齢一二の月光と共に、海岸上で待機する日本軍将兵や戦闘用車輛《しゃりょう》、揚陸された物資を照らし出した。

シュランツは、咄嗟に九九式中戦車の陰に身を潜めた。

ドイツが輸出した二号戦車が日本陸軍に制式採用され、日本固有の暦《こよみ》を用いて名付けられたものだ。

ドイツ陸軍では軽戦車に分類される車輛だが、日本軍では「中戦車」の名を冠《かん》している。

命令と復唱を叫び交《か》わす声が、シュランツの耳に届く。

早口であることに加え、複数の声が重なっているため、ドイツ人の耳には聞き取れない。

はっきりしているのは、フィリピンのアメリカ軍が反撃を開始したこと、日本軍が急速に戦闘準備を整えつつあることだ。

敵弾の飛翔音が聞こえ始める。

大口径砲弾のような威圧感はないが、大気を切り裂くような鋭さを感じさせる。

音が急速に拡大した。

それが消えると同時に、砂浜に多数の爆発光が閃き、大量の砂煙《すなけむり》が湧き出した。

何発かは、日本兵の待機場所や陸揚げされたばかりの車輛、火砲の近くに落下したらしい。兵の絶叫や金属的な破壊音も届く。

敵弾の発射は、更に続く。

大部分は砂地に落下し、砂を噴き上げるだけだが、将兵の頭上や至近距離に落下するものや、戦闘車輛や火砲を直撃するもの、あるいは大発や小発を直撃するものもある。

被弾した大発や小発が火災を起こし、周囲を赤々《あかあか》と照らし出す。

火災炎という格好の照明を得たためか、燃えさかる大発や小発の周囲に敵弾が落下し、多数の爆発光が波打ち際に閃く。

内陸の上空にも複数の光源が出現し、おぼろげな光の中に、敵陣地を浮かび上がらせる。

上陸部隊が照明弾を発射すると共に、日本海軍の水上機が、吊光弾《ちょうこうだん》を投下したのだ。

「夜間飛行の技量は、ドイツ空軍《ルフトバッフェ》のパイロットと比較しても遜色《そんしょく》ないな」

日本機の動きを見ながら、シュランツは呟いた。

アメリカ軍は、夜間であれば航空機の支援はないと睨み、夜襲《やしゅう》をかけて来たのだろうが、日本軍の水上機搭乗員は、夜間の作戦行動にも熟達《じゅくたつ》している者が多いのだ。ダナンでも、上陸部隊が水上機の働きに助けられている。

日本側の陣地でも、鋭い発射音が響いた。敵の位置を確認した迫撃砲小隊《はくげきほう》が、反撃を開始したのだ。

内陸の土手《どて》に爆発光が閃き、爆煙が躍る。

照明弾、吊光弾の光の下《もと》、迫撃砲の応酬《おうしゅう》が繰り返され、リンガエン湾の浜辺は、濛々《もうもう》たる爆煙に覆《おお》われる。

「センシャダ！」

緊張した叫び声が、シュランツの耳に届いた。

ドイツ語の「戦車《パンツァー》」の意味だ。アメリカ軍は、海岸での迎撃戦に戦車を投入したらしい。

シュランツは、吊光弾の光の下に双眼鏡《そうがんきょう》を向けた。

複数の影が、海岸に向かって来る。ごつごつと、角張《かくば》った姿だ。

「M3だな」

おぼろげな影から、シュランツは敵戦車の型を見抜いた。

M3〝スチュアート〟。アメリカ製の軽戦車だ。

全長は二号戦車よりやや短く、車高は高い。火力は三七ミリ戦車砲一門、七・六二ミリ機銃五丁と、歩兵の掃討に主眼を置いたものと推測される。

軽戦車ながら装甲は厚い。イギリス軍に供与されたM3とビルマで対決した日本軍の九五式軽戦車、九七式中戦車は、正面装甲をほとんど貫通できず、大損害を被《こうむ》ったと報告されている。

制空権を日本側が握っていたため、ビルマ占領の目的は達成できたものの、戦車戦では連合軍に分があることを証明した戦いだ。

「少佐殿、こちらへ！」

梶本が、シュランツの左袖《そで》を引っ張った。

シュランツは梶本に従い、波打ち際付近まで後退し、陸揚げされた装甲車の陰に身を潜めた。

アメリカ軍の迫撃砲弾は、波打ち際にも落下しているため、安全とは言えないが、遮蔽物《しゃへいぶつ》の陰に隠れることで、心理的な安心感が得られる。

前方では、第一四師団隷下の戦車隊が前進を開始している。

フランス領インドシナでも活躍した九九式中戦車が、履帯《りたい》を高速で回転させ、砂煙を上げながら、アメリカ軍のM3に立ち向かってゆく。

「試金石《しきんせき》になるな」

シュランツは、九九式の動きを見て呟いた。

ビルマ攻略を担当した第一五軍には、ドイツが供与した戦車は配備されていなかったため、M3と九九式の対決はない。

リンガエン湾の戦闘は、ドイツ陸軍がアメリカ陸軍と直接対決するときの参考になる。

最初に砲門を開いたのはM3だった。

丈高《たけたか》い砲塔の前面に発射炎が閃き、角張った車体が瞬間的に浮かび上がった。

初弾では、命中弾は出ない。M3の三七ミリ弾は、砂煙を上げただけで終わる。

九九式の発砲はまだない。同車の主兵装である二〇ミリ機関砲は、まだ敵を有効射程内に捉えていないのだ。

「まずいな、こいつは」

「何がです？」

シュランツの呟きを聞きとがめたのだろう、梶本が聞いた。

「砂地では、どうしても速力が鈍《にぶ》る。軽戦車が快足《かいそく》を発揮できなかったら、いい的になるぞ」

その言葉が終わらぬうちに、日本軍戦車隊の間で爆発が起こった。

九九式二輌が擱座し、炎に包まれている。

「言わないこっちゃない！」

シュランツは舌打ちした。

危惧は、早くも現実になったのだ。

M3は砲撃を繰り返す。

九九式は、ひるんだ様子を見せない。

外れ弾が砂煙を噴き上げる中、M3群に正面から突進してゆく。

更に二輌が直撃を受け、炎上したところで、九九式が次々に停止した。

楔形《くさびがた》の砲塔から火箭が噴き延び、M3戦車に殺到した。

M3の車体や砲塔正面に、被弾の火花が散る。

炎上するM3はない。装甲の薄い側面や背面を狙うのであればともかく、二〇ミリ弾では、M3の正面装甲は射貫《いぬ》けない。

M3の砲塔正面に、発射炎がほとばしる。

九九式一輌が直撃弾を受けて擱座し、もう一輌が爆発炎上する。

「正面攻撃では駄目だ」

シュランツは呻いた。

火力、防御力共に勝る戦車と戦うには、機動力を活かし、側面や背面に回るのが有効だ。

だが九九式は、砂地で機動力が落ちているため、回り込みは至難だ。

アメリカ軍にも戦車戦の手錬《てだ》れがおり、戦車が砂地にいるうちに叩こうと考えたのか。

だとすれば、油断のならぬ相手だ。本国にも報告し、警報を送らねば——そう考えを巡らしつつ、シュランツは戦闘を見守った。

「敵戦車にも擱座したものがあるようです」

梶本が戦場の一角を指した。

シュランツは、敵戦車を注視した。

M3の中に、停止したままの車輌が散見《さんけん》される。砲に、新たな発射炎が閃くこともない。

「乗員を斃《たお》したようだな」

シュランツは呟いた。

二〇ミリ弾は正面装甲を射貫けなくとも、戦車の外鈑《がいはん》を乱打し、衝撃を与えることはできる。擱座しているM3は、二〇ミリ弾の連打を受け、乗員が脳《のう》震盪《しんとう》を起こしたのかもしれない。

だが、全体の戦況はアメリカ軍が優勢だ。

炎上、爆発するのは九九式ばかりであり、M3は日本軍陣地との距離を詰めつつある。

「艦砲の支援はないのか⁉」

シュランツは海上を振り返り、叫び声を上げた。

海上には第一四師団を派遣して来た輸送船の他、日本海軍の巡洋艦、駆逐艦が待機している。

重巡の主砲は口径二〇・三センチ。重砲に匹敵《ひってき》する威力を持つ。

その射弾を敵陣に撃ち込めば、戦況は一気に逆転するはずだ。

だが、日本軍艦は沈黙している。

海上に発射炎が閃くことも、二〇・三センチ砲弾がＭ３を吹き飛ばすこともない。

「軍司令部も、要請していると思うのですが……」

梶本も、焦《あせ》りを隠し切れない様子だ。

陸軍と海軍の管轄の違いもあり、意思の疎通《そつう》がうまくいかないのかもしれない。

どこの国の軍隊にもセクショナリズムはつきものだが、日本軍には特にその弊《へい》が強いように思う。

「このままでは——」

そう言いかけたとき、シュランツの右前方を、複数の車輌が横切った。

砂煙を巻き上げ、Ｍ３群の斜め前から距離を詰めてゆく。

全長は九九式とほぼ等しいが、形状は異なる。九九式の砲塔は楔形だが、この車輌の砲塔は箱形だ。鉄函《てっかん》を、無造作《むぞうさ》に載せただけにも見える。

それらが停止し、車体前面に発射炎が閃いた。

最初の射弾は地面に激突しただけで終わったが、第二射が三輌のＭ３をいちどきに捉えた。

爆発光が走ったと見るや、火焔が躍った。被弾したＭ３のうち二輌は、角張った砲塔が刎《は》ねられた首のように吹っ飛び、一輌は黒煙を上げながらその場に停止した。

「よし！」

シュランツが叫び、日本軍の陣地からも歓声が上がった。

戦闘に加わったのは一〇〇式砲戦車《ゲシュッツパンツァー100》。

ドイツに「砲戦車」という車種はなく、同種の戦闘車輌は「突撃砲《シュトゥルムゲシュッツ》」か「自走砲《ゲシュッツワーゲン》」と呼称される。

二号戦車の車台上に、固定式の装甲戦闘室とラインメタルの四五口径三七ミリ対戦車砲を装備した対戦車車輌だ。

二号戦車の砲を三七ミリ砲に強化する案はドイツ本国でも出されているが、改良型はまだ開発中だ。仮に完成しても、重量が重くなり、大発では運べない可能性がある。

そこで日本陸軍は、独自の強化策として、二号戦車の車体を利用した対戦車自走砲を製作し、この五月に制式採用したのだ。

装甲戦闘室は固定式であるため、射界は大幅に制限される。戦闘室も、充分な装甲厚を持たされているのは正面だけで、左右は機銃弾を防げる程度だ。後方には装甲板はなく、上部は開放式になっている。敵の歩兵に後方に回られたり、迫撃砲弾を受けたりすれば、ひとたまりもない。

だが全備重量は九・六トンと、二号戦車より僅かな重量増で済んでいる。何よりも、大発に積載可能であるため、上陸作戦の第一波に投入できる。

序盤《じょばん》は押されていた日本軍だったが、今や戦闘の主導権を奪い返しつつあった。

一〇〇式砲戦車の三七ミリ砲弾は、Ｍ３の砲塔であれ、車体であれ、命中すれば確実に貫通する。

生き残った九九式も、Ｍ３に射弾を浴びせる。

Ｍ３の車体下部に撃ち込まれた二〇ミリ弾が履帯を切断し、動けなくなったところに一〇〇式の三七ミリ弾が叩き込まれる。

轟音《ごうおん》を上げて爆砕されたＭ３の火災炎が、僚車《りょうしゃ》の姿を照らし出す。そこにまた新たな三七ミリ弾が撃ち込まれ、Ｍ３を残骸《ざんがい》に変えてゆく。

Ｍ３がたまりかねたように、後退を開始した。

履帯を逆回転させ、砂煙を巻き上げて避退する。

一〇〇式が追い打ちをかけ、三七ミリ弾を撃ち込

日本陸軍 一〇〇式砲戦車

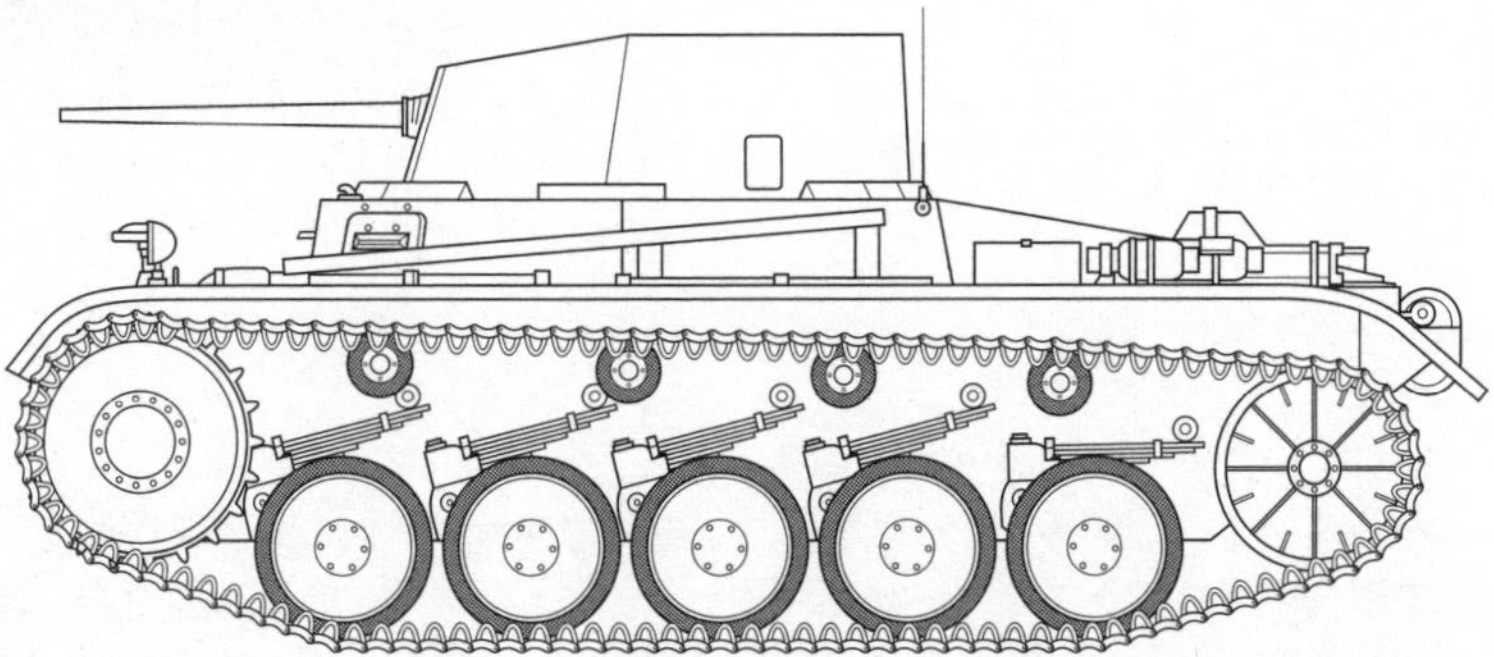

全長	4.8m
全幅	2.2m
戦闘重量	9.6トン
発動機	マイバッハ HL62TR 140馬力
最大速度	38km/時
兵装	37mm 45口径 対戦車砲×1 7.7mm機銃×1
最大装甲厚	25mm／装甲戦闘室正面
乗員数	3名

盟邦ドイツより導入した二号戦車（日本陸軍制式名 九九式中戦車）の車体に、固定式の装甲戦闘室を設け、37ミリ対戦車砲を装備した我が国初の対戦車自走砲。

大型発動機艇に搭載するため、重量を9.6トンに収めており、敵前上陸作戦においても迅速に展開が可能。機動性を生かした神出鬼没な闘いぶりは、ドイツから派遣された戦闘顧問団も高く評価している。

む。直撃弾の閃光が随所に走り、残存するM3が炎上し、あるいは擱座する。

M3と一〇〇式の間で爆炎が躍り、黒煙が噴き上がった。

アメリカ軍の迫撃砲陣地が、M3を撤退させるため、援護射撃を開始したのだ。

不意に、シュランツの背後から強烈な光が差し込んだ。頭上を、飛翔音が通過した。

敵陣地に多数の爆発光が閃き、遠雷《えんらい》のような爆発音が届く。

「ようやく海軍が動いたか」

シュランツは、大きく息をついた。

日本海軍の巡洋艦が、二〇・三センチ主砲を発射したのだ。

巡洋艦の砲撃は繰り返される。

発砲のたび、岩の塊を思わせる巨大な艦橋が瞬間的に浮かび上がり、砲弾の飛翔音が頭上に轟《とどろ》く。

「どうやら、橋頭堡は確保できたようだな」

シュランツは梶本と顔を見合わせ、頷き合った。

上陸後、最初の夜は、思いがけない苦戦を強いられたが、第一四師団は辛《から》くも踏みとどまった。

犠牲をいとわず、M3の猛攻を支えた九九式中戦車と、戦闘の主導権を奪い返した一〇〇式砲戦車の奮闘によって、アメリカ軍の反撃を食い止めたのだ。

視界の中からは、M3が完全に姿を消し、新たな照明弾の光が日本軍の陣地を照らすこともない。

それでも、沖合からの砲撃はなおしばらく続けられ、内陸に炸裂《さくれつ》音が轟いていた。

第三章　翻《ひるがえ》る星条旗

1

この時期、対米戦の最前線となる南洋諸島の防衛は、片桐英吉《かたぎりえいきち》中将が率いる第四艦隊が担当している。マリアナ、パラオ、トラック、マーシャルを含めた広大な海域を警備するため、第三、第四、第五、第六の各根拠地《こんきょち》隊を指揮下に収めている。

第六根拠地隊は、マーシャル諸島の警備を目的として編成された部隊だ。

ヤルート島、マロエラップ環礁《かんしょう》、ウォッゼ環礁に警備隊を配置する他、駆潜艇、掃海艇、水上機部隊等が主戦力となっている。

周辺海域の偵察と対潜哨戒、マーシャルに補給物資を運んで来る輸送船団の護衛が主な任務だ。

第六根拠地隊の司令官八代祐吉《やしろゆうきち》少将は、第四艦隊司令部を通じて、兵力の増強を海軍中央に要請していたが、増援がマーシャルに送られて来ることはなく、根拠地隊は手持ちの兵力で警戒を続けていた。

一〇月一日四時五五分（現地時間七時五五分）、クェゼリン本島に置かれている六根司令部の通信室に、一通の報告電が飛び込んだ。

「味方機より緊急信。『我、敵機ト交戦中』！」

電文を受信した古沢巧《ふるさわたくみ》三等兵曹は、緊張した声と表情で、通信長の青山賢治《あおやまけんじ》大尉に報告した。

「機体番号の報告はあるか？」

青山は古沢に聞き返した。

クェゼリン周辺の索敵を担当するのは、第一九航空隊だ。索敵計画は通信隊にも伝えられており、機体番号から索敵線が分かる。

「一五号機です」

「零観（零式観測機）だな」

古沢の答を聞いて、青山は機名を口にした。

速力よりも上昇力と運動性能を優先したため、複葉という、一見時代に逆行するような形式を敢《あ》えて採用した新型水上機だ。

汎用性《はんよう》に富《と》むため、連合艦隊主力の戦艦や重巡の他、各地の基地航空隊にも配備され、対潜哨戒、近距離索敵、泊地《はくち》間の連絡、基地の防空と、多様な任務に使用されている。

その零観が、敵機と遭遇したということは――。

「一五号機から続報は？」

「送信中に切れました」

「墜とされたな」

古沢の答を聞き、青山は状況を悟った。

零観の偵察員は、六根に急を報せるべく、無線機のキーを叩き続けたのだ。

零観は航続距離が短いため、索敵時の進出距離が最大一〇〇浬と定められている。

青山は受話器を取り、八代司令官を呼び出した。

一五号機の報告電について伝え、

「敵機は、クェゼリンから一〇〇浬以内に迫っていると推定されます」

と付け加えた。

息を呑む音が聞こえた。

「司令官！」と呼びかける声や叫び交わす声が受話器の向こうから伝わって来るが、八代の応答はすぐにはない。対処について、思考を巡らしている様子だった。

若干の間を置いてから、あらたまった声で指示が伝えられた。

「泊地内の全在泊艦船に避退を命じろ。泊地の外で作戦行動中の艦船には、トラックに向かうよう伝えろ。一隻でも多く助けたい」

「泊地内の全在泊艦船に避退命令を送ります。泊地の外で作戦行動中の艦船には、トラックに向かうよう伝えます」

「それから、トラックの第四艦隊司令部に緊急信だ。『我、敵ノ攻撃ヲ受ケツツアリ。〇五〇六《マルゴマルロク》』」

「『我、敵ノ攻撃ヲ受ケツツアリ。〇五〇六《マルゴマルロク》』。四艦隊司令部に送信します」

青山は、早口で命令を復唱した。

通信員全員に、たった今の八代の命令を伝え、「送信急げ」と下令《かれい》する。

四名の通信員が、司令官命令を暗号電文に組み替え、慌《あわ》ただしく無線機のキーを叩く。

通信室の外からは、騒然《そうぜん》たる動きが伝わって来る。

空襲警報がけたたましく鳴り響き、泊地からは爆音が聞こえる。

一九空の水上機が、避退しようとしているのだ。

全ての送信が終わったとき、聞き慣れた水上機のものとは異なる爆音が聞こえ始めた。

空そのものが重みを持ち、のしかかって来るような威圧感がある。

一機、二機といった数ではない。何十機あるか見当もつかない大編隊だ。

威圧するような爆音が、クェゼリン本島の上空を通過した直後、多数の炸裂音が轟き、島全体を揺り動かすような衝撃が襲いかかって来た。

2

「米軍、クェゼリンに来襲」

海軍省にこの第一報が伝わったとき、軍務局員の浜亮一中佐は、第二課長の山口次平大佐と共に、航空本部にいた。

井上成美本部長と、航空機の配備計画について打ち合わせを行っているときに報告が届いたのだ。

「米軍がマーシャルに来ました。クェゼリンです」

との一言を聞くなり、山口第二課長が腰を浮かせかけた。

「落ち着け、第二課長」

井上がたしなめるように言った。

「我々の役目は軍政であって、軍令ではない。米軍の邀撃《ようげき》は、GFに任せることだ」

「マーシャルは戦前からの領土です。対米戦の主戦場として、想定していた場所です。そこに米軍が来たとなれば――」

「戦前からの領土というなら、フィリピンも戦前からの米国領だ。我が軍は、そのフィリピンに軍を進めている。戦争をしている以上、領土を侵《おか》し、侵されるのはお互い様だ」

井上は、報告を届けた岩根隆夫《いわねたかお》大尉に尋ねた。

「クェゼリンを襲った敵の規模は分かるか？」

「詳しい報告は、まだ届いておりませんが、四艦隊司令部が受信したところによれば、六根は指揮下の全艦に避退を命じたとのことです」

「詳しい情報が入ったら、また報せてくれ」

井上はそう命じて、岩根を下がらせた。

「全艦に避退を命じたとなりますと、敵はかなりの規模ですね。クェゼリン、いやマーシャル諸島全ての攻略を目指しているのかもしれません」

「貴官の推測通りだろう。米国の参戦以来、二ヶ月以上が経過している。マーシャルの攻略準備を整えるには、充分すぎるほどだ」

浜の一言に、井上は頷いた。

米国が対日宣戦を布告した直後、日本軍は直《ただ》ちにフィリピンの攻略を開始した。

セイロン島攻略からフィリピン攻略に任務が切り替わった第一四軍は、八月一六日から一八日にかけて、ルソン島北西部のリンガエン湾と南東部のラモン湾に上陸し、南北からマニラへと進撃した。

在比米軍はマニラを持ちこたえられないと判断したのだろう、無防備都市《オープン・シティ》を宣言して同市より退去し、マニラ湾を扼《やく》する位置にあるバターン半島とコレヒドール島に籠城《ろうじょう》している。

フィリピンの米軍航空兵力は無力化され、米アジア艦隊の主立《おもだ》った艦艇も、豪州方面に撤退していったと報告されている。

日本本土と南方資源地帯を結ぶ航路を、在比米軍に脅《おびや》かされる危険はなくなったのだ。

太平洋におけるもう一つの米軍の拠点――マリアナ諸島南端のグアム島は、日米開戦の翌日、七月二七日に、サイパン島で待機していた海軍陸戦隊が上陸し、その日のうちに占領した。

これに対し、米軍の動きは鈍かった。

潜水艦による輸送船への攻撃や、クェゼリン環礁への偵察機の飛来はあったものの、連合艦隊が仮想敵と目してきた米太平洋艦隊は動きを起こさず、太平洋正面で大規模な戦闘は生起しなかったのだ。

「米国は、英国への支援を優先しており、太平洋は後回しとなっているのではないか」

「米国は、極東の植民地を見捨てた英仏蘭同様、フィリピンを見捨てるつもりではないか」

海軍省や軍令部には、そんな意見もあった。

「米国は、慎重に地ならしをした上でことを起こす国です。現在は準備期間であり、太平洋艦隊は遠からぬうちに行動を起こすと考えられます」

浜は、楽観論に対して反論したが、

「貴官は心配性だな」

と、一笑《いっしょう》に付《ふ》す者が少なくなかった。

結果として、浜の見通しが正しかった。

米国は作戦準備を整え、対日戦に向けて、本格的に動き始めたのだ。

「六根は、どうなるでしょうか？」

「気の毒だが、ほとんど助かるまい」

山口の問いに、井上はかぶりを振った。

クェゼリン本島やマーシャルの島々を守る警備隊は、軽装備の部隊で、小火器しか持たない。

孤立《こりつ》した島に敵の大部隊が上陸して来れば、その運命は明らかだ。

米軍の来寇を予測しながら、軽装備の部隊を前線に貼り付けるとは——井上の表情からは、そんな怒りが見て取れた。

「航空機の配備計画に話を戻しますが——」

浜は、あらたまった口調で言った。

「軍令部とGF司令部より、零戦の配備を急いで欲しいとの要望が届いております。特にGFは、空母の艦戦隊を、できる限り早く零戦に転換したいと希望しております。米軍の侵攻が始まった現在、母艦航空隊への零戦の配備は急務だと考えます」

「急場には間に合わぬ。母艦航空隊に配備できるほど数が揃《そろ》っていない。搭乗員の機種転換訓練にも、相応《そうおう》の時間がかかる」

井上が応え、同席している航空本部教育部長の酒《さか》巻宗孝《まきむねたか》大佐が後を引き取った。

「不慣《ふな》れな機体でいきなり実戦の場に投入されれば、搭乗員も、機体も、持てる力を十二分《じゅうにぶん》に発揮できない。搭乗員と貴重な新鋭機を、無為《むい》に失うわけにはゆかぬ」

「こうなってみますと、零戦の開発遅れが悔《く》やまれますな。昨年のうちに量産に入っていれば、米国の参戦に間に合わせることも可能でした」

ため息交じりに言った山口に、酒巻が反駁するように言い返した。

「それは逆でしょう。対米開戦が早すぎたのです」

「敵が、こちらの都合を考えてくれるわけがありません。昨年、三国同盟を締結した時点で、米国とはいつ開戦になってもおかしくなかった。零戦の開発と量産化を、三菱に急がせるべきだったのではありませんか？」

「そもそも、独伊と結んだのが間違いです」

酒巻が強い語調で言い、山口を睨《ね》めつけた。

本部長が軍務局に籍を置かれていたとき、独伊との同盟に賛成するよう迫ったのは、貴官と今の軍務局長ではなかったのか、と言いたげだった。

「そこまで！」

井上が鋭い声で制した。

「独伊との同盟締結については、私にも言いたいことはある。しかし、今は海軍の行政について、責務を果たさねばならぬ」

「は……」

山口が頭を下げて引き下がり、酒巻も一礼した。

「GFの要望は、できる限り容《い》れたい。浜中佐の気持ちも分かる。だが、今は零戦を空母に配備できる状態ではないのだ。物理的に不可能なのだと理解して貰いたい」

井上の一言に、浜は頭を下げた。

「ない袖は振れぬ」と言われてしまえば、如何とも し難《がた》い。

まずい時期に、対米戦が始まったものだと思わずにはいられなかった。

「本部長は、米軍はマーシャルを占領した後、どのように動くと考えられますか？」

山口が聞いた。

航空本部長に、と言うより、海軍の中でも知米派で鳴らした井上に意見を聞き、国防政策を検討する上での参考としたいようだった。

「米軍の目標は、フィリピンの奪回にあると考える。米国の性格から考えて、かの地に住む自国民を見捨てるような真似はするまい」

井上は、机上《きじょう》に広げた南方要域図を見つめながら言った。

「ただし、一足飛《いっそくと》びにフィリピンを目指すことはないはずだ。まずは占領したマーシャル諸島に、補給のための基地を建設する。しかるのちに、第二、第三の中継点を確保しつつ、フィリピンに前進しようとするだろう」

「となりますと、次の目標はトラック、その次はパラオと考えられますね」

「グアムという可能性はないでしょうか？」

浜が意見を述べた。

マリアナ諸島南端のグアム島は米国領だ。米国としては、フィリピン同様、一日も早く奪回したいはずだ。

グアムに大規模な基地を建設することで、マリアナ諸島周辺の制空権、制海権を確保すると共に、トラック環礁と日本本土の連絡線を遮断《しゃだん》できる。

「グアムの港湾は、太平洋艦隊の泊地とするには狭すぎる」

山口がかぶりを振ったが、浜は食い下がった。

「飛行場の適地はあります。現に開戦前、米国はグアムを、フィリピンまでの空路の中継点として使っていた実績があります」

「攻略目標を決めるのは米軍である以上、最初から可能性を一つに限定すべきではない」

井上が頷いた。

「敵はマーシャルを拠点に、トラック、パラオ、フィリピンと進撃する可能性大。ただし、トラック、パラオではなく、グアム、フィリピンと進撃する可能性もあり。軍令部と連合艦隊司令部には、そのように伝えておけばよいだろう」

「今一つ。米軍が新たな行動を起こすのは、いつ頃になるでしょうか?」

山口の問いに、井上はすぐには答えず、しばし思案を巡らしてから答えた。

「米軍といえども、占領したばかりの場所を大規模な補給基地に仕立てるには、相応の時間がかかる。早くて一ヶ月後、つまり一一月に入ってからではないかと考える」

「軍務局の意見として、軍令部とGF司令部にお伝えしてよろしいですか?」

「構わんよ」

井上は、鷹揚《おうよう》に頷いた。

自分は、手柄《てがら》など求めてはいない。知米派の盟友だった山本長官が、的確な判断をされるよう祈るだけだ――そんなことを言いたげだった。

3

マーシャル諸島のクェゼリン環礁からは、かつての統治者《とうちしゃ》が一掃《いっそう》されていた。

南東部のクェゼリン本島にも、環礁北端のルオット島にも、日章旗《にっしょうき》は一本も立っていない。

日本機の姿もない。水上機基地の桟橋《さんばし》に係留されていた機体は、ことごとく残骸と化している。

日本海軍の艦船は、浅瀬《あさせ》に着底し、上部構造物を水面上にのぞかせているものが散見されるだけだ。

地上に翻る旗《はた》は星条旗《スターズ・アンド・ストライプス》であり、飛行場に駐機する機体は、ウェーク島の飛行場から移駐してきたコンソリデーテッドPBY〝カタリナ〟やブリユースターF2A〝バッファロー〟、ヴォートSB2U〝ヴィンディケーター〟といった、海兵隊航空部隊の所属機だ。

泊地には、多数の合衆国軍艦が停泊している。

主力となる戦艦は、九隻を数える。

うち五隻は、すらりと伸び上がった籠《かご》マストを持ち、四隻はがっしりした三脚檣《さんきゃくしょう》を持つ。

目下《もっか》、フィリピン・ルソン島のバターン半島、コレヒドール島で、籠城戦を戦っている在フィリピン軍にとっては、騎兵隊《きへいたい》にも等しい救い主に違いない。

九隻の戦艦からほど遠からぬ場所には、二隻の空母が錨《いかり》を下ろしている。

右舷側に設けられた艦橋と、その艦橋に倍するヴォリュームを持つ巨大な煙突《えんとつ》が、外観上の特徴《とくちょう》だ。

「レキシントン」と「サラトガ」。元は、高速と強大な火力を併《あわ》せ持つ巡洋戦艦として設計され、建造途中から空母に艦種変更された巨艦が、堂々たる姿を見せている。

これらを護衛するのは、一〇隻以上の巡洋艦と四〇隻以上の駆逐艦だ。

アメリカ合衆国海軍太平洋艦隊の主力艦艇群が、数日前までは日本の支配下にあったクェゼリン環礁に集結していた。

「予想以上にあっけなかったな。日本艦隊の主力が駆け付けて来るか、地上部隊の激しい抵抗があるかと考えていたが」

太平洋艦隊旗艦「コロラド」の艦橋で、司令長官ジェームズ・O・リチャードソン大将は、参謀長のロバート・L・ゴームリー少将に言った。

太平洋艦隊は開戦後、ウェーク島の飛行艇《ひこうてい》部隊に命じ、クェゼリン環礁を念入りに偵察させた。

その結果、行政の中心となるクェゼリン本島にも、航空基地があるルオット島にも、基地航空隊は配備されておらず、在泊艦船も旧式艦や近距離哨戒用の小型艦艇がほとんどであることが判明した。

太平洋艦隊は二ヶ月に亘って偵察を続けたが、日本海軍連合艦隊《コンバインド・フリート》の主力が進出して来ることも、増援部隊が送られて来ることもなく、島の防御陣地が強化された様子もなかった。

リチャードソンは堅実な戦術展開を旨とする指揮官であり、「会計士のように計算高い男」との人物評もある。

「日本海軍は、何かを企《たくら》んでいるのではないか」

その疑惑を捨て切れず、太平洋艦隊を出撃させることには躊躇《ためら》いがあったが、九月二一日、マーシャル諸島の攻略に踏み切った。

「フィリピンの友軍は、救出を待っている。かの地を、太平洋のアラモ砦《とりで》としてはならぬ」

作戦本部からこのように言われては、動かないわけにはいかなかったのだ。

警戒していた罠《わな》などはなく、クェゼリンは容易く陥落《かんらく》した。

同地の日本軍は、僅か一日で戦闘力を喪失し、クェゼリン本島とルオット島に上陸した海兵隊は一〇月三日、「作戦完了。我、クェゼリンを占領せり」と報告した。

翌一〇月四日には、環礁内の掃海作業が完了し、今日――一〇月五日、太平洋艦隊はクェゼリンに入泊したのだ。

「クェゼリンは、日本本土から直線距離にして約一九〇〇浬の距離があります。日本の補給能力では、クェゼリンに防御陣地構築用の資材を充分運び込めなかったと推測します」

作戦参謀のジャック・F・デイトン中佐が言った。

艦船勤務と作戦本部での研究を、等分に経験した人物だ。対日戦についても、複数の論文を発表している。

「付け加えて申し上げるなら、合衆国にとってのフィリピンも、日本にとってのクェゼリンと同じ位置づけにあります。本国から遠く、充分な防御態勢を整える余裕がありませんでした」

「クェゼリンが日本本土から遠いのは分かるが、コンバインド・フリートの主力が全く動かなかったというのは解《げ》せぬな」

「動きたくとも動けない状態にあった、と考えられます。日本艦隊は、先のセイロン島沖海戦（連合軍側の公称は日本と同じ）で損害を受けております。日本本土からセイロン島の沖まで進出したため、艦艇の整備も必要です。二ヶ月では、我が軍主力と決戦するための準備を整えられなかったと考えられます」

情報参謀のヘンリー・S・ケンドール中佐が発言した。

この八月まで、在イギリス大使館付海軍武官を務めており、既に日本軍と交戦した経験を持つイギリス海軍から、積極的に情報を集めて回った将校だ。

それだけに、確度は高いと思われた。

「イギリス海軍は『ネルソン』『ロドネイ』を失ったが、『長門《ナガト》』『陸奥《ムツ》』を大破させたということだったな？」

「左様《さよう》です。他に巡洋艦四隻を損傷させ、駆逐艦七隻を撃沈破したとのことです」

「撃沈に至らしめたのは、駆逐艦だけか」

リチャードソンは渋面《じゅうめん》を浮かべた。

それでは、「ネルソン」「ロドネイ」の喪失と引き合わぬではないか、と思う。

三五年前のロシアと異なり、イギリスは世界に冠たる海軍国だ。近代海軍の基礎を日本に教えた師匠《ししょう》でもある。

そのイギリス海軍が、惨敗《ざんぱい》を喫《きっ》したのか。

「一つだけ、断言できることがあります」

ゴームリーが、自信に満ちた口調で言った。

「艦隊戦になれば、我が太平洋艦隊の勝利は確実です。『ナガト』『ムツ』が戦列から離れた今、日本軍が使用可能な戦艦は八隻です。我が方の戦艦は九隻ですから、僅か一隻の差に見えますが、戦闘力には大きな差があります」

リチャードソンが率いる戦艦九隻のうち、三隻はコロラド級に属する。

日本の長門型《ナガト・タイプ》戦艦、イギリスのネルソン級《ネルソン・クラス》戦艦と共に「世界のビッグ・セブン」と呼ばれる艦であり、一発当たりの破壊力では世界最強を誇る。

他の六隻のうち、テネシー級戦艦二隻は、初速の大きな長砲身の三五・六センチ砲一二門を装備しており、火力はコロラド級に引けを取らない。

ペンシルヴェニア級戦艦二隻、ネヴァダ級戦艦二隻は、テネシー級には一歩譲《ゆず》るものの、前者は三五・六センチ主砲一二門、後者は同一〇門を装備し、攻撃力は高い。

一方、日本軍の伊勢型《イセ・タイプ》、扶桑型《フソウ・タイプ》、金剛型《コンゴウ・タイプ》は、全て三五・六センチ砲装備だ。

イセ・タイプ、フソウ・タイプは連装六基一二門の主砲を装備しており、門数だけを見れば、ペンシルヴェニア級と同等に見える。

だが、これらの艦は、中央部に装備した主砲の射界に大きな制限があるため、ペンシルヴェニア級より劣ると評価されている。

コンゴウ・タイプは三五・六センチ主砲八門と、ペンシルヴェニア級の三分の二の火力しかない。速度性能は高い反面、防御力が犠牲となっている。

総合力では、二対一以上の差があると見て間違いない。

太平洋艦隊は、必勝の態勢でコンバインド・フリートとの決戦に臨《のぞ》まんとしているのだ、とゴームリーは胸を張った。

「我が軍がコンバインド・フリートを叩きのめし、圧勝すれば、『ネルソン』『ロドネイ』の喪失も意味があったと言えるな」

大きく頷いたリチャードソンに、航空参謀アラン・K・ウォーレス中佐が言った。

「航空兵力にやや不安があります。日本軍は四隻の空母を投入して来ると想定されますが、我が方の空母は『レキシントン』『サラトガ』の二隻のみです。日本軍の空母は、大きさの割に搭載機が少なめですが、総兵力では我が方を上回ると考えられます」

対日開戦の時点で、合衆国海軍は「レキシントン」「サラトガ」以外に四隻の空母を擁していた。

ヨークタウン級空母の「ヨークタウン」「エンタープライズ」、中型空母の「レンジャー」「ワスプ」だ。

リチャードソンは空母全てを太平洋艦隊の指揮下に編入するよう求めたが、作戦本部は、

「イギリス海軍は開戦後、『グローリアス』『カレイジャス』の二空母を喪失しており、空母戦力が不足している。これらを補うため、『ヨークタウン』『エンタープライズ』は大西洋に留める必要がある。『レンジャー』は防御力、速力に難があり、第一線に出すのは危険が大きい。『ワスプ』は四月に竣工《しゅんこう》したばかりであり、乗員の習熟《しゅうじゅく》度が不充分である」

と述べ、リチャードソンの要請を却下した。

結果、太平洋艦隊の空母兵力は二隻だけとなったのだ。

「レキシントン」「サラトガ」は、世界最大の空母として知られており、搭載機数も多い。

今回の作戦には、両艦とも一〇六機ずつ、合計二一二機を搭載して臨んでいる。

クェゼリンに対する航空攻撃で四機が失われたため、現在は二〇八機だ。

非常に大きな戦力ではあるが、日本軍が四隻の空母を投入して来た場合、対抗できるかどうかは分からなかった。

「主力の戦艦では我が方が敵を圧倒している。巡洋艦、駆逐艦も、充分な数を用意した。現有兵力をもってすれば、日本艦隊を圧倒し得る」

ゴームリーが言い切った。

ウォーレスはまだ何かを言おうとしたが、その前にゴームリーは議題を変えた。

「今後の作戦スケジュールですが、参謀長としましては、予定通り進めて支障ないと考えます。長官のお考えはいかがでしょうか？」

　リチャードソンは頷いた。

「いいだろう。我が軍の目的は、フィリピンの救援だ。コンバインド・フリートがどの時点で出て来るかは予測できぬが、我々がフィリピンを目指す途上で、必ず決戦を挑《いど》んで来るはずだ」

　ゴームリーが小さく笑った。

「ヤマモトが驚くかもしれませんな。我が軍の進撃速度に」

第四章　サイパンの盾と矛

1

「空中聴音室《ちょうおん》より報告。本島に接近せる爆音を探知」

「早いな。もう来たのか」

司令部付水兵の報告を受けた第五根拠地隊司令官春日篤《かすがあつし》少将は、感心したように呟いた。

第五根拠地隊は、第四艦隊の指揮下にある複数の根拠地隊の一つで、マリアナ諸島南部のサイパン島、テニアン島、グアム島の警備を担当している。

この日――一〇月一一日は、サイパン島南部のアスリート飛行場に、第一連合航空隊を迎える予定だった。

クェゼリンが一〇月三日に陥落したとき、第四艦隊司令部は、

「米軍はクェゼリンを前線基地に仕立て上げるため、一、二ヶ月程度は同地に留まるのではないか」

と考え、敵の出方《でかた》を見守るとの方針を定めた。

事実、トラック環礁からクェゼリンに飛んだ九七式大型飛行艇は、クェゼリン本島に米軍が大規模な飛行場を建設している光景を偵察写真に収めている。

米軍は、クェゼリンを足場《あしば》にしてマーシャル諸島全域を制圧すると共に、次の目標であるトラック環礁を狙うのではないか、と考えられていたのだ。

だが米軍の動きは、連合艦隊司令部の予想を超えていた。

クェゼリン陥落の四日後、今度はマーシャル諸島西端のエニウェトク環礁が攻撃を受けたのだ。

一〇月九日には、米軍の地上部隊がエニウェトクに上陸し、易々《やすやす》と同地を占領した。

エニウェトクからトラック環礁までは約五〇〇浬。双発の中型爆撃機であれば、攻撃圏内に入る。

連合艦隊司令部は、急遽《きゅうきょ》第一、第二両艦隊を出航させ、トラックに向かわせると共に、先遣隊として一連空を送り込んだのだ。

一連空は、高雄航空隊、鹿屋《かのや》航空隊、東港《とうこう》航空隊の三個航空隊で編成され、九六式陸上攻撃機九〇機、九七大艇一二機を擁している。

緒戦の南方進攻作戦に参加した後、内地に戻り、損耗した兵力の補充と搭乗員の訓練に当たっていた。同部隊は硫黄島《いおうとう》を経由して、サイパンに移動する旨が、五根司令部に伝えられていた。

「妙だぞ」

「何がだね？」

参謀長井上乙彦《いのうえおとひこ》中佐の言葉を聞きとがめ、春日が聞いた。

「一連空にしては早すぎます。予定では、一一〇〇《ヒトヒトマルマル》から一二〇〇《ヒトフタマルマル》の間に到着となっていたはずです」

「硫黄島での給油が早めに終わったから、出発を繰り上げたのではないかね？」

「だとしても、出発は夜明け後になるはずです。硫黄島からサイパンまでは、約七〇〇浬。九六陸攻の巡航速度で、四時間半ほどかかります。現在の時刻から逆算しますと、一連空は硫黄島を〇一〇〇《マルヒトマルマル》から〇二〇〇《マルフタマルマル》の間に離陸したことになります。一機、二機ならともかく、一〇〇機もの機体が真夜中に離陸し、夜間飛行を行うとは考えられません」

「参謀長の言う通りだとすると……」

春日は、背筋に冷たいものを感じた。

「聴音室、爆音が聞こえて来る方角は分かるか？」

「本島よりの方位九〇度から一一〇度の間です」

「敵です、司令官！」

報告を聞くなり、井上は血相《けっそう》を変えて叫んだ。

春日も、事態をはっきりと悟った。

サイパンからの方位九〇度から一一〇度といえば大雑把《おおざっぱ》だが、その間にはエニウェトク環礁がある。探知された爆音は、敵機のものに間違いない。

「本島、テニアン島、グアム島に空襲警報。敵機が来る！」

春日は、大音声《だいおんじょう》で叫んだ。

次いで通信室を呼び出し、

「連合艦隊と一連空に緊急信。『敵大編隊〈サイパン〉ニ接近中。空襲ノ可能性大ナリ。〇六二一《マルロクフタヒト》』」

一語一語をはっきりと区切《くぎ》るようにして、報告電の内容を伝える。

その間にも、空中聴音室から、

「爆音、本島に接近します。機数一〇〇機以上！」

との続報が上げられる。

「敵機は何だろう？　空母機だろうか？」

「間違いないでしょう。エニウェトクが敵の手に落ちたのは一昨日です。米軍の物量が巨大でも、僅か二日でエニウェトクに飛行場を建設し、長距離爆撃機を配備できるとは思えません」

「しかし、いつの間に空母を……」

井上の答を受け、春日は茫然と呟いた。

空母の接近を見落としていたとは大失態だが、無理からぬところもある。

米軍がエニウェトクを占領してから二日しか経過していないにもかかわらず、一〇〇〇浬も離れたサイパンを攻撃して来るとは、一連空司令部や連合艦隊司令部も予想していなかったであろう。

「エニウェトクが最初に空襲を受けたのは一〇月七日、地上部隊が上陸したのは九日です。敵の空母は、エニウェトク空襲の終了後、直ちにサイパンに向かって動き始めていたのかもしれません」

「確かに四日あれば、一〇〇〇浬の距離を詰められるが……」

春日は唸《うな》り声を発した。

米軍の空母は、地上部隊を放置したまま、サイパンに向かって来たのか。

「エニウェトクは元々、守備隊をほとんど置いていなかった拠点です。米軍は、空母は不要と判断したのでしょう」

井上が応えたとき、

「緊急信の打電完了！」

通信室から、報告が上げられた。

ほとんど同時に、空襲警報が鳴り響き始めた。

サイパン島やテニアン島は、マーシャル諸島やトラック環礁よりも遥《はる》かに内地に近い。

五根が編成され、司令官として赴任したとき、この島で空襲警報が鳴り響くなど、想像したこともなかった。

「司令官、我々も避退を！」

井上が叫んだ。

五根司令部は、アスリート飛行場に隣接している。敵機が来襲すれば、ほぼ確実に攻撃を受ける。

サイパン島にある飛行機は水上機ばかりであり、迎撃に使用できる機体はない。

「わ、分かった！」

春日は叫び返し、司令官席から立ち上がった。

空襲は想定していなかったため、防空壕《ぼうくうごう》はない。

飛行場の北側にある林の中に避難するのだ。

春日が司令部の外に出たとき、既に飛行場は騒然としていた。

整備員や兵器員が内陸に向かって走る一方、複数箇所に設けられている対空砲陣地に砲員が取り付き、砲身を上向けている。

空中聴音室は、「機数一〇〇機以上」と報告していたが、対空砲陣地の数は一〇箇所もない。防ぎ切るのは、まず不可能と思われた。

空襲警報の音に混じって、爆音が聞こえ始めた。

春日は走りながら、上空を振り仰いだ。

真っ青な空とちぎれ雲を背に、黒いごま粒を撒《ま》いたような機影が見える。

敵空母から発進した艦上機が、サイパン上空に到達し、アスリート飛行場に襲いかかろうとしているのだ。

背後から、ダイブ・ブレーキのものとおぼしき甲《かん》高《だか》い音が届く。

対空火器の連射音も伝わって来る。

対空砲陣地が、応戦を開始したのだ。

やがて初弾が投下されたのか、下腹《したはら》にこたえるような炸裂音が轟き、衝撃が足の裏に伝わった。

2

「敵は、マリアナ近海にはいないと断言するのかね、航空参謀？」

「航空偵察の結果からは、そのように判断せざるを得ません」

連合艦隊参謀長福留繁少将の問いに、航空参謀日高俊雄少佐は落ち着いた声で返答した。

戦艦「伊勢《いせ》」の長官公室だ。竣工以来、二〇年に亘って連合艦隊旗艦を務めてきた「長門」「陸奥」は修理中であるため、連合艦隊司令部は「伊勢」を旗艦に定めたのだ。

「長門」「陸奥」の復帰か、新鋭戦艦「大和《やまと》」の竣工までは、「伊勢」と姉妹艦の「日向《ひゅうが》」が交替で、連合艦隊の旗艦を務めることになる。

「見落としの可能性はないか？」

質問を重ねた福留に、日高は考えていた答を返した。

「ないとは言い切れませんが、敵空母がマリアナ近海に展開しているのであれば、我が艦隊も敵の索敵機に捕捉《ほそく》されるはずです。それがない以上、敵艦隊はマリアナから離れたと考えられます」

連合艦隊主力が内地から出港したのは一〇月九日。米軍が、エニウェトク環礁に上陸した直後だ。

大本営は、クェゼリン環礁が攻撃を受けた時点で連合艦隊に出撃を命じたが、山本五十六司令長官は、

「敵の狙いが不明確なまま艦隊を動かしても、空振《からぶ》りに終わる可能性がある。敵の出方を見た上で、我が方の作戦を決定したい」

との理由で、延期を申し入れた。

連合艦隊がクェゼリンに向かう間、米艦隊が同地に留まっているとの保証はない。

「米軍といえども、本国から遠いクェゼリンに前線基地を建設するには、一ヶ月はかかる。敵が新たな動きを起こすのは、一一月以降と考えられる」

という、軍務局の見積もりもある。

一日、二日を焦って、敵を取り逃がす愚《ぐ》を犯《おか》すよりも、慎重に準備を進めた上で決戦に臨みたいと、山本は考えたのだ。

ところが、米軍は一ヶ月も待たなかった。

クェゼリン陥落の僅か六日後には、マーシャル諸島西端のエニウェトク環礁を占領したのだ。

一〇月九日朝、緊急の作戦会議が旗艦「伊勢」で開かれ、連合艦隊司令部の全幕僚と第二艦隊の司令長官、各戦隊の司令官らが参集した。

「私も、軍務局も、米軍の動きを見誤っていた。常識的に考えれば、クェゼリンの基地化を完成させてから次の拠点攻略にかかるところだが、米軍は複数の拠点を同時に攻略し、並行して基地化を進めるつもりなのだ。短期間でフィリピンまでの進撃路を確保し、同地の救援に向かうつもりだろう。米国には、それを可能とするだけの国力がある。私は開戦前から、『米国の国力は、我が国よりも遥かに大きい』と繰り返し述べてきたが、その私自身が、米国の力を過小評価していたのだ。この点については、誤りを認めざるを得ない」

山本は、全員の前で述べた。続いて福留参謀長が、米軍の行動について考えるところを述べた。

「クェゼリン、エニウェトクの共通点は、守りが手薄《うすで》だったことです。米軍は、基地化を短期間で完成させるため、防備が弱い場所を狙って来たと考えられます。この点を考慮しますと、敵はエニウェトクに続いて、グアムの奪回、もしくはサイパン、テニアンの攻略を目指すと考えられます。トラック、パラオは守りが堅いため、素通《すどお》りするでしょう」

連合艦隊は福留の予測に基づき、マリアナ諸島を目指すと共に、兵力の補充を終えた一連空にサイパン進出を命じた。

山本は基地航空隊と協力して、米太平洋艦隊主力を迎え撃つ作戦構想を立てていたのだ。

だが米軍は、基地航空隊の進出前にサイパン、テニアン、グアムを空襲した。

現在、マリアナ諸島に使用可能な飛行場はなく、進出が予定されていた第一連合航空隊は硫黄島に留め置かれている。

あたかも、山本の考えを読み取ったかのような動きだった。

「敵は、既にマリアナの攻略に踏み出している。空襲の後は、水上部隊による艦砲射撃を加え、地上部隊を上陸させる可能性が高い」

山本はそのように睨み、連合艦隊に進撃の続行を命じた。

同時に、サイパンの水上機部隊とトラックの飛行艇部隊に、航空偵察を実施させた。

サイパンでは、飛行場は使用不能になったが、水上偵察機には、洋上哨戒に出ていたおかげで難を逃れたものがある。

トラックの九七大艇も、長距離偵察が可能だ。

これらがサイパン島の東方海上に飛び、米艦隊の所在を探った。

サイパンの五根司令部は、「来襲セル敵機ハ一〇〇機以上」と報告している。

最低でも、二隻の空母が索敵網にかかると推測された。

ところが予想に反し、敵艦隊は発見できなかった。

サイパンを襲った空母も、その後方に続くであろう砲戦部隊も、上陸部隊を乗せた輸送船団も、ただ一隻も見出すことはなく、索敵機は全機が空しく引き上げて来た。

日高は、通信参謀の田村三郎《たむらさぶろう》中佐と共に、報告電を念入りに調べたが、敵艦隊の発見を報せるものはなかった。

日本艦隊の上空に、米軍の偵察機が姿を見せることもない。

最終的に日高は、「米艦隊はサイパン空襲の終了後、マリアナ近海から立ち去った」と判断し、山本と福留に報告したのだ。

「どうも、判断に苦しむな。米軍の目的は、いったいどこにあるのか」

山本が首を捻った。

米軍はクェゼリン、エニウェトクの占領、サイパン攻撃と、たたみかけるように作戦を展開した。

マリアナ近海を決戦場と定め、南下して来た連合艦隊だが、米軍に肩透《かたす》かしを食わされた格好だ。

米軍は迅速《じんそく》なのか、慎重なのか、どちらなのだ、と問いたげだった。

「米軍はGF主力の出撃を見て、一旦後退したのではないでしょうか？　GFの出港直後、敵潜水艦のものと思われる通信波が傍受《ぼうじゅ》されております。米軍は、既にGFの出撃を知っているはずです」

佐薙毅作戦参謀の発言を受け、福留が質問した。

「敵が、我が軍を恐れたと考えるのかね？」

「サイパンを攻撃したのは、おそらく敵の先遣部隊です。GF主力と正面からぶつかるつもりはなく、後方に控える主力と合流したと考えられます」

続けて、航海参謀の永田茂《ながたしげる》中佐が発言した。

「作戦参謀のお考えに賛成します。米軍の戦艦は、いずれも最高速度が二一ノットと遅く、空母と行動を共にするには難があります。敵は、エニウェトクやサイパンを攻撃するときには、足の速い空母と護衛の巡洋艦、駆逐艦のみで行動させ、戦艦部隊はその後方に控えさせているのでは？」

「筋は通っているな」

福留が納得したように頷き、山本に具申した。

「作戦参謀、航海参謀の推測通りなら、敵の主力は、いずれマリアナに来寇すると考えられます。GF主力は予定通り、サイパン近海で待機してはいかがでしょうか？」

「ふむ」

山本は即答せず、しばし沈黙した。

参謀長の具申には一理《いちり》あるが、敵は本当に来るだろうか、と疑っているように見えた。

「敵が、必ずしもマリアナに来るとは限りません。

我が方の意表を突いて、トラックを襲う可能性も考えられます」

首席参謀黒島亀人大佐の言葉に、福留が驚いた声で聞き返した。

「トラックを、正面から攻撃するというのかね？」

「実際問題として、トラックに配備されている兵力はさほど大きなものではありません。第四艦隊の艦艇は、旧式の軽巡と駆逐艦、潜水艦程度ですし、基地航空隊も水上機と飛行艇のみです。四艦隊麾下の陸戦隊や警備隊は、ある程度は粘るでしょうが、米軍が大兵力を投入して来れば、クェゼリンと同じ運命を辿《たど》ります」

福留の顔が青ざめている。

トラック環礁は中部太平洋の要衝《ようしょう》であり、海軍では「日本本土以外の場所における最重要拠点」と位置づけてきた。

そのトラックの守りが意外に貧弱であることを、黒島は指摘したのだ。

「トラックに移動すべきだと、貴官は主張するのか？」

「いえ、敵がトラックに来ると決まったわけでもありません。現時点では、敵の来寇場所を絞り込むのは危険だと考えます」

「では、どうしろと？」

「こちらからエニウェトクまで、打って出るべきです。米軍にしてみれば、クェゼリンに続いて確保した重要拠点であり、フィリピンを救援するのに不可欠の場所です。我が軍がエニウェトクまで進撃すれば、米軍も迎え撃たざるを得ないでしょう」

「失礼ながら、首席参謀のお考えには、一点見落としがあると考えます」

日高が発言した。

「エニウェトクを戦場に選んだ場合、米軍は空母の艦上機に加えて、基地航空隊を使用できます。序盤の航空戦では、我が方は敵の空母と基地航空隊の両方を相手取ることが想定されます」

「馬鹿な！」

黒島がはねつけるように言った。

「米軍がエニウェトクに上陸してから、僅か三日だぞ。いくら米軍でも、三日間でエニウェトクの飛行場を整備し、基地航空隊を進出させられるとは考えられぬ」

「現海面からエニウェトクに直行した場合、同地を攻撃圏内に捉えるのに三日程度を要します。エニウェトクの陥落時から計算すれば、米軍には六日間の猶予《ゆうよ》があります」

「それでも、飛行場の建設には不足だろう」

「地面を整地し、燃料、弾薬と地上要員を送り込めば、短時間で最小限の飛行場を整備することは可能です」

「仮に、米軍がエニウェトクの飛行場を稼働《かどう》させたとしても、我が方には一、二両航戦を合わせて四隻の空母がある。充分、対抗可能なはずだ」

「勝利の要諦《ようてい》は『我の全力を以《もっ》て彼の分力を討つ』です。不利な条件の中に、飛び込んでゆくことはないと考えます」

「先に参謀長が言った通り、マリアナで敵を待つべきだ、というのが航空参謀の主張かね？」

山本の問いに、日高は「おっしゃる通りです」と返答した。

福留が意外そうな表情を浮かべた。

日高が連合艦隊司令部に配属されて以来、福留とは何かと意見が対立することが多かったが、今回は意見が一致したのだ。

「長官、米艦隊との決戦では、先のセイロン島沖海戦以上に制空権の確保が重要になります。ここはマリアナ近海で敵を迎え撃ち、その後にエニウェトク、クェゼリンを奪回すればよいと考えます」

福留があらたまった口調で言い、佐薙も同調した。

「セイロン島沖では、戦艦の戦力差が四対二と、我が方が優位に立っていました。それでも、序盤の制空権確保に失敗したため、苦戦を強いられたのです。

今回は、米艦隊の方が火力で勝っていると考えられます。この状況で勝つには、制空権の確保が不可欠です」

今回出撃したのは、第一、第二の両艦隊だ。

第一艦隊は、第一戦隊の「伊勢」「日向」「扶桑《ふそう》」「山城《やましろ》」、第三戦隊の「金剛《こんごう》」「榛名《はるな》」「霧島《きりしま》」「比叡《ひえい》」と、合計八隻の戦艦を主力とし、これに第六戦隊の重巡「青葉《あおば》」「加古《かこ》」「衣笠《きぬがさ》」、第一、第三水雷戦隊の軽巡二隻、駆逐艦一六隻、第一航空戦隊の空母「赤城《あかぎ》」「加賀《かが》」と駆逐艦四隻が付く。

第二艦隊は、巡洋艦を中心とした高速部隊で、第四戦隊の重巡「愛宕《あたご》」「高雄《たかお》」「摩耶《まや》」、第七戦隊の軽巡「最上《もがみ》」「三隈《みくま》」「熊野《くまの》」「鈴谷《すずや》」、第八戦隊の重巡「利根《とね》」「筑摩《ちくま》」の他、第二、第四水雷戦隊の軽巡二隻、駆逐艦一九隻、第二航空戦隊の空母「蒼《そう》龍《りゅう》」「飛龍《ひりゅう》」と駆逐艦四隻から成っている。

セイロン島沖海戦で英国艦隊と戦ったときに劣らぬ陣容だが、泣きどころは戦艦部隊に切《き》り札《ふだ》を欠いていることだ。

開戦前の情報から、米軍は太平洋艦隊に戦艦九隻を配備していることが分かっている。

うち三隻は、四〇センチ砲装備のコロラド級。「長門」「陸奥」や「ネルソン」「ロドネイ」と共に、「世界のビッグ・セブン」と呼ばれる艦だ。

他の六隻も、戦闘力は高い。第一戦隊の四隻ならまだしも、第三戦隊の金剛型では対抗が難しい。

だが、航空戦に勝利を得、制空権を奪取できれば、この不利は覆《くつがえ》せます――と、佐薙は力説した。

(経験しないと分からないことがあるものだな)

腹の底で、日高は呟いている。

航空の専門家として連合艦隊司令部に迎えられたものの、幅を利かせているのは大艦巨砲主義であり、日高が航空機の重要性を説いても、なかなか受け容れられなかった。

航空主兵思想の提唱者である山本長官にしても、航空機による戦艦の撃沈には懐疑《かいぎ》的であり、英艦隊との決戦には艦隊砲戦を選んだのだ。

だが、セイロン島沖海戦の勝敗を決したのは、制空権の有無《うむ》だった。

戦場上空の制空権を確保できなければ、航空機による弾着観測が不可能になり、命中率に大差《たいさ》が付く。

そのことを、連合艦隊の司令部幕僚全員が体験したのだ。

以後は、参謀長以下の幕僚も、航空機を重視するようになっている。

セイロン島沖海戦は、勝利と引き換えに「長門」「陸奥」が長期間戦列から離れるという代償《だいしょう》を払ったが、連合艦隊の幕僚たちに、航空兵力に対する認識を改めさせるという意義はあったのだ。

「長官、御決断を」

福留が促した。

山本は数秒間沈黙し、意を決したように言った。

「サイパン沖で、米艦隊の来寇を待とう」

日高は、安堵の息を漏らした。


山本が、自身のお気に入りである黒島首席参謀の案を採り、艦隊をエニウェトクに向かわせるのではないか、と懸念していたが、杞憂《きゆう》だったようだ。

「太平洋艦隊が来るでしょうか？　司令長官のリチャードソンは、慎重な性格の人物だとの情報がありますが」

戦務参謀渡辺安次《わたなべやすじ》中佐の懸念に、福留が答えた。

「こちらが『長門』『陸奥』を欠いていることは、米軍も知っているはずだ。自分たちが優勢だと分かっている以上、必ずやって来る」

「万一来なければ、軍使を送って、左封《ひだりふう》じの果たし状でも渡してやるか」

山本の一言に、笑いが湧いた。長官公室内の張り詰めた空気が、幾分《いくぶん》かほぐれたように感じられた。

「リチャードソンの性格は知っているが、フィリピン救援については、米政府から命令が出ているはずだ。フィリピン奪回の前段階として、米軍はマリアナかトラックのどちらかを奪取しなければならない。

米艦隊は、必ずやって来ると、私は確信している」

山本は真顔に戻り、全員を見渡して言った。

「意見具申、よろしいでしょうか？」

日高は挙手し、許可を求めた。決戦場が決まった以上、やっておくべきことがある。

「言ってみろ」

「硫黄島で待機している一連空に、打電していただきたいのです」

3

「艦戦搭乗員、整列！」

力強い号令が、第一航空戦隊「加賀」の飛行甲板にかかった。

一〇月一五日の六時七分（現地時間七時七分）だ。

夜は一時間近く前に明け、亜熱帯圏の強い日差しが、飛行甲板上に敷き並べられた艦上機を照らし出している。

「加賀」の前方に、一航戦旗艦「赤城」が位置し、空母二隻の周囲を護衛の駆逐艦が固めている。

少し離れた海面に、多数の塔のような影が見える。第一艦隊の主力である第一、第三戦隊の戦艦群だ。

第二艦隊――第二航空戦隊の空母「蒼龍」「飛龍」を含む部隊は、テニアン島の南東海上に布陣《ふじん》しているとのことだった。

「空母同士の戦闘は、験《げん》が悪い。いつも、こっちが先制攻撃を受ける」

第一中隊の第二小隊長を務める結城学《ゆうきまなぶ》中尉は、列に並びながら舌打ちした。

七月のセイロン島沖海戦では、英軍のフェアリー・ソードフィッシュに先制攻撃を受け、「加賀」と「赤城」が危《あや》うく被雷しそうになった。

今回も同様だ。

「加賀」と「赤城」の飛行甲板上では、九六艦戦一八機、九九式艦上爆撃機二七機ずつが待機しているが、命令は艦戦隊の搭乗員だけに出されている。

一航戦は、空襲を受けようとしているのだ。

「加賀」飛行長長島育三《ながしまいくぞう》中佐が、令達台《れいたつだい》上に立った。

「たった今、索敵機から報告が入った。敵艦上機の大編隊が、一艦隊に接近中だ。位置は、ナフタン岬《みさき》（サイパン島南端の岬）よりの方位九〇度、一〇〇浬。当隊からの距離は七〇浬だ。敵艦隊への攻撃は、当面中止。攻撃隊参加予定機のうち、艦戦隊は直ちに発進、直衛任務に就けと命令が下った」

「敵の数は分かりますか？」

「索敵機は、約五〇機と報告している」

艦戦隊長鷺坂高道《さぎさかたかみち》大尉の問いに、長島は即答した。

（五〇機か。ちと多いが、なんとかなる数字だ）

腹の底で、結城は呟いた。

攻撃隊のために準備された艦戦は、「加賀」と「赤城」を合わせて三六機。

米軍の方が数が多いが、敵の半数以上は艦爆か艦攻だと想定される。また、敵の艦戦は艦爆、艦攻を守りながら戦わねばならないという悪条件下に置かれる。

空戦になれば、迎撃側が有利だ。

「かかれ！」

が下令され、一八名の艦戦搭乗員が一斉に踵を返した。

結城も、二小隊の一番機に乗り込んだ。

暖機運転は既に終わり、機首の中島「寿《ことぶき》」四一型エンジンは、快調な爆音を立てている。

「セイロン島沖と同じことになりましたね」

結城機を担当する藤原猛夫《ふじわらたけお》一等整備兵曹が言葉をかけた。

まだ若いが、機械に対するセンスは抜群だ。勤勉で、昇進も早い。安心して、機体を任せられる。

「潜水艦が張ってやがったんだろうな」

結城は応えた。

一航戦の上空に、敵の索敵機が飛来したとの情報はない。にも関わらず、米軍の空母は、日本側の先手を打って攻撃隊を放っている。

おそらく、敵潜水艦が付近の海面に潜み、一航戦の位置を通報したのだろう。

事実、結城らが待機しているとき、駆逐艦が投下する爆雷《ばくらい》の炸裂音が「加賀」に届いている。

セイロン島沖海戦では、英軍の潜水艦が一航戦の位置を味方に通報し、フェアリー・ソードフィッシュが襲って来たが、前回の戦闘と同じことが起きたのだ。

(作戦が、裏目《うらめ》に出たんじゃないのか)

腹の底で、結城は呟いた。

連合艦隊司令部は、マリアナ諸島近海を決戦の場と定め、第一、第二両艦隊に南下を命じた。

第一、第二両艦隊がサイパン島の東方海上に到達したのは一昨日、一〇月一三日だ。
一、二両航戦の艦上機搭乗員は、一三日のうちにも戦闘が始まると考えていたが、敵は一三日も、翌一四日も姿を現すことはなかった。
「敵は、マリアナに来るのか？」

「こちらから仕掛けた方がいいんじゃないのか？」

搭乗員たちの間では、そのような会話が流れ、艦攻隊や艦爆隊の士官には、「こちらから動くよう、司令部に意見を具申して下さい」と、艦長に直談判《じかだんぱん》する者まで現れた。

その意見が容れられることはなく、第一、第二両艦隊は待機を続けた。

果たして、敵はマリアナにやって来た。

司令部の想定通りになったものの、それと引き換えに、敵の先制攻撃を許したのではないか、と結城は考えている。

サイパン近海で獲物《えもの》を待ち構えている潜水艦にとり、数十隻の大艦隊を発見するのは容易だからだ。

「今は、母艦を守ることだ」

結城は、目の前の現実に頭を戻した。

「加賀」が左に回頭し、艦首を風上に向けている。

艦橋後部の発着艦指揮所に移動した長島飛行長が、大きく旗を振る。「発艦始め」の合図《あいず》だ。

鷺坂隊長の九六艦戦が真っ先に滑走を始め、真田《さなだ》五郎《ごろう》航空兵曹長の二番機、米倉哲雄《よねくらてつお》一等航空兵曹の三番機が続く。

結城も、藤原に「輪止め払え《チョーク》」の合図を送り、エンジン・スロットルをフルに開いた。

「寿」四一型が力強く咆哮し、九六艦戦が滑走を開始した。

着陸脚が飛行甲板の前縁《ぜんえん》から離れ、機体が上昇を開始する。高峯春夫《たかみねはるお》一等航空兵曹と町田《まちだ》茂《しげる》三等航空兵曹の二、三番機が後方に続く。

「加賀」の飛行甲板では、艦戦隊の発進と並行して、九九艦爆を艦内に収容する作業が始まっている。

飛行甲板上に並んでいる機体に直撃弾を受けるようなことになれば、燃料タンクの引火爆発と胴体下に抱いている二五番（二五〇キロ爆弾）の誘爆で、収拾《しゅうしゅう》の付かない惨事《さんじ》が起きる。

「一機たりとも、『加賀』には近寄らせん！」

まだ見ぬ敵機に、結城は呼びかけた。

発艦後、二〇分ばかりが経過したところで、東の空に多数の機影が見え始めた。

最初は黒い点にしか見えないが、近づくにつれ、飛行機の形を整える。

敵機の数は、五〇機から六〇機の間だ。

二〇機前後の編隊が二隊、左右に並び、その上方に一五機前後の小編隊が見える。

上方に位置する機体が、護衛の戦闘機であろう。

「ヴィンディケーターだな」

結城は、頭の中に叩き込んだ識別表と目の前の敵機を照合し、機体名を呟いた。

ヴォートSB2U〝ヴィンディケーター〟。米海軍の主力艦上爆撃機だ。

低翼単葉のスマートな形状で、胴体はサヨリのように細長い。主翼と胴体だけを見れば、母艦戦闘機隊が配備を待ちわびている零戦――フィリピン攻略戦で大手柄を立てた海軍の最新鋭戦闘機に似ているが、前後に長いコクピットを見れば、この機体が紛《まぎ》れもない艦爆であることが分かる。

クェゼリン、エニウェトク、マリアナ三島の守備隊は、既にこの機体の洗礼を受けているが、一航戦の空母と母艦航空隊にとっては初めての相手だ。

敵もこちらを認めたのだろう、編隊の上方に位置する戦闘機隊が速力を上げた。

三〇機以上の九六艦戦の編隊に、正面から突っ込んで来た。

「バッファローじゃない!」

結城は叫び声を上げた。

セイロン島上空で対戦したブリュースターF2A〝バッファロー〟同様、ずんぐりした機体だが、全体の印象は異なる。

バッファローは金槌《かなづち》の頭のような形状だったが、この機体は機首が絞り込まれており、ラグビーボールのように見える。

何よりも、バッファローより加速性能が高い。直衛隊との距離を、みるみる詰めて来る。


鷺坂機がバンクし、後続機に合図を送った。

「加賀」隊一八機が、各小隊毎《ごと》に分かれて散開し、「赤城」隊もそれに倣《なら》った。

敵の新型機も九六艦戦を追う形で、右、あるいは左に散開する。

数は、九六艦戦が倍以上も優勢だが、ひるんだ様子は見せない。

機体を大きく傾け、九六艦戦の側方、あるいは後方に回り込もうと試みる。

結城は、操縦桿を右に大きく倒した。

機体が横転寸前まで傾き、空や雲、彼我の機体が、反時計回りに回転した。

九六艦戦は、急角度の水平旋回に入ったのだ。首をねじ曲げ、後方を振り返ると、二番機の高峯一空曹、三番機の町田三空曹が結城機に倣い、右旋回を開始したことが分かる。

旋回格闘戦なら、九六艦戦の十八番《おはこ》だ。セイロン島上空の空中戦では、速度性能で勝るバッファローを翻弄《ほんろう》し、きりきり舞いさせている。

第二小隊の九六艦戦が機体を大きく倒したまま、小さな円弧を描いて旋回する。搭乗員の肉体は横倒しになり、遠心力が見えない万力《まんりき》と化して身体を締め上げるが、手を操縦桿から離すことはなく、目は敵機の動きを追い求める。

バッファローであれば、一度か二度の旋回で、側方や後方に回り込めたはずだった。新型機にも同じ戦法が通用すると思っていた。

だが、結城機の照準器は、なかなか敵機を捉えられない。第二小隊は二度、三度と旋回するが、敵機の内側に回り込めない。

運動性能は、明らかにバッファローより上だ。

不意に、後方で爆発が起こった。風防ガラスが炎を反射し、瞬間的に赤く染まった。

「町田！」

結城は、思わず部下の名を叫んだ。

町田三空曹の三番機が敵機の射弾を浴び、撃墜されたのだ。

セイロン島上空の空中戦でも、第一艦隊上空の直衛戦闘でも、果敢《かかん》に戦い、生き残って来た部下だったが、米新鋭戦闘機との初めての交戦で武運が尽きたのだ。

「くそったれ！」

結城は罵声を放ち、なおも敵機に食い下がった。

九六艦戦は垂直に近い角度に傾斜したまま、更に旋回を繰り返した。

敵戦闘機の尾部が、照準器の白い環に入って来る。尾部だけならバッファローに似ているが、バッファロー以上に絞り込まれた形だ。いかにも、空気力学的な洗練を感じさせる。

「町田の仇《かたき》だ！」

一声叫び、結城は発射把柄《はへい》を握った。目の前に閃光が走り、七・七ミリ機銃二丁の細い火箭が噴き延びた。

結城は目を見張った。

七・七ミリ弾は、確かに敵機を捉えている。胴体だろうと、主翼だろうと、ところ構わず命中し、火花を散らしている。

にも関わらず、敵機は墜ちない。

バッファローよりも頑丈《がんじょう》な機体だ。

敵新鋭機が、機体を水平に戻した。

スロットルをフルに開いたのだろう、結城機との距離が一気に開いた。

九六艦戦との速力差は、一〇〇キロ以上ありそうだ。逃げられたら、とても追いつけない。

(ならば、他の機体を——)

結城がそう思い、操縦桿を中央に戻したとき、前上方から突っ込んで来る機影が見えた。

咄嗟に操縦桿を左に倒し、左フットバーを軽く踏み込んだ。

九六艦戦が左に横転し、垂直降下を開始する。僅かに遅れて、無数の曳痕《えいこん》が右の翼端付近を通過する。

(正面攻撃は駄目だ)

機体を立て直しながら、結城は敵新型機との戦い方を悟っている。

敵機は、一二・七ミリ機銃を最低でも四丁装備している。七・七ミリ二丁では、勝負にならない。

旋回性能を最大限に活かし、側方、あるいは後方に回り込むことだ。

結城は、周囲を見回した。

左後ろ上方から、敵新型機が突っ込んで来る様が見えた。

結城は操縦桿を前方に押し込んだ。

九六艦戦が機首を下げ、再び降下に移った。

これまでの戦闘で、高度がかなり下がっている。風に砕かれる波頭《なみがしら》が、はっきり分かるほどだ。迂闊に高度を下げれば、海面に突っ込む危険がある。

それでも、結城は降下を選んだ。

フル・スロットルのエンジン音と風切り音がコクピットを満たす。

首を後方にねじ曲げると、敵機の絞り込まれた機首や中翼配置の主翼がはっきり見える。

急降下性能も、敵機が勝るようだ。距離は、急速に詰まっている。

両翼に発射炎が閃く寸前、結城は操縦桿を目一杯右に倒し、右フットバーを踏み込んだ。

機体が、ほとんど垂直に近い角度に倒れ、右の翼端を支点とするように旋回した。

遠心力が体重を急増させる。

しばし目の前が暗くなり、両腕は土嚢《どのう》をくくりつけたように重くなるが、ここで操縦桿を離したらそれまでだ。

機体が一回転したところで、操縦桿を中央に戻す。敵新型機は、目の前にある。

結城は垂直旋回のテクニックを使って、敵機の背後を取ったのだ。

照準をつけるのももどかしく、発射把柄を握る。目の前に発射炎が閃き、二条の火箭が噴き延びる。

七・七ミリ弾は、敵機の胴体や右主翼に命中するが、火を噴く様子はない。

敵機が右に旋回しようとしたとき、新たな火箭が、結城機の翼端付近を通過した。射弾は、敵機の右主翼に集中した。

補助翼の片側が外れ、付け根から後方に大きく折れ曲がるが、すぐ風圧に負けてちぎれ飛ぶ。

敵機がよろめいたところで、結城は二度目の射弾を放った。

七・七ミリ弾が、左主翼、胴体、コクピットと、至るところに命中する。

コクピットへの命中弾を認めたとき、墜落を期待するが、敵機はなおも飛び続けている。

新たな射弾が、敵機を襲った。今度は火箭が機首を捉え、黒煙が噴き出した。

このときになって結城は、援護してくれたのが二番機であることに気づいた。

乱戦の中ではぐれたかと思っていたが、高峯は結城機の動きに追随していたのだ。

「感謝するぜ、相棒《あいぼう》」

そう呟き、結城は新たな一連射を放った。射弾はコクピットに集中し、破片がきらきらと宙に舞った。

敵機は、大きく機首を下げた。黒煙を引きずり、破片をまき散らしながら、海面に突っ込んで飛沫《しぶき》を上げた。

結城は、大きく息を吐き出した。

バッファローよりも俊敏《しゅんびん》なことに加え、機体も頑丈な強敵だが、高峯と共同で一機を墜としたのだ。

「そうだ！」

結城は、肝心なことを思い出した。

敵新型機との戦いに手間取り、ヴィンディケーターを攻撃する余裕がなかった。

結城は、一航戦の上空に視線を転じた。

対空砲火の黒い爆煙が、視界に入って来た。


「手こずらされているな」

双眼鏡を上空に向けていた「加賀」艦長岡田次作《おかだじさく》大佐は、空中戦の模様を見ながら呟いた。

ヴィンディケーターは二〇機近い。二隊に分かれて、「加賀」の右前方から接近して来る。

直衛戦闘機も母艦を守るべく、ヴィンディケーターの前後左右から銃撃を浴びせるが、数は充分とは言えない。
五、六機程度が敵機に取り付いているだけだ。
「赤城」と合わせて、三六機の九六艦戦を直衛に上げたが、半数以上が敵戦闘機との戦いに拘束《こうそく》されていると思われた。

「敵機、右四五度、三〇《サンマル》（三〇〇〇メートル）！」

見張員の報告を受け、

「航海、面舵《おもかじ》一杯！」

「艦長より砲術、高角砲、機銃共、射程内に入り次第射撃開始！」

岡田は、航海長佐藤佐《さとうたすく》中佐と砲術長増山貞夫《ますやまさだお》少佐に下令した。

「面舵一杯！」

佐藤が操舵室に命じるが、「加賀」はすぐには艦首を振らない。

「加賀」の基準排水量は三万八二〇〇トン。帝国海軍の空母の中で最大の重量を持つため、舵の利《き》きが遅いのだ。

「敵一機、いや二機撃墜！」

見張員が、歓声混じりの報告を上げる。

九六艦戦は七・七ミリ機銃二丁と、火力が小さいが、急降下爆撃機が相手であれば、威力を発揮できるようだ。

ヴィンディケーター群の正面から突っ込んだ九六艦戦が、すれ違いざまに射弾を浴びせる。ヴィンディケーター一機がコクピットに被弾したのか、煙も噴き出すことなく、逆落《さかお》としに墜落し始める。

更に一機のヴィンディケーターが被弾し、火を噴いたところで、敵機の周囲に黒い爆煙が湧き始めた。

空母二隻の周囲を固める第三水雷戦隊と、一航戦直属の第一九駆逐隊が、一二・七センチ連装砲を振り立て、対空射撃を開始したのだ。

海上には多数の発射炎が閃き、「加賀」の艦上にも砲声が伝わって来る。

射弾の数は多いが、あまり効果はないようだ。

三水戦と一九駆に所属する吹雪《ふぶき》型駆逐艦の一二・七センチ砲は、仰角を最大七五度までしか取れず、対空射撃には難がある。

吹雪型が設計されたのは、航空機の性能が低く、対空戦闘も重視されていなかった時代だ。現在の航空機に火器が追いつかないのは、無理からぬことかもしれない。

それでも、ヴィンディケーター二機が火を噴き、落伍する様が、「加賀」の艦上から認められた。

舵が利き始め、「加賀」の艦首が右に振られる。

増山砲術長が「射撃開始！」を下令したのだろう、飛行甲板の脇に発射炎が閃き、砲声が甲板上を駆け抜けた。

片舷《かたげん》に四基ずつを装備する一二・七センチ連装高角砲が、射撃を開始したのだ。

第一射弾の炸裂よりも早く、第二射、第三射が連続して放たれる。

ヴィンディケーターの正面に、左右に、爆煙が続けざまに湧き、敵機の姿を隠す。

撃墜を期待するが、火を噴くヴィンディケーターはない。回頭しながらの砲撃では、狙いが定まらないのだ。

「敵機急降下！　続けて来ます！」

見張員が叫んだ。

「加賀」は高角砲を撃ちながら回頭を続ける。敵機の真下に、艦首を突っ込む格好だ。

一見、自ら敵弾に当たりに行くような動きだが、このようにすれば敵機は降下角を深めに取らざるを得なくなり、命中率が低下する。

演習を通じて会得《えとく》した回避術だ。


ヴィンディケーターが、急速に距離を詰めて来る。セイロン島沖海戦で対戦したブリストル・ブレニムやフェアリー・ソードフィッシュよりも動きが速い。英軍の航空部隊をしのぐ強敵だ。

飛行甲板の縁《へり》に新たな発射炎が閃き、火の玉を思わせる曳痕が、空中高く翔上《かけあ》がった。

盟邦ドイツより導入した、ラインメタル三七ミリ対空機銃が射撃を開始したのだ。

セイロン島沖海戦で試験的に装備したところ、良好な成績を得たため、「羅式《らしき》三七ミリ機銃」として正式に採用された。

「加賀」と「赤城」には装備数が増やされ、片舷六基ずつ、合計一二基を装備している。

左舷側の三七ミリ機銃は、二秒置きに咆哮を上げ、六発ずつの射弾を撃ち上げている。

三七ミリ機銃の銃声に、ダイブ・ブレーキ音が混ざり始めた。

化鳥《けちょう》の叫び声を思わせる、甲高い音だ。神経を掻《か》きむしられるような響きがある。

その音が拡大し、急速に迫って来る。

(羅式でも駄目か?)

岡田は自問した。

英軍機には効果を発揮したドイツの対空火器も、米軍機には通用しないのか。

不意に、上空で爆発が起きた。

双眼鏡を向けた岡田の目に、ばらばらになって墜落してゆくヴィンディケーターの姿が映った。

「加賀」の対空火器は、ようやく一機を墜としたのだ。

「まだだ」

岡田は呟いた。

ヴィンディケーターは、一〇機前後が残っている。

三七ミリ機銃が、更に咆哮する。上空で新たな爆発が起こり、ヴィンディケーターが砕け散る。

凄まじい破壊力だ。九六艦戦の七・七ミリ機銃ではなかなか墜とせない米軍機が、一撃でばらばらになる。

更に一機を撃墜したところで、ダイブ・ブレーキ音が爆音に変わった。敵機は投弾を終え、引き起こしをかけたのだ。

「総員、衝撃に備えよ!」

岡田は、全乗員に下令した。

三七ミリ機銃で三機を墜としたとはいえ、七、八機の敵機に投弾を許したのだ。直撃弾を受ける可能性は残っている。

機首を引き起こした敵機に、新たな射弾が撃ち込まれる。両舷合わせて一一基を装備する、二五ミリ連装機銃の射撃だ。

これに捉えられる敵機はない。爆音を轟かせ、次々と離脱してゆく。

黒い塊が、左舷前方の海面に落下した。海面で爆発が起こり、大量の飛沫が飛び散った。

ヴィンディケーターは、着発《ちゃくはつ》信管付きの爆弾を搭載していたようだ。

「加賀」の右舷付近、あるいは左舷付近で爆発が起こり、大量の海水が飛び散る。

艦の後方への弾着は、艦橋からは見えないが、炸裂音だけが伝わって来る。

敵弾が繰り返し落下する中、「加賀」は艦首を右へと振ってゆく。

弾着は八回で終わった。

「よし！」

岡田は、「加賀」が敵機に打ち勝ったことを悟った。一五機前後のヴィンディケーターに襲われながら、一発の直撃も許さなかったのだ。

（直撃がなくて、幸いだった）

腹の底で、岡田は呟いている。

第一次攻撃のために準備した九九艦爆二七機は、格納甲板に下ろしたものの、爆弾の取り外しや燃料の抜き取りまでは行う時間がなかった。

万一、格納甲板に被害が及んでいたら、九九艦爆の燃料タンクと二五番が誘爆を起こし、「加賀」は内側から破壊されていたであろう。

「『赤城』被弾！　火災が発生しています！」

見張員の報告に、岡田は一瞬、その場で凍り付いた。

双眼鏡を向けると、黒煙が立ち上っている様子が目に入った。

距離があるため、状況は不明だが、煙の量から見て、被害僅少《きんしょう》とは行かないようだ。

（格納甲板への延焼さえ避けられれば……）

祈るような気持ちで、岡田は「赤城」を見守った。

状況は、ほどなく判明した。

「『赤城』より信号。『直撃弾二発。航行ニハ支障ナキモ発着艦不能。〈加賀〉艦長ハ我ニ代ワリ一航戦ノ指揮ヲ執《ト》レ』であります」

「『赤城』に『信号了解。我、一航戦ノ指揮ヲ執ル』と伝えよ」

信号長森口兼夫《もりぐちかねお》兵曹長の報告を受け、岡田は即座に返信を命じた。

日本海軍 航空母艦「加賀」

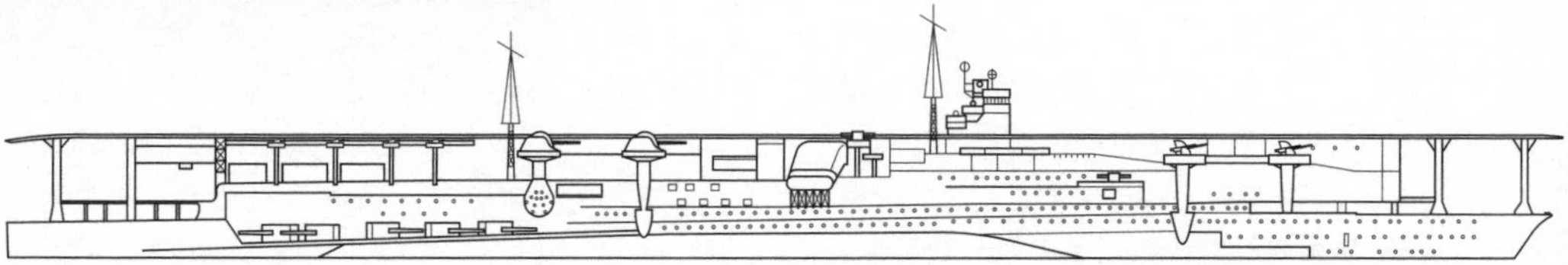

全長	247.7m
最大幅	30.5m
基準排水量	38,200トン
主機	蒸気タービン 4基／4軸
出力	125,000馬力
速力	28.3ノット
兵装	20cm 50口径 単装砲 10門 12.7cm 40口径 連装高角砲 8基 16門 羅式 37mm 単装機銃 12門 25mm 連装機銃 11基
航空兵装	常用 90機／補用 18機(九六式艦戦) 常用 72機／補用 18機(零戦)
乗員数	1,705名
同型艦	なし

本艦は、加賀型戦艦の一番艦として起工されたが、ワシントン海軍軍縮条約の締結により建造が中止。そのまま廃艦となるはずだったが、空母改装予定の天城型巡洋戦艦「天城」が関東大震災で損傷したことから、代艦として本艦が空母に改装された。

竣工当時は、「赤城」同様、３層の飛行甲板を備えていたが、航空機の大型化により発艦距離が不足することとなり、昭和９年６月25日から４年間をかけて飛行甲板を全通式に改装した。同時に煙突の配置も変更され、居住性が向上している。このとき、機関も大出力の新型に変更しているが、大型バルジを装着したこともあり、最大速度は28.3ノットにとどまった。

今次大戦においては、盟邦ドイツより導入した新型対空機銃を搭載するなど装備の近代化も図られており、日本空母部隊の柱として存在感を示している。

状況から見て、「赤城」は飛行甲板を損傷したようだ。沈没することはないとしても、空母としての働きはできない。

第一艦隊は、空母一隻を戦列外に失ったのだ。

航空戦の重責が、自身の肩にかかったことを自覚した。

「直衛隊を収容する。『赤城』の直衛隊も本艦に下ろせ」

「攻撃隊、発艦準備。二次攻撃用の艦戦隊と一次攻撃用の艦爆隊を組ませて出撃させる」

岡田は佐藤航海長に命じ、次いで整備長の深井《ふかい》順三郎《じゅんざぶろう》少佐に命じた。

直衛隊の一八機を発艦させた直後、索敵機より「敵艦隊見ユ」の報告電が入っている。

位置はナフタン岬よりの方位九〇度、一四〇浬。

一航戦との距離は一一〇浬だ。

敵は、二隻の空母を伴っていることもはっきりしている。

今度は、こっちが攻撃する番だ。

岡田は闘志を燃やしていたが――。

「警戒隊の駆逐艦より入電。『敵戦爆連合ノ編隊、貴方ニ向カフ』！」

通信室から、新たな報告が飛び込んだ。

岡田は、前方上空を見上げた。

断雲を背に、黒い点のような機影が数を増しつつある。

敵は、時間差を置いて波状攻撃をかけて来たのだ。あるいは、攻撃隊が進撃中にはぐれてしまい、結果として時間差をつけての攻撃になったのか。

いずれにしても、一航戦はまだ攻撃隊を出せない。今少し、対空戦闘に徹する必要がある。

岡田は、喉元《のどもと》までこみ上げて来た罵声をかみ殺し、佐藤と深井に命じた。

「航海、面舵一杯！」

「整備長、攻撃隊の発艦中止！」

上空では、新たな空中戦が始まっている。

たった今、激しい空中戦を戦ったばかりの直衛隊が、敵の第二波に立ち向かっているのだ。

4

攻撃隊は、現地時間の八時三〇分を過ぎた頃に帰還して来た。

「風に立て！」

「救護班待機！」

第二任務部隊《TF2》旗艦「サラトガ」の艦長デビッド・C・ラムゼー大佐が、二つの命令を発する。

全長二七〇・八メートル、最大幅三九・七メートル、基準排水量三万六〇〇〇トンの巨体が、風上に向かって回頭する。

「サラトガ」爆撃機隊《VB3》に所属するヴィンディケーターが、一機ずつ飛行甲板に滑り込んで来る。

どの機体も、被弾の跡が目立つ。

小さな貫通孔や凹《へこ》みが至るところにできているのは、九六艦戦《クロード》と渡り合ったためだろう。

「クロードは火力が小さいが、運動性能が非常に高い。曲芸飛行のように旋回を繰り返しながら七・七ミリ弾を撃ち込んで来る。動きが読み難《にく》く、爆撃機の旋回機銃では、捕捉が非常に難しい」

と、イギリス軍から情報が届いている。

VB3も、執拗《しつよう》に食い下がって小口径弾を撃ち込んで来るクロードに悩まされたものと思われた。

「サラトガ」に降りたヴィンディケーターは二一機。出撃機数が三六機だから、損耗率は四二パーセントに達する。

「容易ならぬ相手だ、ジャップは」

TF2司令官ジョン・H・ニュートン少将は唸り声を発した。

日本は、楽に勝てる相手ではない。

七月のセイロン島沖海戦で、イギリス海軍最強の戦艦「ネルソン」「ロドネイ」が撃沈されたことも、日本海軍の実力を証明している。

厄介な相手と戦争を始めたものだと思わずにはいられなかった。

爆撃機隊に続いて、「サラトガ」《VF3》戦闘機隊の収容が始まっている。

従来の主力艦上戦闘機バッファローよりも、洗練された形状だ。胴体は太く、ずんぐりしているが、機首と尾部が絞り込まれているため、アメリカンフットボールのボールを思わせる形状を持つ。

グラマンＦ４Ｆ〝ワイルドキャット〟。有力な航空機メーカーの一つであるグラマン社が開発した新鋭機だ。

バッファローに比べ、速力、上昇力、運動性能等、あらゆる面で優れており、新たな主力艦上戦闘機としての制式採用が既に決まっている。

配備は今年一二月の予定だったが、海軍は対日開戦を受けて、初期の量産機と増加試作機を合わせて二四機を確保し、最初の実戦部隊を編成した。

太平洋艦隊では、これを一二機ずつに分けて、「レキシントン」と「サラトガ」に配属したのだ。

クェゼリン、エニウェトク、マリアナ三島に対する攻撃は一方的なものに終わったため、日本軍の戦闘機と交戦する機会はなかった。

日本艦隊との対決にあたり、ＴＦ２司令部はＦ４Ｆ全機を第一次攻撃隊として出撃させたのだ。

そのＦ４Ｆが今、母艦に次々と足を下ろしている。

多くはヴィンディケーター以上に、被弾の跡が目立つ。

主翼の端がもぎ取られた機体や補助翼を失った機体、胴体に多数の穴を穿たれている機体もある。

これで、よく帰還できたと思うほどだが、どのＦ４Ｆもエンジン・スロットルを絞り込み、飛行甲板上に滑り込んで来る。

一機が着艦と同時に、その場にへたり込み、火花を散らしながら飛行甲板上を滑った。

「いかん！」

ニュートンが叫んだとき、そのＦ４Ｆは艦橋の死角に消えた。

後方から、衝突音が届く。着陸脚を損傷したF4Fは、どこかにぶつかって止まったようだ。

「八号機は本艦の煙突に衝突。パイロットは負傷していますが、命に別状はありません」

飛行長のジョン・ブライス中佐が報告を上げた。

「さすがはグラマン鉄工所《ワークス》の機体だ」

ニュートンは、参謀長のマイケル・ベイツ大佐と顔を見合わせ、頷き合った。

「グラマン・ワークス」とは、グラマン社に付けられたあだ名だ。製作する機体が頑丈であるため、そのように呼ばれている。

F4Fは最後までその頑丈さを発揮して、パイロットを守ったのだ。

最終的に、帰還機は九機を数えた。

僚艦「レキシントン」の攻撃隊は、「サラトガ」の攻撃隊より帰還が遅れたが、およそ三〇分後、

「ヴィンディケーター二〇機、F4F九機帰還」

との報告が届く。

被害を受けたのはヴィンディケーターだけではない。F4Fも四分の一が母艦に戻らなかった。

期待の最新鋭機といえども、損害ゼロとは行かなかったのだ。

「VF3、VB3の指揮官を呼んでくれ。直接、話を聞きたい」

ニュートンは命じた。

ほどなく艦橋に、飛行服に身を固めたままの士官二人が上がって来た。

VF3の隊長サミュエル・リーランド少佐とVB3の第四小隊長マーク・ケイン大尉だ。

ケインよりも先任の士官は、全て撃墜され、戦死したということだった。

「進撃中に『レキシントン』隊とはぐれてしまい、『サラトガ』隊のみで攻撃をかけることになりました。敵の上空には、三〇機以上のクロードが待ち構えており、乱戦状態となりました。VF3は、でき

る限り多くのクロードを牽制するよう努めましたが、全機を引きつけるには至らず、ＶＢ３への攻撃を許してしまいました」

「一対三か」

いかにも無念そうなリーランドの報告に対し、ベイツ参謀長が唸り声を上げた。

最新鋭機でも、三倍の敵を相手取ったのでは、苦戦するのも無理はない、と言いたげだった。

「クロードと戦った感触は？」

航空参謀リチャード・ホーリス少佐の問いに、リーランドは答えた。

「クロードそのものは、たいした相手ではありません。運動性能は卓越《たくえつ》していますが、速力は遅く、火力も貧弱です。ただ、日本軍の戦闘機パイロットはいずれも技量が高く、警戒を要します。敵の数と技量によって苦戦を強いられた、というのが今回の感触です」

「ＶＢ３は？」

「ＶＦ３は相当数のクロードを引きつけてくれましたが、一〇機前後がヴィンディケーターを襲って来ました。私が確認できた限りでは、投弾前に三機が撃墜されています。残存機は二手に分かれ、日本軍の空母二隻を攻撃しましたが、対空砲火が激しく、一隻に直撃弾を得ただけに留まりました。高角砲の命中率はさほどでもありませんが、四〇ミリクラスと思われる大口径機銃の命中率が高く、多数の僚機が墜とされました」

ケインの報告に、ホーリスの目が光ったように見えた。

「四〇ミリクラスだと？　確かか？」

「確かです」

「ドイツ製の大口径機銃か、あるいはボフォースが日本にも大口径機銃を売ったか、だな」

ベイツが言った。

ボフォースはスウェーデンにある武器メーカーで、合衆国も同社の火器をライセンス生産している。

アメリカ海軍 F4F「ワイルドキャット」

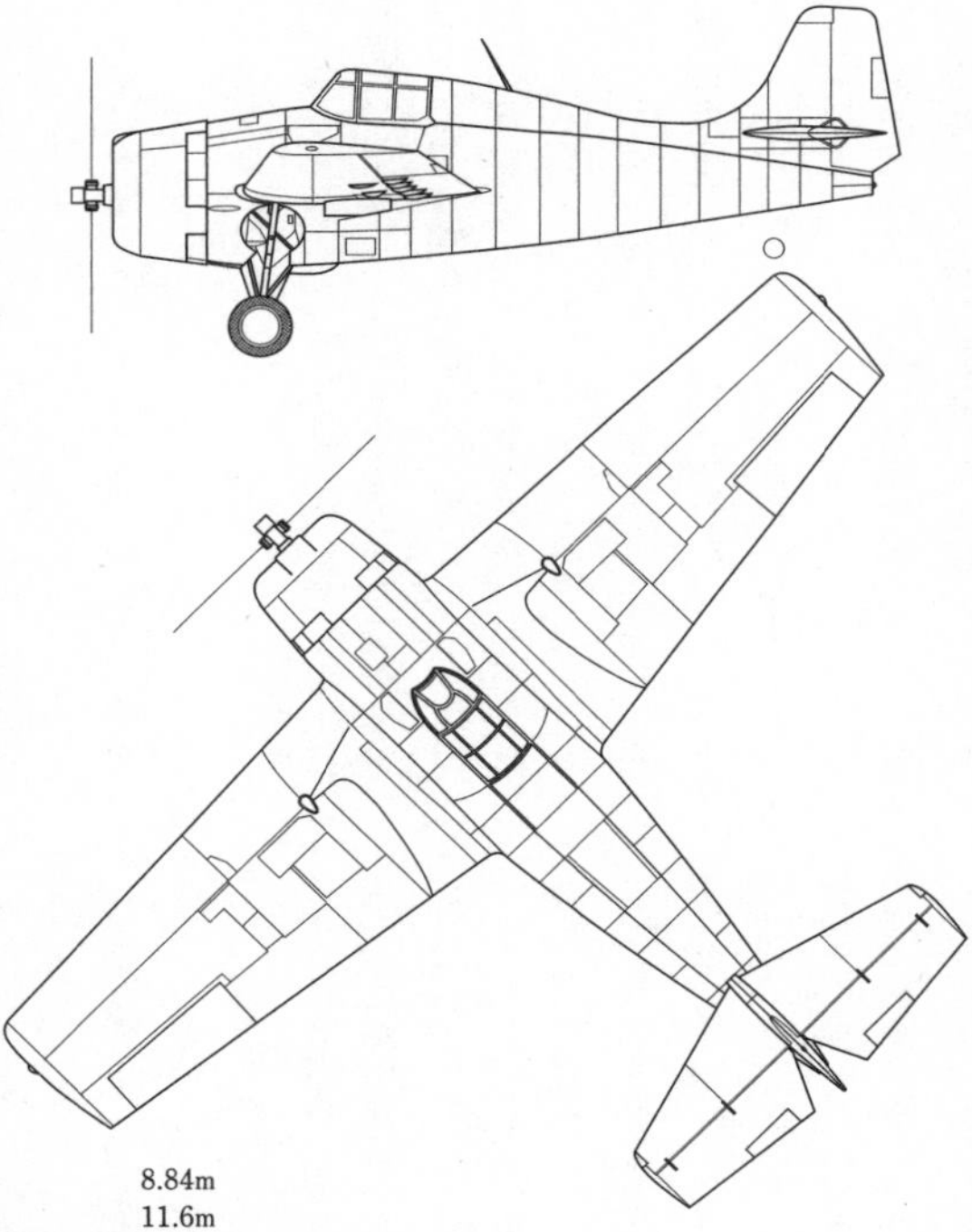

全長	8.84m
翼幅	11.6m
全備重量	3,427kg
発動機	P&W R1830-86 1,200馬力
最大速度	529km/時
兵装	12.7mm機銃×4丁(翼内)
乗員数	1名

グラマン社が開発した最新鋭艦上戦闘機。1936年に行われた新型艦上戦闘機の競争試作において不採用となったが、海軍は本機の開発も継続させた。その後、欧州での緊張が高まるにつれ開発ペースも加速し、1939年9月3日、英仏両国による対独宣戦布告が行われた直後、増加試作の名目で72機の発注が行われた。12.7ミリ機銃4丁の重武装に加え、頑丈な機体構造、さらには生産性を重視した設計も評価され、今後、海軍の主力戦闘機として活躍すると期待される。

日本も同じものを買い入れたか、と考えたようだ。

「その件は、この戦いが終わった後、本国に照会しよう」

ニュートンはそう言って、リーランドとケインを下がらせた。

「先制攻撃が裏目に出たな」

苦い思いを込めて、ニュートンは呟いた。

「日本艦隊は、マリアナ諸島東方海上での決戦を企図している。太平洋艦隊は彼らの挑戦に応じ、マリアナ諸島に進撃する。作戦の第一段階として、TF2の空母艦上機で日本軍の空母を叩き、制空権を奪取する」

太平洋艦隊司令部が定めた作戦方針に従い、TF2はこの日の夜明け前に、サイパン島の東方一四〇浬の海面に進出した。

ニュートンが定めた方針は、先制攻撃だ。

マリアナ諸島近海に潜む潜水艦の報告から、日本艦隊はサイパン島の東方三〇浬の海面で待機していることが分かっている。

艦上機隊はサイパン島を目指して飛べば、日本艦隊を捕捉できる。

日本艦隊は、偵察機を飛ばして合衆国艦隊の位置を探る、という手順を踏むだろうから、TF2は一方的に敵空母を叩ける。

第一次攻撃隊のF4F二四機、ヴィンディケーター七二機が出撃したのは、現地時間の六時八分。夜明けとほぼ同時だ。

ニュートンも、ベイツ参謀長以下の司令部幕僚も、二隻の空母のクルーも、必勝を確信していた。

ところが日本艦隊は、多数のクロードを上空に展開させ、攻撃隊を迎え撃ったのだ。

F4Fも、それを突き破るには至らなかった。

結果、第一次攻撃隊は多数を失い、戦果は敵空母一隻の撃破に終わった。

日本艦隊の指揮官は、先制攻撃を受けると悟り、守りに徹したのだ。日本艦隊の防御力や指揮官の判断力を、甘く見た結果と言える。

「司令官、帰還機のうち、再出撃の可能な機体に爆装を施し、今一度の出撃を命じてはいかがでしょうか?」

「それは、二次攻撃の結果を見た上で判断したい」

ベイツの具申に、ニュートンは返答した。

TF2の第二次攻撃隊は、第一次攻撃隊が出撃してから約一時間後、七時一六分に発進している。

機数はバッファロー二四機、デバステーター三六機だ。

この攻撃隊が成果を上げてくれれば、第三次攻撃の必要はなくなる。

「日本軍の空母は四隻います。デバステーター三六機で、全艦を戦闘不能に追い込むのは困難と考えますが」

「艦上機を消耗し過ぎると、明日以降の戦闘に差し支える」

と、ニュートンは返答した。

TF2の任務は、敵空母の撃滅だけではない。

第一任務部隊《TF1》——太平洋艦隊主力の戦艦部隊が、日本艦隊と戦う際の直衛も含まれている。

できることなら艦上機、特に戦闘機は、明日以降の戦いに備え、温存したいところだ。

「ですが、敵の艦上機は——」

「レーダーに反応。敵らしき反射波を検知。方位二七〇度、距離四〇浬!」

ベイツの言葉を、電測室から飛び込んだ報告が遮《さえぎ》った。

CXAM対空レーダーが、接近する敵機を探知したのだ。

「今度は、こっちが攻撃を受ける番か」

ニュートンは呻いた。

TF2も現地時間の七時一〇分に、日本軍の偵察機に発見されている。

敵は、防御から攻撃に転じたのだ。

ニュートンは、ベイツに命じた。

「使用可能な全戦闘機を発艦させろ。ジャップを迎え撃つ」

5

「指揮官機より入電。『敵発見。突撃隊形作レ』」

空母「飛龍」の艦爆隊指揮官小林道雄《こばやしみちお》大尉の耳に、偵察員を務める小野義範《おのよしのり》航空兵曹長の声が届いた。

二航戦攻撃隊の総指揮官を務める「蒼龍」艦攻隊長阿部平次郎《あべへいじろう》大尉の命令電だ。

「後続機に『突撃隊形作《トツレ》レ』と信号」

小林は、小野に命じた。僅かに腰を浮かし、海面を見た。

右前方に、敵の艦影が見える。

二隻の空母を中心とした輪型陣《りんけいじん》だ。

どちらの空母も、小ぶりな艦橋の後ろに、艦橋の三倍ほどもありそうな煙突を屹立《きつりつ》させている。

一目《ひとめ》見たら、忘れられない姿だ。他の空母と間違えることは、絶対にない。

「大物だ」

小林は、思わず口笛を吹き鳴らした。

眼下の空母はレキシントン級だ。

誕生のいきさつは、一航戦の「赤城」「加賀」と共通している。

巡洋戦艦として建造が始まった艦が、ワシントン軍縮条約の締結に伴い、空母に艦種変更されたのだ。

「赤城」「加賀」と共に、「世界のビッグ・フォー」と呼ばれることもあるが、全長、全幅は「赤城」「加賀」より大きい。

世界最大の航空母艦であり、「洋上の航空基地」と言えるだけの威容《いよう》を誇っている。

基準排水量が、レキシントン級の半分以下しかない「飛龍」と「蒼龍」にとっては、願ってもない大物だ。

小林は、左後方を振り返った。

麾下一七機の艦爆が二隊に分かれ、指揮官機を先頭にした斜《なな》め単横陣《たんおうじん》を形成しつつある。

小林が直率する第一中隊と、中川俊《なかがわしゅん》大尉が率いる第二中隊だ。

「目標はどうする?」

小林は、阿部機に問いかけた。

攻撃隊を二手に分け、二隻を同時に叩くのか。それとも一隻に攻撃を集中し、確実な撃沈を狙うのか。

自分たちの後には、「飛龍」の艦攻隊と「蒼龍」の艦爆隊から成る第二次攻撃隊が控えている。一航戦も空襲を切り抜ければ、攻撃隊を出すはずだ。

攻撃が中途半端《ちゅうとはんぱ》に終わっても、二隻を同時に叩き、発着艦不能に追い込めば、後から来る戦友たちが助かるのではないか、と小林は思ったが——。

「指揮官機より入電。『目標、敵一番艦。全軍突撃セヨ』」

小野が報告した。阿部は、全機を空母一隻に集中し、確実に仕留める道を選んだのだ。

「後続機に信号。『我ニ続ケ』」

小林は小野に命じた。

指揮官から命じられた以上、是非《ぜひ》もない。敵空母の一番艦に攻撃を集中するまでだ。

「蒼龍」の艦攻隊が二手に分かれ、敵艦隊の左右に回り込みつつ、高度を下げてゆく。

護衛の九六艦戦のうち、「蒼龍」より発艦した一二機が、「蒼龍」の艦攻隊に付き従う。

「飛龍」艦戦隊の一二機は、艦爆隊の前上方に占位し、敵機の出現に備えている。

九六艦戦は火力が弱いものの、機体が小さいため、空母には多数を搭載できる。

「飛龍」「蒼龍」では、前回のセイロン島沖海戦でも、今回の作戦でも、二七機ずつを搭載していた。

「前上方、敵機!」

小野が叫んだとき、艦戦隊がいち早く動いた。

エンジン・スロットルを開き、機首を上げて、艦爆隊の前上方に向かってゆく。

その正面から、突っ込んで来る機影が見える。

ブリュースターF2A〝バッファロー〟。

既に一度、セイロン島のトリンコマリー上空で戦った機体だ。

「今のうちに！」

小林はエンジン・スロットルを開いた。

三菱《みつびし》「金星《きんせい》」四四型エンジンが咆哮を上げ、機体が加速された。

斜め単横陣の状態では、戦闘機に襲われたとき、機銃による相互支援が難しい。九六艦戦がバッファローを引きつけている間に、投弾を済ませる。

「後続機、どうか？」

「全機、我に続行中！」

小林の問いに、小野が即答する。

小林の目は、敵空母の一番艦を見据《みす》えている。

対空砲火はまだない。引きつけてから、撃つつもりかもしれない。

バッファローが襲って来た。小林機の左前上方から、猛速で突っ込んで来た。

太い機首と高速で回転するプロペラ、中翼配置の主翼が、みるみる拡大する。巨大なハンマーが迫るようだ。

バッファローが一連射を放つと同時に、小林も発射把柄を握った。目の前に発射炎が閃き、七・七ミリ弾の細い火箭が噴き延びた。

バッファローが放った一二・七ミリ弾と小林機の七・七ミリ弾が、空中で交錯《こうさく》する。

小林機の火箭は空振りに終わるが、被弾の衝撃もない。

バッファローは左に旋回し、離脱する。そのバッファローの後方から、九六艦戦が食らいつく。

バッファローと九六艦戦は、巴戦《ともえせん》を戦いながら、第一中隊から離れてゆく。

二機目のバッファローが突っ込んで来る。今度は、右前上方だ。

小林が身構《みがま》えたとき、頭上を黒い影が通過した。

バッファローが、慌てたように機体を横転させ、垂直降下によって離脱した。

たった今、小林機の前方へと抜けた九六艦戦は、左に旋回し、乱戦の巷《ちまた》へと向かってゆく。

「飛龍」艦爆隊を襲ったバッファローは、二機だけに留まった。

敵機に代わり、対空砲火が艦爆隊を出迎えた。

空母の周囲で発射炎が明滅し、艦爆の周囲で次々と爆発が起こる。

小林機の右方でも敵弾が炸裂し、機体が大きく煽られる。

かと思えば、左前方で爆発が起こり、飛び散った弾片が不気味な音を立てて機体を叩く。

空母を守るのは巡洋艦、駆逐艦だけだが、弾量は多い。

特に、敵一番艦の左前方に見える軽巡とおぼしき艦は、艦首から艦尾までを真っ赤に染め、無数とも思えるほどの弾量を放っている。

新型艦か、既存艦の改装かは不明だが、対空火器を所狭《ところせま》しと詰め込んだようだ。

(あいつは敬遠《けいえん》した方が無難《ぶなん》だな)

小林は右旋回をかけ、敵の軽巡を迂回する方向に、艦爆隊を誘導した。

「外山《とやま》機被弾！　清村《きよむら》機被弾！」

小野が、味方機の被害を報告する。

なおも、敵弾が突き上がる。

周囲で次々と爆発が起こり、黒雲のような爆煙が視界を塞《ふさ》ぐ。

視界を遮られながらも、小林は敵一番艦に接近し、爆撃教範《きょうはん》に従って、左主翼の前縁を目標に重ねた。

操縦桿を左に倒し、急降下を開始した。

照準器の白い環は、レキシントン級空母の特徴的な艦影を捉えている。

日本軍の空母は飛行甲板の前縁が絞り込まれており、ワラジのように見えるが、米軍の空母は艦首から艦尾までの幅があまり変わらない。ワラジよりは、前後に長い下《げ》駄《た》を思わせる。

その「下駄」目がけ、小林機は「飛龍」艦爆隊の先頭に立ち、真一文字に突っ込んでゆく。降下角は六〇度だが、感覚的には垂直に近い角度で降下しているようだ。

小林機の真正面から、おびただしい曳痕が突き上がって来る。

空母が自らを守るべく、対空火器を総動員しているのだ。

トリンコマリーの敵飛行場を攻撃したときに比べ、射弾の量も、密度も段違いだ。全ての敵弾が、自機に向かって来るように感じられる。

ともすれば、機体を翻して避退行動に移りたい衝動に駆られるが、そのようなことをすれば、かえって火網《かもう》に搦《から》め取られる。

投弾前に墜とされるか、二五番を命中させるかの二つに一つだ。

敵空母が回頭を開始した。

小林から見て、艦首を左に振っている。「飛龍」隊の真下に、艦首を突っ込んで来る格好だ。

小林は操縦桿を前方に押し込み、降下角を更に深める。

身体が浮き、照準を合わせ難いが、懸命に操縦桿を操り、機体の位置を保つ。

「一四《ヒトヨン》（一四〇〇メートル）！　一二《ヒトフタ》！　一〇《ヒトマル》！」

後席の小野が、高度計の数字を読み上げる。

数字が小さくなるに従い、空母の姿が拡大する。

「〇六《マルロク》（六〇〇メートル）！」

の報告と同時に、照準器の環が艦橋を捉えた。

「てっ！」

の一声と共に、小林は投下レバーを引いた。

投下を確認し、操縦桿を目一杯手前に引く。

空母が視界の外に吹っ飛び、遠心力が束《つか》の間《ま》、小林の体重を数倍に増大させる。

垂直に近い角度で降下していた九九艦爆が機首を上向かせ、海面すれすれの高度で水平飛行に戻る。

「命中！」

小野が、弾んだ声で報告を上げる。

「どこだ？」

「飛行甲板です！」

「よし！」

機体を操りながらも、小林は戦果を確認する。先の投弾は狙い通り、敵空母の飛行甲板を捉えたのだ。

「何発当たるか」

離脱を図りながら、小林は口中で呟いた。

二番機以降の機体は、指揮官機の投弾を見て機位を修正し、投弾する。その指揮官機が直撃弾を得た以上、指揮官機に倣えばいい道理だ。

だが敵空母は、艦爆隊の真下に潜り込む形になっており、相対位置は刻々と変化する。二番機以降が直撃弾を得るのは難しいのではないか。

「命中弾二発目！　三発目！」

小野が報告する。

小林機が射程外に脱するまでに、小野は五発の命中を報告した。

降下を開始した時点で一六機が健在だったから、命中率は三一パーセントだ。

トリンコマリー攻撃では、ほぼ全弾が飛行場の滑走路や地上施設に命中し、有効弾となっていたことを考えれば、不本意な成績だが、全速で回避運動を行い、激しい対空砲火を撃って来る敵艦が相手だ。五発を命中させただけでも、上出来かもしれない。

「水柱確認！」

小野が、新たな報告を上げる。

「蒼龍」艦攻隊の雷撃だ。九一式航空魚雷が、レキシントン級の水線下を抉《えぐ》っている。

「命中雷数三！」

小林機が、「飛龍」艦爆隊の残存機を率いて高度三〇〇〇まで上昇する間に、小野が報告した。

「三本か」

撃沈まではゆかぬな、との言葉は、喉の奥に呑み込んだ。

レキシントン級は、基準排水量三万六〇〇〇トンに達する巨艦だ。二五番五発と魚雷三本の命中程度で、撃沈に追い込めるとは考え難い。

艦上機の発着艦を不能とし、戦列から落伍させることは可能であろうが。

(総指揮官の判断が正しかった)

突撃命令が出たときのことを、小林は思い返している。

一隻に攻撃を集中したにも関わらず、撃沈に追い込むことはできなかった。二隻を同時に仕留めようとして、攻撃隊を分散していたら、無効に終わった可能性が高い。

レキシントン級は容易ならぬ相手だった。「世界のビッグ・フォー」に相応しい強敵だった。

忌々しさと同時に、賛嘆《さんたん》の思いを、小林は感じていた。

周囲に「飛龍」の艦爆隊が集まって来る。

残存機は一三機だから、未帰還は五機。

トリンコマリー攻撃時より被害が大きい。

艦爆隊の周囲に、艦戦隊と雷撃を終えた艦攻隊が集まって来る。

艦攻隊の損耗率も、艦爆隊と大差がないようだが、艦戦隊は比較的多く残っているようだった。

阿部大尉の艦攻がバンクし、合図を送った。

帝国海軍の艦上機による、初めての敵空母への攻撃が終わったのだ。

6

二航戦攻撃隊の捷報《しょうほう》は、一航戦の「赤城」「加賀」でも受信されたが、「赤城」艦長草鹿《くさか》龍《りゅう》之介《のすけ》大佐にも、「加賀」艦長岡田次作大佐にも、友軍の勝利を喜んでいる余裕はなかった。

一航戦は、この日三度目の空襲を受けようとしていたのだ。

六時二六分より始まった第一次空襲、六時四九分より始まった第二次空襲は、いずれも切り抜けた。

「赤城」は飛行甲板に被弾し、発着艦不能に陥《おとしい》れられたものの、「加賀」は辛《から》くも直撃を免《まぬが》れた。

岡田次作「加賀」艦長は、「今度こそ、攻撃隊を出せる」と判断し、直衛戦闘機の収容と攻撃隊の出撃準備を命じた。

攻撃に参加予定だった戦闘機は、全機が艦隊の直衛に付き、燃料と弾薬を消耗している。

敵新型戦闘機との戦いで、撃墜された機体も少なくない。

このため「加賀」では、第二次攻撃に参加予定だった艦戦隊を、第一次攻撃隊の艦爆隊に付けると決め、出撃準備を整えた。

第二次空襲が終わり、敵の残存機が飛び去ったのは、七時一〇分。

一航戦の攻撃隊は、八時前後には出撃できるはずだった。

ところが、

「敵戦爆連合ノ編隊見ユ。位置、『ナフタン岬《マルナナサン》』ヨリノ方位九〇度、七〇浬。敵針路二七〇度。〇七三八《ハチ》」

との報告が、戦艦「扶桑」の水偵より届けられたため、攻撃隊の出撃は、またも見送らざるを得なくなった。

「加賀」は第二次攻撃に参加予定だった艦戦全機と、第一次、第二次空襲で直衛に当たった艦戦の残存機を発進させ、再び防戦に回ることとなったのだ。

「ひとたび主導権を握られると、なかなか取り戻せないものですね」

「戦《いくさ》の怖いところだ。特に航空戦はな」

佐藤佐航海長の言葉に、岡田は応えた。

空母同士の戦闘では、特に先手を取れるかどうかが重要になる——朝からの作戦展開を思い返し、岡田は腹の底で呟いている。

空母が攻撃隊を飛行甲板に上げ、発進させるまでに、一時間程度はかかる。

その間に空襲を受けた場合、空母は攻撃隊を格納甲板に降ろし、防戦に徹しなければならない。一旦敵に先手を取られると、攻撃の機会を掴むのは困難になるのだ。

（我々には二つの敵がある。一つは米軍、もう一つは時間だ。特に航空戦は、分秒単位で勝負が決することもある）

発艦してゆく九六艦戦を見送りながら、岡田はそのことを実感していた。

飛行甲板の後部では、艦爆隊の収容作業が始まっている。

今日の朝一番で飛行甲板上に上げた、完全装備の九九艦爆二七機を、一旦格納甲板に戻し、第二次空襲の終了後、再び飛行甲板に上げた。

今度こそ出せるはずが、新たな敵機が来襲し、再び格納甲板に下ろさねばならなくなった。

整備員や兵器員、甲板員らには、無益な作業を強いる羽目《はめ》になってしまったが、彼らは文句も言わず、黙々《もくもく》と作業に当たっている。

（済まぬ。いずれ埋め合わせはする）

その言葉を胸中で投げかけて、岡田は上空に視線を転じた。

直衛隊が高度三〇〇〇まで上がってから一〇分と経たぬうちに、敵機が姿を現した。

「敵戦爆連合の編隊、左三〇度、高度三〇《サンマル》！」

「味方戦闘機、敵機に向かいます！」

見張員が叫んだときには、九六艦戦は速力を上げ、敵編隊に正面から仕掛けている。

「見張り、敵戦闘機の機種は分かるか？」

「距離があるため、はっきりとは分かりませんが、バッファローと思われます」

「だとすれば、敵はまだ全機を新型機に切り替えたわけではないな」

見張員の答を聞いて、岡田は独りごちた。

第一次空襲と第二次空襲では、敵は未知の新型戦闘機を伴っていた。

バッファローより速く、打たれ強い。直衛隊はかなりの苦戦を強いられたことが、艦上からの観察でも分かった。

今回の空襲でも、同じ機体が来るかと思っていたが、来襲したのはバッファローだ。米軍も、すぐには艦戦全機を新型機に転換できるわけではないらしい。

ただ、米国の生産力を考えれば、次の戦いでは全艦戦が新型機に替わっていると思われる。

我が方も、零戦の配備を急がねば――そう考えつつ、岡田は空中戦を見守った。

空中戦は、乱戦の様相を呈している。

彼我の機体が混淆《こんこう》し、どちらが優勢なのかは判別し難い。

九六艦戦は、卓越した運動性能を活かして敏速に飛び回っているが、バッファローも優速を活かし、九六艦戦の射弾をかわしているようだ。

ただ、戦場が一航戦に近づいて来ることはない。

直衛隊は、空母の手前で敵機を食い止めている。

「防ぎ切れそうだな」

岡田が呟いたとき、

「『綾波《あやなみ》』発砲！」

見張員の新たな報告が飛び込んだ。

一九駆の一艦だ。空母二隻の右前方を守っている。

咄嗟に双眼鏡を向けた岡田の目に、発砲を繰り返す「綾波」の姿が映った。

褐色《かっしょく》の砲煙が繰り返し湧きだし、艦の後方へと流れてゆく。

「砲術より艦長。右前方に敵機。低空より接近して来ます！」

砲術長増山貞夫少佐の報告を受け、岡田は状況を悟った。

雷撃機だ。直衛隊がバッファローと戦っている間に、雷撃機が低空から忍び寄っていたのだ。

「航海、面舵一杯！」

「砲術、上空に高角砲をぶっ放せ。その後は対空戦闘開始だ！」

岡田は、佐藤航海長と増山砲術長に命じた。

高角砲を撃たせるのは、艦戦隊に急を報せるためだ。無線連絡よりも手っ取り早く、確実だ。

飛行甲板の縁に発射炎が閃き、砲声が甲板上を駆け抜ける。艦の航進に伴い、砲煙が後方に流れる。

「面舵一杯！」

高角砲弾が上空で炸裂するより早く、佐藤が操舵室に下令する。

「加賀」の周囲では、対空戦闘が始まっている。

一航戦の直接指揮下にある一九駆の四隻だけではなく、第三水雷戦隊の軽巡「川内《せんだい》」と駆逐艦七隻も、一四センチ砲、一二・七センチ砲を水平に近い角度まで倒し、低空から突っ込んで来る雷撃機に射弾を浴びせる。

砲声は殷々《いんいん》と轟き、海面に弾着の飛沫が上がる。

「右四五度に雷撃機九。デバステーターです！」

見張員が叫ぶと同時に、艦橋の前方に発射炎が閃き、右舷側に火焔がほとばしった。

砲声が前後から届き、艦橋内に満ちた。

右舷側に四基を装備する一二・七センチ連装高角砲が火を噴いたのだ。砲身は水平に近い角度まで倒され、低空から突っ込んで来る敵機を狙っている。

「戦闘機はあてにできぬな」

岡田は上空を見上げ、状況を悟った。

数機の九六艦戦が乱戦から脱し、急降下に転じたようだが、敵機は「加賀」の高角砲の射程内に踏み込んでいる。

戦闘機の援護は、間に合わない。対空砲火と操艦によって、雷撃をかわす以外にない。

駆逐艦の間を抜けるようにして、デバステーターが向かって来た。

涙滴《るいてき》を思わせる形状の機体だ。尾部が、やや反《そ》り上がっている。

高度はかなり低い。プロペラで波頭を切り裂こうとしているかのようだ。飛行機の操縦桿を握ったことがない岡田にも、僅かな操作ミスが即座に死に繋《つな》がることは想像がつく。

敵機の搭乗員は、対空砲火の届かぬ死角からの攻撃を狙っているのだ。

「見上げた勇気だが、こちらも艦を守らねばならんのでな」

岡田が呟いたとき、炸裂した一二・七センチ砲弾が、見えないハンマーで一撃したように、敵一機を海面に叩き付けた。

一二・七センチ高角砲に加えて、特徴的な砲声が二秒置きに轟き始める。

片舷六基六門を装備する、羅式三七ミリ単装機銃の射撃だ。二秒置きという、機銃にしてはやや間延《まの》びした発射速度だが、弾道の直進性は高い。

真っ赤な曳痕が真一文字に飛び、デバステーターに殺到する。

デバステーター一機が、正面からまともに三七ミリ弾を受けた。

閃光と共に、左主翼が付け根から吹き飛ばされ、機体はネジを回すように回転しながら、海面に激突した。

続いてもう一機の機首に、三七ミリ弾が命中した。爆炎が躍った直後、海面に飛沫が上がり、デバステーターが消えた。

三七ミリ弾は、一撃でデバステーターのエンジンをプロペラごと粉砕したのだ。見ている側が寒気《さむけ》を覚えるほどの破壊力だった。

飛行甲板の縁に新たな発射炎が閃き、真っ赤な無数の曳痕が、残る六機のデバステーターに殺到する。

右舷側に六基を装備する、二五ミリ連装機銃の掃射だ。破壊力は羅式三七ミリ機銃ほどではないが、弾数は多い。真っ赤な曳痕の連なりが左右に振り回され、デバステーターを捉えようとする網のように交錯する。

それに捉えられるデバステーターはなかった。海面に飛沫が上がり、敵機が次々と右旋回をかけた。

六条の雷跡が、「加賀」に向かって来る。

「加賀」は、なおも直進を続ける。自ら破局《はきょく》に突き進んでいるかのようだ。

デバステーターが「加賀」の艦首をかすめるように離脱した直後、艦首が右に振られた。

基準排水量三万八二〇〇トンの巨体が右舷側に回頭し、魚雷に艦首を正対させてゆく。

雷跡と艦の距離は、みるみる詰まる。距離は、もうほとんどない。

（駄目か？）

岡田が直感したとき、

「左舷機銃座より報告。雷跡、本艦の左舷側に抜けました！」

増山砲術長が報告を上げた。「加賀」は、際どいところで雷撃回避に成功したのだ。

「新たな雷撃機八機、右一三〇度！」

今度は、後部見張員からの報告が飛び込んだ。

「航海、舵このまま。回頭を続けろ！」

「艦長より砲術、目標、右一三〇度の敵雷撃機。射程内に入り次第、砲撃始め！」

次から次へと——腹の底では悪態《あくたい》をつきながらも、岡田は二つの命令を下した。

「加賀」は、なおも回頭を続ける。

艦橋の死角に入っていた敵機が見え始める。

先の回避運動によって隊列が乱れたためだろう、駆逐艦の対空砲火は少ない。二隻が、一二・七センチ砲を撃っているだけだ。

雷撃機の後方から、舞い降りる影が見えた。

機首から火箭が噴き延び、デバステーターに突き刺さった。

「よし！」

岡田は、右の拳《こぶし》を打ち振った。

九六艦戦だ。直衛機が海面すれすれの高度に舞い降り、デバステーターに取り付いたのだ。

デバステーターが九六艦戦の狙いを外すべく、右に、左にと機体を振るが、九六艦戦は逃がさない。

デバステーターが右に旋回すれば右へ、左に旋回すれば左へと機体を振り、食い下がる。

旋回性能では、列強の戦闘機中随一の機体だ。旋回性能でこの機体と互角《ごかく》に戦えるのは、おそらく陸軍の九七式戦闘機だけだ。

魚雷を抱き、動きが鈍くなっているデバステーターに、振り切れる道理がない。

ただ、デバステーターはなかなか墜ちない。

一連射、二連射、三連射と射弾を浴びせても、海面に叩き付けられることも、火を噴くこともない。

「やはり非力《ひりき》だ」

岡田は呻いた。

七・七ミリ機銃二丁だけでは威力不足なのだ。

新鋭機の零戦は、ルソン島攻撃で両翼に装備した二〇ミリ機銃の威力を存分に発揮したというが、同機はまだ母艦航空隊に配備されていない。今は九六艦戦で戦い抜き、零戦の配備を待つ以外にない。

搭乗員が業《ごう》を煮やしたのか、九六艦戦がフル・スロットルでデバステーターを追い抜いた。

デバステーターの正面で垂直旋回をかけ、真正面から相対《あいたい》した。

九六艦戦の銃撃と同時に、デバステーターも機首の固定機銃を放つ。火箭が斬り結ぶように、空中で交錯する。

墜ちたのは、デバステーターの方だった。

九六艦戦の七・七ミリ弾がコクピットを襲い、操縦員を射殺したのか、火も煙も噴き出すことなく、海面に激突し、四散した。

このときには、複数の九六艦戦がデバステーターに取り付いている。

正面上方から、あるいは後ろ上方からデバステーターに取り付き、七・七ミリ弾を見舞う。

後方からの攻撃では、デバステーターは容易に墜ちないが、正面攻撃は効果があるようだ。

一機、二機、三機と海面に叩き付けられ、飛沫と共に消えてゆく。

デバステーターが半減したところで、「加賀」の艦首が敵機に正対した。

「戻せ。舵中央！」

「戻せ。舵中央！」

岡田の指示を、佐藤が操舵室に伝える。

右舷側に回頭を続けていた「加賀」は、激しく身震いしながら直進へと戻る。

四機のデバステーターは、正面から向かって来る。

その後方から、九六艦戦が一機ずつ取り付き、七・七ミリ弾を叩き込む。

デバステーター一機が高度を下げすぎたのか、波頭に激突して果てた。

もう一機が投雷したが、雷跡は見当外れの方向に進み始めた。

「あと二機！」

岡田は、はっきり口に出した。

二機を墜とすか、投雷を失敗させれば、「加賀」は危機を免れる。

デバステーター一機を仕留めた九六艦戦が、僚機に加勢し、二機がかりで射弾を浴びせる。非力な七・七ミリ機銃といえども、四丁の集中射撃には耐えられなかったのだろう、デバステーターが煙を噴き出し、海面に叩き付けられる。

最後に残った一機も、煙をなびかせ始めた。

岡田は撃墜を確信したが、敵機の動きは予想を超えていた。

速力を上げ、「加賀」に突進して来たのだ。

「総員、衝撃に備えろ！」

高声《こうせい》令達器を通じて、岡田が全乗員に下令したとき、デバステーターの姿が艦首甲板の陰に消えた。

ほとんど同時に、艦首から襲った衝撃が全艦を刺し貫き、乗員の多くがよろめいた。

飛行甲板の前縁が、一瞬持ち上げられたように見え、次いで炎と煙の中に消えた。

7

「この空母は、もうやられていますね」

　第二次攻撃隊総指揮官楠美《くすみ》正《ただし》少佐の耳に、偵察員を務める近藤正次郎《こんどうしょうじろう》中尉の声が入った。

「一次の連中がやった奴だな」

　楠美は、左前方の海面を見下ろして応えた。

「赤城」や「加賀」と比べても遜色ない大型空母が、大量の黒煙を後方になびかせている。

　航行は可能らしく、航跡を引きずっている。

　航跡が黒く染まっているのは、魚雷が水線下を抉り、重油が漏れ出したためだろう。

　速力は、かなり遅い。一〇ノットも出ていないのではないかという気がする。

　艦橋や煙突の周囲から大量の黒煙が噴出しているのは、機関を損傷したためではないか。

　魚雷が缶を傷つけたのか、あるいは二五番が煙突に飛び込むという不運――攻撃側にとっては僥倖《ぎょうこう》――があったのかもしれない。

　沈没に至るかどうかは分からないが、艦上機の発着艦能力を失っていることは確かであろう。

「この空母に止めを刺しますか？　それとも、二隻目の目標を？」

「そうだな」

　近藤の問いを受け、楠美は思考を巡らせた。

　二航戦の第二次攻撃隊が発進したのは七時八分（現地時間八時八分）。第一次攻撃隊の出撃から、約一時間後だ。

　現在は八時四七分。出撃から、およそ一時間半が経過している。

　その間、楠美の下には、新情報は届いていない。進撃中に、戦況がどのように変化したのかは不明なのだ。

　ただ、出撃前に敵の空母が二隻であるとの情報は得ている。

二航戦司令官戸塚道太郎《とづかみちたろう》少将からは、

「極力、無傷の空母を探して叩け」

との命令も受け取っている。

もう一隻の敵空母を探し出して攻撃すべきだが、近くには見当たらない。

傷ついた僚艦を残して避退したのか。あるいは、付近の海面で反撃の機会をうかがっているのか。

「右前方にスコールです。もう一隻の空母は、あの下にいるのでは？」

近藤が注意を喚起した。

楠美は、右前方に視線を転じた。

少し離れた海面に、スコール雲が見える。空母のような大型艦の隠れ場所には最適だ。

「スコールがすぐに止むなら、待つ手もあるが……」

楠美が呟いたとき、頭上で動きが生じた。

艦戦隊の半数が速力を上げ、楠美が直率する「飛龍」艦攻隊から離れてゆく。

その前方に、陽光を反射して銀色に光るものが見える。

敵の直衛機が姿を現したのだ。

「やむを得ぬ。手負いの空母に止めを刺す！」

楠美は、方針を変更した。

敵の直衛機が出現した以上、無傷の空母はスコールに隠れている可能性が高い。

だが、スコールがいつ止むかは分からない。

手負いの空母を確実に撃沈し、無傷の空母は一航戦の攻撃隊に任せた方がよいと判断した。

「福田《ふくだ》、全機宛発信。『目標、左前方ノ敵空母。全軍突撃セヨ』」

楠美は、電信員の福田政雄《まさお》一等航空兵曹に命じた。

右前方では、九六艦戦と敵直衛機との空中戦が始まっている。

「飛龍」の艦戦隊だけではない。「蒼龍」の艦爆隊に付き従って来た九六艦戦も速力を上げ、敵機に挑みかかってゆく。

「飛龍」艦攻隊が二手に分かれた。

楠美が直率する第一中隊は右、松村平太《まつむらへいた》大尉が率いる第二中隊は左に旋回し、敵空母を挟撃《きょうげき》する形で高度を下げる。

江草隆繁《えぐさたかしげ》少佐が率いる「蒼龍」の艦爆隊は、敵の前方へと回り込んでゆく。

艦爆隊、艦攻隊に向かって来る敵戦闘機はない。

敵は空母一隻が使用不能となり、戦闘機の数に余裕がないのかもしれない。

（楽勝だな）

ほくそ笑みつつ、楠美は麾下にある八機の九七艦攻を、敵空母の右舷側に誘導した。

楠美機を含み、九機の九七艦攻が横一線に展開したとき、空母の右舷側に展開する護衛艦艇の艦上に、複数の発射炎が閃いた。

艦攻隊の正面に、多数の爆発光が同時に走り、黒い爆煙が視界を遮る。

対空砲火は、想像以上に強力だ。第一次攻撃隊も、かなりの未帰還機を出したのではないか。

楠美は、操縦桿を前方に押し込んだ。

海面がせり上がり、目の前に近づく。プロペラで、波頭を切り裂かんばかりの超低空飛行だ。僅かでも操縦桿の操作を誤るか、強風による高波が生じれば、海面に激突する。

だが、激しい対空砲火をかわすには、他に方法がない。

操縦技術と天運《てんうん》に、自身と二人の部下の命、投雷の成否を懸けるのだ。

左右で敵弾が炸裂し、爆風が押し寄せる。

弾片が機体を叩いているのだろう、コクピットに不気味な音が響く。

爆発光が絶え間なく閃き、弾片が高速で飛び交い、黒煙が視界を遮る中、「飛龍」艦攻隊の指揮官機は、海面に触れそうなほどの高度を突き進む。

「近藤、味方機はどうか？」

「視界内に五機を確認！」

「了解！」

楠美は、唇《くちびる》の端を僅かに吊り上げた。

自機を含めて六機あれば充分だ。

目標は、既に第一次攻撃で大きな損傷を受け、速力が大幅に低下している。

この状態で雷撃を敢行すれば、最低でも半分は命中する。

新たに三本の魚雷が命中すれば、敵空母は間違いなく海底に叩き込める。

両用砲弾の炸裂に加え、機銃弾の曳痕が殺到して来る。艦爆、艦攻の旋回機銃や九六艦戦の主兵装に採用されている七・七ミリ機銃の比ではない。曳痕の一つ一つが、赤や黄色の礫《つぶて》のようだ。

全てが自機に向かって来るように見えるが、命中寸前で上方へと逸《そ》れ、後方に流れ去ってゆく。

楠美機は、うまく死角に入り込んだようだ。

敵艦が急速に迫って来る。

乱れ飛ぶ曳痕に遮られ、艦の姿をはっきり見ることはできない。

ただ、どこか野暮《やぼ》ったく、間延びした形状であるように思う。

古くさい艦形だが、対空火力は凄まじい。米軍は旧式艦を引っ張り出し、対空火器多数を取り付けて、空母の護衛につけたのかもしれない。

不意に、その艦の上部で爆発が起きた。

同時に、両用砲弾の炸裂や無数の曳痕が一気に半減した。

「隊長、艦爆の援護です！」

近藤が歓喜の叫びを上げた。

顔を上げた楠美の目に、引き起こしをかけて上昇してゆく九九艦爆の姿が映った。

「蒼龍」の艦爆隊だ。

艦攻隊が射すくめられているのを見て、目標を護衛艦艇に変更したのかもしれない。

「ありがたい！」

楠美が叫んだとき、九七艦攻は敵艦の艦尾をかすめめ、反対側に飛び出した。

前方に、敵空母が見える。

黒煙を後方に引きながら、遁走を図っている。

その艦上にも、発射炎が閃く。

赤や黄色の曳痕が正面から向かって来るが、数は護衛艦艇ほどではない。

第一次攻撃隊の急降下爆撃が、飛行甲板や機関部だけではなく、対空火器にも相当な被害を与えたためだろう。

にも関わらず、敵空母の乗員は抵抗の意思を捨てていない。残存する火器を動員し、九七艦攻に射弾を浴びせて来る。

「ちょい右……ちょい右」

照準器の白い環を敵艦に合わせるべく、楠美は針路を僅かに調整した。

「隊長、味方機全機、本機に追随して来ます」

「了解！」

近藤の報告にごく短く返答し、楠美はなお敵艦を追った。

照準器の向こうに、敵艦が見える。

小ぶりな艦橋と、その後ろに位置する巨大な煙突は、外観上の特徴だ。一目見たら、忘れられるものではない。

照準器が捉えた艦が、左右に広がる。

艦だけではない。重油が混じり、黒く染まった航跡までもがはっきり見える。

（ここまで近づけば）

楠美は、命中を確信した。

「てっ！」

の叫びと共に、投下レバーを引いた。

同時に操縦桿を前方に押し込み、高度が上がるのを防ぐ。

機体を左に旋回させ、空母の艦尾付近を抜ける。

なおも海面すれすれの高度を飛び、離脱を図る。

「水柱一本！　二、いや三本！　左舷側にも魚雷命中。水柱二本！　三本！」

　福田が、興奮した声で報告を上げた。

　その報告を耳にしながら、楠美はなお九七艦攻を操り続けた。

　後方から敵弾が飛んで来なくなったところで、ようやく操縦桿を手前に引き、上昇に転じた。

　一〇分後、楠美は三〇〇〇メートルの高度から海面を見下ろしていた。

　傷つき、速力を低下させながらも、懸命に避退しようとしていたレキシントン級空母は、完全に行《い》き足《あし》が止まっている。

　艦の大半は黒煙に覆われ、艦の周囲には重油が広がりつつある。

　福田が報告した命中雷数は、左右両舷を合わせて六本だ。

　世界最大の空母であるレキシントン級も、この打撃に耐えられるとは思えなかった。

　楠美は福田に命じた。

「司令部宛、打電。『我、敵空母ヲ雷撃ス。六本命中ヲ確認ス。敵空母ハ猶《ナホ》一隻健在ナリ。攻撃反復ノ要有リト認ム。〇九一三《マルキュウヒトサン》』」

8

「再攻撃は難しいか？」

　福留繁参謀長は、日高俊雄航空参謀に聞いた。

　第二次攻撃隊の報告電は、連合艦隊旗艦「伊勢」の通信室でも直接受信している。

　連合艦隊司令部では、二航戦の攻撃隊が、米空母を二隻とも撃沈するか、発着艦不能に追い込むことを期待したが、戦果は一隻撃沈に留まった。

　米艦隊の空母は、まだ一隻が残っているのだ。

「第二次攻撃隊が帰還し、残存機を集計した上でなければ、はっきりしたことは申し上げられませんが、困難ではないかと考えます」

　日高は答えた。
　一、二両航戦と米空母二隻の戦いは、盾と矛の役割がはっきり分かれた戦闘になった。

第一艦隊隷下の第一航空戦隊が盾となって敵の攻撃を引き受け、第二艦隊隷下の第二航空戦隊が矛となって、敵空母を攻撃したのだ。

計画では、一、二両航戦の攻撃隊が一体となって敵空母を叩き、二隻を一挙に葬《ほうむ》り去るはずだった。

だが、一航戦は先制攻撃を受けた結果、攻撃隊を発進させる機会を得られず、攻撃は二航戦のみが実施する形となったのだ。

作戦前の最後の打ち合わせで、連合艦隊司令部は、

「敵空母は、一隻を確実に沈めるより、全艦を発着艦不能に追い込むことを優先せよ。空母を全て使用不能とすれば、艦隊戦時の制空権は我が方が完全に握れる」

と、一、二両航戦の司令官に伝えていた。

だが、二航戦の攻撃隊だけでは命令を完遂《かんすい》できず、戦果は「空母一隻の撃沈」に留まったのだ。

「第一次攻撃が終了した時点で、既に敵空母一隻は使用不能になっていた。第二次攻撃で、残る一隻も仕留められたはずだが……」

納得し難い様子で首を傾げた黒島亀人首席参謀に、日高は言った。

「天候不良のため、敵空母を発見できなかった可能性が考えられます。第一次攻撃と第二次攻撃の間に天候が変わったのかもしれません」

「参謀長や首席参謀の不満は分かるが、ここは二航戦の健闘を讃《たた》えるべきだろう」

黙って聞いていた山本五十六司令長官が言った。

「敵空母はレキシントン級だ。『赤城』と『加賀』を上回る、世界最大の空母だ。そのような艦を一隻沈められただけでも、大変な功績だ」

「我が方は、二隻の空母をやられています。二隻と一隻では、釣り合いが取れません」

これでは我が方の負けになる、と言いたげな福留に、山本は微笑を浮かべた。

「二隻とも『航行ニ支障ナシ』との報告が届いてい

る。修理すれば、また使えるのだ。一隻撃沈と二隻損傷なら、沈めた側の勝ちだ」

第一航空戦隊旗艦「赤城」は第一次空襲で、「加賀」は第三次空襲で、それぞれ被弾損傷した。

「赤城」の被害は直撃弾二発で、飛行甲板の二箇所に巨大な破孔を穿たれた。

格納甲板に下ろした九七艦攻の誘爆と火災が危惧されたが、被害は飛行甲板だけに留まり、格納甲板への拡大は辛くも防がれた。

ヴィンディケーターの搭載爆弾が徹甲弾《てっこうだん》ではなく、着発信管付きの瞬発弾《しゅんぱつだん》だったことが、「赤城」を破局から救ったのだ。

「加賀」の被害は「赤城」よりも深刻だった。

直衛の九六艦戦と「加賀」の対空砲火は、来襲したデバステーターのほとんどを撃墜したが、一機が魚雷を抱いたまま、「加賀」の艦首に体当たりを敢行したのだ。

敵機は、飛行甲板と上甲板の間に突っ込んで爆発し、飛行甲板の前縁は大きくまくれ上がった。

被害は、艦首上甲板下の兵員室や格納甲板の前部にまで及んだ。

機関は全力発揮が可能だが、「加賀」は着艦はできても発艦は全くできない状態に陥ったのだ。

直衛に付いていた九六艦戦は、空襲終了後、「蒼龍」「飛龍」に収容されている。

戦いはまだ半《なか》ばであり、二隻の空母を戦列から失うのは痛いが、二航戦の「蒼龍」「飛龍」は健在だ。

「赤城」「加賀」も傷つきはしたが、生還できる。

前哨戦《ぜんしょうせん》は、我が方優勢のうちに進んだと考えていいだろう――と、山本は締めくくった。

「敵空母はまだ一隻残っていますが、いかがなさいますか？」

佐薙毅作戦参謀の問いに、山本が答えた。

「二航戦司令部の判断を待とう」

第二航空戦隊司令部の報告を待つ間に、索敵機からの報告が入った。

アメリカ海軍 SB2U「ヴィンディケーター」

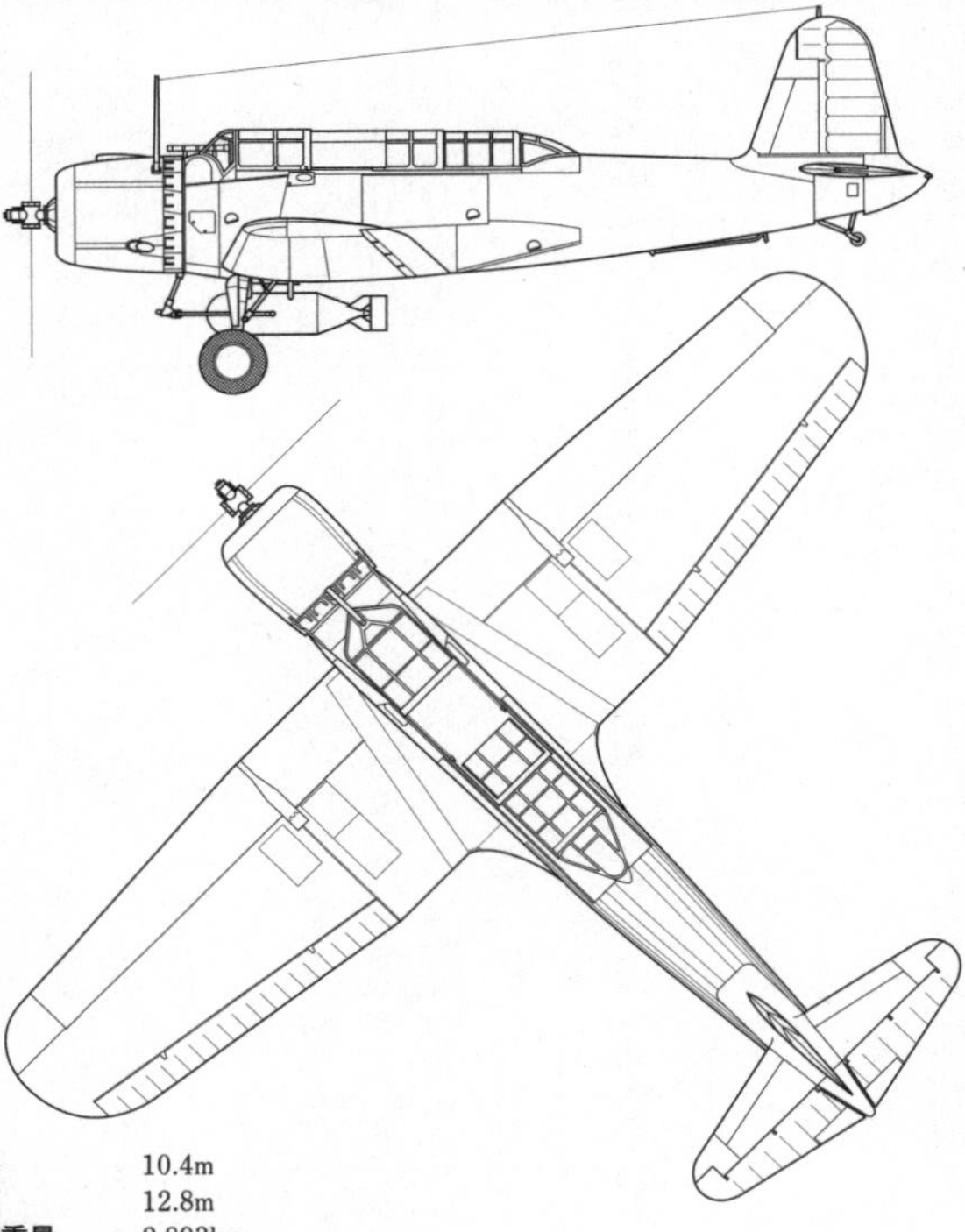

全長	10.4m
翼幅	12.8m
全備重量	2,893kg
発動機	P&W R1535-96 825馬力
最大速度	404km/時
兵装	7.62mm機銃×1丁(右主翼)／7.62mm機銃×1丁(後席旋回) 500ポンド爆弾×1発 もしくは 1,000ポンド爆弾×1発
乗員数	2名

ヴォート社が開発した艦上爆撃機。折りたたみ式の主翼、引込脚を備えた急降下爆撃機で、1937年12月より運用が開始された。

500ポンド爆弾搭載状態で1,000キロ以上という長大な航続距離を誇り、戦闘哨戒任務にも活用されている。現在、ダグラス社製の新型艦爆の開発が進んでいると言われるが、当面は本機を中心とした部隊運用が行われると推察される。

第二艦隊の重巡「筑摩」から発進した水上偵察機が届けたもので、

「敵艦隊ノ位置、『ナフタン岬』ヨリノ方位九〇度、一三〇浬。敵ハ空母一、巡洋艦五、駆逐艦一五。敵針路九〇度。一〇四七《ヒトマルヨンナナ》」

と伝えて来た。

一一時二〇分（現地時間一二時二〇分）、第二航空戦隊旗艦「蒼龍」より、

「攻撃隊全機ノ収容完了。使用可能機数、艦戦六八、艦爆二四、艦攻二三。再出撃可能時刻一二三〇《ヒトフタサンマル》」

との報告電が届いた。

田村三郎通信参謀が報告電を読み上げると、山本が唸り声を発した。

「艦爆、艦攻の被害が大きいな。損耗率は艦爆、艦攻共に三割を超えるか」

「艦戦は、比較的生き残っていますな」

感心したような福留の発言を受け、日高が言った。

「一航戦の直衛機を加えての数字です。二航戦だけの損耗率は、別途計算しなければなりません」

「いかがいたしますか、長官？　第三次攻撃は可能と考えますが」

黒島が山本に聞いた。

敵空母はあと一隻残っています。やるべきです
——そう言いたげだった。

山本は即答せず、日高の意見を求めた。

「どう考える、航空参謀？」

「二航戦の残存兵力を以て第三次攻撃をかければ、敵空母の撃沈は可能です。最低でも、発着艦不能に追い込むことは可能でしょう」

日高は、考えていた答を返した。

「ならば、躊躇うことはない。準備出来次第、第三次攻撃隊発進だ。二航戦に命令電を——」

「焦るな、参謀長。航空参謀には、まだ言い足りないことがあるようだ」

意気込んだ福留を、山本は苦笑しながら抑え、日高に話を続けるよう促した。

「敵空母全てを撃沈した場合、米太平洋艦隊の主力は決戦を避け、避退するかもしれません」

「何故、そのように考える?」

「セイロン島沖海戦の戦訓です。同海戦では、艦隊砲戦の際、戦闘機による戦場上空の制圧が非常に重要であることが実証されました。この戦訓は、英海軍から米海軍に伝えられていると考えられます。空母を二隻とも失った米艦隊は、艦隊砲戦時の不利を悟り、後退して他日《たじつ》を期すのではないか、と推測します。その場合、今回の作戦の戦果は空母二隻の撃沈に留まり、米太平洋艦隊の脅威は残ります」

「残る一隻の空母には敢えて手を出さず、見逃せと主張したいのかね?」

福留の問いに、日高は頷いた。

「残存空母には、艦隊決戦の終了後にあらためて攻撃をかけ、止めを刺せばよいと考えます」

「残存空母から、我が方が攻撃を受け、二航戦が被害を受ける危険はないか?」

「敵空母は、相当数の艦上機を失ったと見積もられます。特に、ヴィンディケーター、デバステーターは、一航戦の直衛隊と対空砲火が大半を撃墜したため、壊滅に近い状態にあると考えられます。我が方にとり、さほどの脅威にはならないでしょう」

このとき、日高が言わなかったことがある。

二航戦の搭乗員は疲労が激しく、今一度の攻撃を実施できる状態にはない、ということだ。

航空戦に限った話ではないが、戦いには将兵の体調も重要な要素となる。

疲労している搭乗員を再度出撃させ、犠牲を強いるのは、本意ではなかった。

不意に、山本が笑い出した。

「敵艦隊を決戦場に誘い込むために、敢えて空母を残すか。航空参謀にとどめておくには、もったいない男だ」

「長官がセイロン島沖海戦で用いられた策に倣ったものです。長官は、ネルソン級に対する航空攻撃を敢えて見送られたことで、二隻の英戦艦を引っ張り出しましたから」

「それで行こう」

山本は幕僚全員を見渡し、宣言するように言った。

「明日の戦闘で、米太平洋艦隊の撃滅に成功すれば、短期決戦の可能性が見えて来る。明日の一戦には、一局面の戦闘だけではなく、国家の存亡が懸かっている。そのつもりで、力を尽くして貰いたい」

第五章　ビッグ・セブン再び

1

第一、第二両艦隊は、一〇月一六日朝、米太平洋艦隊主力と遭遇した。

サイパン島ナフタン岬よりの方位九〇度、六〇浬の海面だ。昨日の航空戦よりも、東に三〇浬移動している。

航空戦で損傷した第一航空戦隊の「赤城」「加賀」は、第一九駆逐隊と共に内地に帰還し、第二航空戦隊の「蒼龍」「飛龍」は、第八戦隊の重巡「利根」「筑摩」、第四水雷戦隊の軽巡「那珂《なか》」と駆逐艦八隻、及び第一一駆逐隊に護衛され、主力の後方四〇浬に展開していた。

七時一二分（現地時間八時一二分）、

「砲術より艦長。マストらしきもの三……いや四！　なお増大中。方位八〇度、距離三五〇《サンゴマル》〇（三万五〇〇〇メートル）！」

「旗艦より入電。『無線封止解除』『合戦準備。昼《チュウ》戦《セン》ニ備ヘ』」

第三戦隊旗艦「金剛」の艦橋に、射撃指揮所と通信室から、連続して報告が送られた。

「三戦隊、砲戦準備！」

「艦長より砲術、砲戦準備！」

司令官南雲《なぐも》忠一《ちゅういち》中将が潮風に鍛《きた》えられた声で下令し、「金剛」艦長田中《たなか》頼三《らいぞう》大佐も、射撃指揮所に命じた。

南雲は、前方に双眼鏡を向けた。

水平線付近に、小さな黒い点が見える。

時間の経過につれて数が増え、大きさが拡大し、艦の形状を整える。

「砲術より艦長。籠マストを確認！」

「来たか」

砲術長大和田《おおわだ》茂《しげる》中佐の続報を受け、南雲は僅かに唇の端を吊り上げた。

籠マストは、米戦艦に特有の装備だ。

「艦長より砲術。籠マストの数報せ」

「八本……いや一〇本です！」

田中艦長の問いに、大和田が返答した。

「コロラド級とテネシー級のお出ましだな」

南雲は首席参謀人見《ひとみ》錚一郎《そういちろう》中佐と顔を見合わせ、頷き合った。

昭和一五年一〇月時点で籠マストを装備する米戦艦は、コロラド級戦艦三隻、テネシー級戦艦二隻だ。

コロラド級は「長門」「陸奥」と並ぶ四〇センチ砲戦艦であり、テネシー級は長砲身の三五・六センチ砲一二門を装備している。

三五・六センチ連装砲四基八門を主砲とする金剛型戦艦より、火力、防御力共に上だ。金剛型が勝るのは、速度性能しかない。

強敵ではあるが、南雲は恐怖を感じなかった。

「できることなら、水雷戦隊か重巡の戦隊を指揮したかったな」

南雲は、第三戦隊の前方に布陣する第三水雷戦隊の軽巡「川内」と駆逐艦七隻を見つめた。

南雲の専門は水雷だ。江田島卒業後、艦船勤務を中心に海軍生活を送り、水雷戦の腕を磨いてきた。駆逐隊の司令や水雷戦隊の司令官の他、水雷学校長を務めた経験もある。

米艦隊との決戦であれば、水雷戦隊か重巡の戦隊を指揮し、魚雷の威力を存分に発揮する戦《いくさ》をしたかったと思う。

「同感ですが、今率いているのは高速戦艦です。足の速さと砲力を活かして戦いましょう」

田中艦長が、口ひげを捻りながら微笑した。

南雲と同じ水雷屋であり、艦船勤務を中心に海軍生活を送っている。機の読み方や咄嗟の判断力に定評がある指揮官だ。少将に昇進し、水雷戦隊を任されたときが楽しみな人物だった。

「うむ！」

南雲は頷き、状況を見守った。

米太平洋艦隊の主力は、その全貌《ぜんぼう》を現したようだ。

戦艦から駆逐艦まで四〇隻余り。各艦種毎に縦陣を組み、日本艦隊との距離を詰めて来る。

「砲術より艦長。敵は戦艦九、巡洋艦一〇、駆逐艦二四！」

大和田砲術長が新たな報告を送って来た。

南雲は、第一、第二艦隊の編成を思い浮かべた。

第一艦隊は、第一、第三戦隊の戦艦八隻、第六戦隊の重巡三隻、第一、第三水雷戦隊の軽巡二隻、駆逐艦一六隻。

第二艦隊は、第四戦隊の重巡三隻、第七戦隊の軽巡四隻、第二水雷戦隊の軽巡一隻、駆逐艦一一隻だ。

巡洋艦以下の艦はほぼ互角か、日本側がやや優勢だが、主力である戦艦の劣勢は否めない。

山本長官からは、「長門」「陸奥」抜きでも勝てる策について聞かされたが――。

「策が当たるよう祈りますぞ、長官」

連合艦隊旗艦「伊勢」を見やり、南雲は呟いた。

彼我の距離は、次第に詰まっている。

「敵戦艦一番艦との距離、三三〇《サンサンマル》（三万三〇〇〇メートル）……三二〇《サンフタマル》」

大和田砲術長が、敵との距離を伝えて来る。

手持ちの双眼鏡では、敵艦の細部までは分からないが、隊列の後方に位置する九隻が戦艦であることは、大きさから判別できた。

「距離三〇〇《サンマルマル》！」

が報告された直後、

「敵艦隊上空に機影！」

「後部見張りより艦橋。後方より味方機接近！」

見張長の原口三郎《はらぐちさぶろう》兵曹長と、後部指揮所に詰めている鶴岡清孝《つるおかきよたか》一等兵曹が、前後して報告を上げた。

後方から爆音が近づき、前方へと抜けた。

期せずして、「金剛」の艦上に歓声が上がった。

「金剛」だけではない。航続する「榛名」「霧島」「比叡」でも、巡洋艦や駆逐艦でも、乗員が歓声を上げ、後方から飛来した九六艦戦の編隊に、声援を送っている。

前方上空で、空中戦が始まった。

五〇機以上はいると思われる九六艦戦が、敵機に挑みかかり、彼我入り乱れての混戦状態に突入する。

日の丸マークの機体と星のマークの機体がめまぐるしく位置を入れ替え、高く、低く飛び違う。

敵艦隊の動きに変化が生じた。

駆逐艦、巡洋艦が、順次面舵を切ったのだ。

針路は〇度、すなわち真北を向いている。

米艦隊の指揮官は、いち早く丁字《ていじ》を描きにかかったのだ。

日本艦隊は前進を続ける。

丁字を描こうとしている米艦隊に、正面から突っ込もうとする動きだ。

一見、日本海海戦で丁字戦法の有効性を証明した当時の連合艦隊司令長官東郷平八郎《とうごうへいはちろう》大将の教えを、昭和の後輩たちが忘れたように見えるかもしれない。

「旗艦より入電。『観測機発進』」

「観測機発進！」

通信室から報告が届くや、田中が飛行長朝比奈《あさひな》泰《やすし》大尉に命じた。

第三戦隊の左方を進撃する第一戦隊の各艦から、観測機が飛び立つ様が見える。

僅かに遅れて、「金剛」の艦橋後部からも、観測機の射出音が届く。

「『榛名』『霧島』『比叡』、観測機発進しました」

「砲術より艦長。敵戦艦との距離二八〇《フタハチマル》〇〇メートル）」


…


「砲術より艦長。敵戦艦との距離二八〇《フタハチマル》〇（二万八〇〇〇メートル）」

後部見張員の報告と前後して、大和田が状況を伝えた。

二万八〇〇〇メートルなら、「金剛」の主砲の射程内だ。早く撃たせてくれ――そんな響きが込められた声だった。

「少し待て。旗艦から命令が入っていない」

田中が応えた。

現状では、日本艦隊の方が不利な条件下に置かれている。

主力の戦艦では米側が優勢であることに加え、丁字を描かれた状態だ。本来なら、すぐにでも変針し、同航戦に移らねばならない。

にも関わらず、連合艦隊司令部の命令は来ない。

沈黙を保ったまま、敵艦隊との距離を詰めている。

先に砲門を開いたのは米艦隊だった。

戦艦群の隊列の中に発射炎が閃き、褐色の砲煙が上空に湧き出した。

「敵戦艦発砲！」

大和田が、緊張した声で報告した。

連合艦隊司令部の戦闘開始命令は、まだ来ない。

「伊勢」も、後続する「日向」「扶桑」「山城」も、黙って打ちのめされるのを待っているように見える。

敵弾の飛翔音が聞こえ始めた。

急速に拡大し、周囲の大気が鳴動した。

先頭をゆく「伊勢」の右舷側海面に、敵弾落下の巨大な水柱が多数同時に奔騰《ほんとう》し、続いて「日向」の右舷側にも、敵弾が落下した。

弾着の度、多数の水柱が各艦の右舷側、あるいは左舷側にそそり立ち、水中爆発の音が伝わって来る。

「金剛」の頭上を、飛翔音が通過した。

左舷側海面に、多数の水柱が同時に噴き上がり、白い海水の林を形成した。

水柱の数は一〇本以上を数える。

テネシー級が、長砲身三五・六センチ砲を、「金剛」に向けて放ったのかもしれない。

テネシー級の三五・六センチ主砲は一二門。「金剛」の五割増しだ。しかも砲身長が長く、装甲貫徹力が高い。事実上、「金剛」の倍以上の火力を持つと言っていい。

正面からの撃ち合いでは、まず勝ち目がなかった。

「通信より艦橋。旗艦より受信！」

「来たか！」

通信参謀正木《まさき》生虎《いくとら》少佐の報告を受け、南雲は叫んだ。

山本長官が話した「策」の開始だ。

正木は、報告を続けた。

「読みます。『各戦隊、左一斉回頭。針路二七〇度。速力二四ノットニテ避退セヨ』」

2

「一戦隊全艦、左一斉回頭。避退行動に移ります。続いて三戦隊、左一斉回頭！」

第七戦隊旗艦「最上」の戦闘艦橋に、見張員の報告が届いた。

「こちらは、少し粘らなければいかんな」

司令官三川軍一《みかわぐんいち》少将は、首席参謀宮崎俊男《みやざきとしお》中佐、「最上」艦長伊崎俊二《いざきしゅんじ》大佐らと顔を見合わせ、頷き合った。

水雷戦隊と巡洋艦部隊は、八隻の戦艦を安全圏に逃がすまで盾となるのだ。

敵戦艦九隻は、砲撃を続けている。

巨弾の飛翔音は、巡洋艦、駆逐艦の頭上を通過し、避退する第一、第三戦隊の戦艦群に追いすがる。

味方戦艦が被弾したとの報告はない。

第一、第三戦隊と敵戦艦の距離が開く一方であるため、射撃精度が低下しているのだ。

「敵巡洋艦発砲！　駆逐艦も発砲しました！」

艦橋見張員が報告を上げた。

戦艦群の手前に位置する巡洋艦、駆逐艦の艦上に褐色の砲煙が湧き出している。

「二水戦各艦、撃ち方始めました。一、三水戦も撃ち方始めました！」

砲術長羽田雄吉《はたゆうきち》中佐が報告した。

声に、催促《さいそく》がましい響きがある。

早く撃たせてくれ、「撃ち方始め」を命じてくれ、と言いたいのだろう。

三川は、すぐには命令を出さない。艦橋の中央に仁王《におう》立《だ》ちとなったまま、時を待っている。

敵巡洋艦の射弾が、唸りを上げて殺到した。

「最上」の右舷側海面に、多数の水柱が奔騰した。

水柱の太さも、高さも、戦艦の巨弾には遠く及ばないが、数が多い。海面の広い範囲が真っ白に染まり、水中爆発の音が伝わる。

「『鈴谷』『熊野』の右舷付近に弾着。『三隈』の正面にも弾着！」

「『鈴谷』より信号。『目標ヲ指示サレタシ』」

「『熊野』『三隈』より信号。『砲撃ヲ命ジラレタシ』」

後部指揮所から、複数の報告が届く。

各艦の艦長、砲術長も、業《ごう》を煮やしているようだ。

「敵六、七番艦が、最も狙いやすい位置にいます」

「『最上』『鈴谷』目標、敵巡洋艦六番艦。『熊野』『三隈』目標、敵巡洋艦七番艦。各艦、準備出来次第砲撃始め！」

宮崎首席参謀の具申を受け、三川は下令した。

「目標、敵巡洋艦六番艦」

「目標、敵巡洋艦六番艦。宜候《ようそろ》！」

伊崎艦長が射撃指揮所に指示を伝え、羽田が弾んだ声で復唱を返す。

艦橋の前では、三基の主砲塔が僅かに旋回し、砲身が俯仰《ふぎょう》して、指示があった目標に狙いを定める。

その間に、敵の第二射弾が殺到して来る。

敵弾の飛翔音が再び迫り、右舷側海面に多数の水柱がそそり立つ。

「測的《そくてき》完了。砲撃始めます！」

羽田が報告するや、前甲板に発射炎がほとばしり、轟然たる砲声が「最上」の戦闘艦橋を満たした。

最上型の主砲は、六〇口径の一五・五センチ三連装砲五基一五門。前方には、三基九門を発射できる。

一発当たりの破壊力では重巡の二〇・三センチ砲に劣るが、砲弾の初速が大きく、装甲貫徹力も高い。

第一砲塔から第三砲塔まで、合計九門が火を噴いたときの衝撃と砲声は、三川が艦長を務めた経験がある重巡「鳥海《ちょうかい》」の砲撃と比べても劣らなかった。

「『鈴谷』撃ち方始めました。『熊野』『三隈』撃ち方始めました！」

後部見張員が、僚艦の動きを報告する。

第七戦隊だけではない。

第四戦隊の高雄型重巡三隻も、第六戦隊の青葉型、古鷹《ふるたか》型も砲撃に踏み切っている。

敵巡洋艦の六、七番艦目がけ、七戦隊四隻の最上型軽巡が放った一五・五センチ砲弾三六発が、時間差を置いて殺到する。

第一射では、直撃弾が出なかった。

各艦の射弾は、敵六、七番艦の前方や左右両舷付近に水柱を噴き上げるに留まった。

「最上」が第二射を放つ。後続する「鈴谷」「熊野」「三隈」も、遅れてはならじとばかりに撃つ。

敵六番艦が全主砲に発射炎を閃かせたとき、「最上」の射弾が落下し、中央部に爆発光が閃いた。

射弾九発のうち、一発が目標を捉えたのだ。

「鈴谷」「熊野」「三隈」の射弾が続けて落下し、敵艦の周囲に水柱が奔騰する。「三隈」が直撃弾一発を得、敵七番艦の後部に閃光が走る。

敵の射弾も、唸りを上げて飛来した。「最上」と「鈴谷」の間に落下したらしく、後方から弾着の水音や炸裂音が伝わった。

敵が撃ち、七戦隊の各艦が第三射を放つ。

敵の射弾が先に落下し、「最上」の左舷側に、あるいは右舷側に、複数の水柱が噴き上がった。

七戦隊各艦の射弾も着弾した。

敵六、七番艦の左右両舷付近に多数の水柱が奔騰し、艦上に複数の爆発光が観測された。直撃弾の炸裂と至近弾の爆圧が、二隻の敵巡洋艦を叩きのめし、翻弄しているのだ。

弾着の狂騒が収まったとき、

「敵六、七番艦、行き足止まりました！」

羽田が、歓声混じりの報告を上げた。

「七戦隊、左一斉回頭。針路二七〇度！」

頃合《ころあ》いよしと見て、三川は、下令した。

戦艦部隊が一足先に避退したのも、巡洋艦、駆逐艦が後衛《こうえい》を引き受けたのも、全て予定通りの行動だ。

これ以上、敵艦隊に接近すれば、戦艦の巨砲に打ち据えられる危険がある。

「航海、取舵《とりかじ》一杯！」

「取舵一杯！」

伊崎が航海長柴田晃《しばたあきら》中佐に命じ、柴田が操舵室に下令する。

舵が利き、「最上」が艦首を振り始めたとき、飛翔音が聞こえ始めた。

「最上」が回頭を終えた直後、左舷側海面が大きく盛り上がり、白い海水の柱となって、空中高く突き上がった。

左舷艦底部を爆圧が突き上げ、艦が右側に傾く。

基準排水量が一万トンを超える鋼鉄製の軍艦が、巨浪《きょろう》に翻弄される小舟《こぶね》と化したようだ。

「『鈴谷』の右舷付近に弾着。水柱、極《きわ》めて大！」

後部指揮所から報告が上がる。

恐れていたことが起きた。米軍の戦艦は、巡洋艦を狙って来たのだ。

「四戦隊、六戦隊も回頭します！」

艦橋見張員が、僚艦の動きを報告する。

「七戦隊、最大戦速」

三川は、声をわななかせながら下令した。

戦艦の巨弾を食らったら、ひとたまりもない。一秒でも早く、安全圏に遠ざからねばならない。

「機関長、両舷前進全速！」

伊崎が機関長永倉紀之《ながくらのりゆき》中佐に命じる。

一斉回頭によって、先頭に立った「三隈」が七戦隊全艦を誘導する形になり、第一、第三戦隊を追ってゆく。

「敵巡洋艦、駆逐艦、追って来ます！」

後部見張員が、敵の動きを報告する。

「敵戦艦の発砲は？」

「ありません」

「了解した」

三川は、胸をなで下ろした。

敵戦艦の戦隊指揮官は、様子を見ると決めたようだ。巡洋艦相手に、主砲弾を使いたくないと思ったのかもしれない。

敵巡洋艦が発砲したらしく、敵弾の飛翔音が聞こえる。「最上」の左右両舷付近に弾着の飛沫が上がり、「最上」も後部二基の主砲で応戦する。

三川は、米軍に呼びかけた。

「追って来るがいい。全ては、長官の計画通りだ」

3

「観測機より受信。『敵戦艦沈黙』」

「七戦隊司令部より受信。『我、敵巡洋艦並ビニ駆逐艦ノ追跡ヲ受ク』」

連合艦隊旗艦「伊勢」の戦闘艦橋に、二つの報告が上げられた。

「敵戦艦との距離は分かるか？」

「砲術、敵戦艦との距離報せ！」

福留繁参謀長の問いを受け、「伊勢」艦長大森仙太郎《おおもりせんたろう》大佐が砲術長寺田隆三《てらだりゅうぞう》中佐に報告を求めた。

「三七〇《サンナナマル》（三万七〇〇〇メートル）」

「よし、一旦射程外に脱した」

目論見通りに運んでいる――福留の満足げな言葉は、そんな思いを感じさせた。

距離三万七〇〇〇メートルは、コロラド級戦艦の四〇センチ主砲でも最大射程ぎりぎりだ。

この距離で砲撃を受けても、被弾する危険はほとんどない。

米艦隊の指揮官も、それを分かっているから、一旦砲撃を中止したのだろう。

現在、戦闘は、もっぱら第一、第二、第三水雷戦隊と敵駆逐艦の間で行われている。

戦艦、巡洋艦は、敵と距離を置いているため、大口径砲、中口径砲による撃ち合いは小康《しょうこう》状態だ。

一見、日本艦隊が米戦艦群の巨砲、特にコロラド級の四〇センチ砲を恐れて逃げ回っている、という構図だった。

「航空参謀、航空戦の状況は分かるか？」

「我が方の艦戦隊が勝ったと判断されます」

福留の問いに、日高俊雄航空参謀は即答した。

「上空を見もせずに分かるのかね？」

「観測機が、敵戦艦の状況を報せて来ました。これは、観測機の搭乗員に敵情を観察する余裕があるということです。我が方の艦戦隊が、戦場上空の制空権を握った証《あかし》です」

自信を持って、日高は返答した。

この日早朝、索敵機が米艦隊を発見したとき、連合艦隊司令部は第二航空戦隊に対し、

「全艦戦ヲ以テ第一、第二艦隊ノ直衛ヲ実施セヨ」

と下令している。

昨日の空母戦が終了した時点で、使用可能な艦戦は六八機を数えた。「蒼龍」「飛龍」の予備機を加えれば、七四機となる。

九六艦戦は火力が小さいが、これだけの機数があれば、米軍の艦戦隊を圧倒したはずだ。

「一旦、敵に近づきます。よろしいですね、長官？」

「甘酒進上《あまざけしんじょう》といくか」

確認を求めた福留に、山本五十六司令長官は、冗談めかした口調で答えた。

作戦開始前、山本は福留に、

「水上砲戦時の艦隊運動については任せる」

と伝えている。

福留は航海術の専門家であり、軍政畑を歩んで来た山本よりも、艦隊の運用に長《た》けている。

山本は、福留の腕を信頼したのだ。

「各戦隊、右一斉回頭！」

通信室に詰めている田村三郎通信参謀を通じ、全艦隊に命令が送信される。

「面舵一杯。針路九〇度」

「面舵一杯。針路九〇度！」

大森艦長の命令を受け、航海長雨宮達之《あめみやたつゆき》中佐が操舵室に指示を送る。

舵の利きを待つ間、

「一、三水戦、右一斉回頭！」

日本海軍 伊勢型戦艦「伊勢」

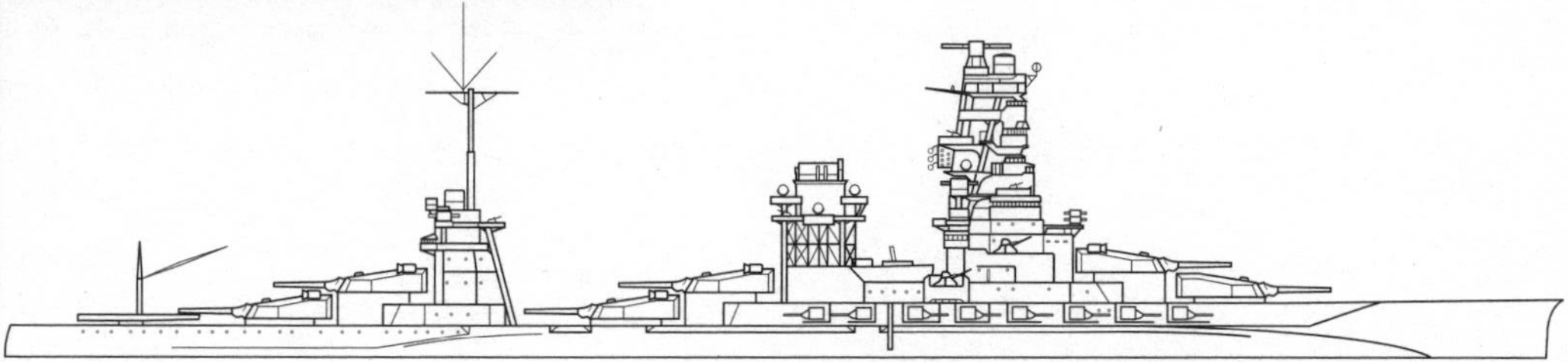

全長	215.8m
最大幅	33.8m
基準排水量	36,000トン
主機	蒸気タービン 4基／4軸
出力	80,000馬力
速力	25.0ノット
兵装	35.6cm 45口径 連装砲 6基 12門 14cm 50口径 単装砲 20門 12.7cm 40口径 連装高角砲 4基 8門 25mm 連装機銃 10基
航空兵装	水上機 3機
乗員数	1,571名
同型艦	日向

伊勢型戦艦の一番艦。当初は扶桑型戦艦の三番艦として計画されたが、「扶桑」の建造および運用で様々な問題点が指摘されたことで再設計が行われ、大正6年、戦艦「伊勢」として竣工した。その後、昭和10年8月から1年半にわたる大改装工事が行われ、水平防御装甲の強化や、艦尾の延長、主機の出力増大、煙突の一本化、バルジ装着による水中防御力の強化などが施された。

欧州情勢が風雲急を告げ、日米間の緊張も高まるなか、この改装工事によって本艦は他国の新造戦艦とも堂々と渡りあえる実力を得たといわれ、その活躍が大いに期待されている。

「六戦隊、右一斉回頭！　続けて四、七戦隊、右一斉回頭！」

後部指揮所が、僚艦の動きを伝えて来る。

「伊勢」も、大きく艦首を右に振った。

回頭に伴い、これまで前方に見えていた各艦が艦橋の死角に消えた。

最初の一斉回頭の後は、「山城」が先頭に立ち、その後方に「扶桑」「日向」「伊勢」が続いたが、二度目の一斉回頭の結果、「伊勢」が再び先頭に立ったのだ。

隊列の右方には、第三戦隊の金剛型高速戦艦四隻が位置している。

戦艦群の前方に展開するのは、第四、第六、第七戦隊の重巡、軽巡と、第一、第二、第三水雷戦隊の軽巡、駆逐艦だ。

米太平洋艦隊に背を向け、二四ノットの艦隊速力で避退していた第一、第二艦隊は、今度は真正面から米艦隊に突進している。

日高は、上空に双眼鏡を向けた。

予想していた通りの光景が、そこにあった。

九六艦戦が、敵の戦闘機、観測機をあらかた駆逐し、エンジン音を高らかに轟かせながら、戦場上空を飛び回っている。

敵の戦闘機も完全に一掃されたわけではなく、隙を見て日本側の観測機を墜とそうとしているようだが、観測機の周囲には常時九六艦戦が張り付き、敵機から守っている。

「参謀長、制空権は我が方が確保しています」

日高は、改めて報告した。

「うむ！」

福留は満足そうに頷き、山本も日高に顔を向けて微笑した。貴官の考えていた通りになったな、と言いたげだった。

「敵距離三四〇《サンヨンマル》（三万四〇〇〇メートル）……三三〇《サンサンマル》……」

寺田砲術長が報告する。

前方に展開する水雷戦隊と巡洋艦部隊は、砲戦を再開している。

第六戦隊の青葉型、古鷹型重巡や第四戦隊の高雄型重巡の艦上に砲煙が湧きだし、後方に流れる。

水雷戦隊旗艦を務める五五〇〇トン型軽巡の一四センチ砲、駆逐艦の一二・七センチ砲も、米駆逐艦の一二・七センチ砲と激しく撃ち合っている。

双方に被弾炎上した艦が生じ、海面の複数箇所から黒煙が立ち上っている。

米軍の戦艦部隊は、日本艦隊を充分引きつけてから砲撃を開始するつもりなのか、まだ沈黙を保っていた。

第一、第三戦隊の戦艦八隻は突進を続ける。

コロラド級戦艦の四〇センチ主砲やテネシー級戦艦の長砲身三五・六センチ砲が、今にも火を噴くのではないか——そう思うと、日高は背筋に冷たいものを感じる。

艦隊砲戦を経験するのは、セイロン島沖海戦に続いて二度目だが、未《いま》だに慣れることはない。

江田島卒業後は、飛行機乗りとして海軍生活の大半を過ごした身なのだ。飛行機の操縦桿を握っているときであれば、恐怖は感じないが、戦艦の艦橋では、自身の運命は他者に委《ゆだ》ねるしかない。

そのことが何とも不安であり、恐ろしかった。

「距離二八〇《フタハチマル》（二万八〇〇〇メートル）！」

寺田砲術長がその報告を上げた直後、敵戦艦の艦上に発射炎が躍り、褐色の砲煙が湧き出した。

「長官、一斉回頭を！」

「各戦隊、左一斉回頭。針路二七〇度！」

福留の具申を受け、山本が大音声で下令した。

山本は小柄《こがら》だが、命令を出すときは、その身体が伸び上がり、偉丈夫《いじょうふ》に変じたように感じられた。

「取舵一杯。針路二七〇度」

「取舵一杯。針路二七〇度！」

大森艦長の指示を、雨宮航海長が操舵室に伝える。

隊列の前方で、一斉回頭が始まった。

第一、第二、第三水雷戦隊の軽巡と駆逐艦が、一斉に取舵を切り、第四、第六、第七戦隊の重巡、軽巡がこれに続く。

回頭に伴い、速力が低下した各艦に、米軍の巡洋艦、駆逐艦が射弾を浴びせ、重巡、駆逐艦各二隻の艦上に、被弾の爆炎が躍る。

第一、第三戦隊の各艦は、まだ回頭を始めない。

八隻の戦艦は、丁字を描いている敵艦隊に、最大戦速で向かっている。

敵弾の飛翔音が聞こえ始めると同時に、「伊勢」の舵が利き始めた。

艦首が大きく左に振られ、正面に見えていた麾下の艦艇や敵の隊列が艦橋の死角に消えた。

変針を終えると同時に、

「両舷前進全速!」

大森が、機関長上条輝義《かみじょうてるよし》中佐に命じる。

「伊勢」の鼓動が高まり、回頭によって低下した速力が、再び上がり始める。

その「伊勢」に追いすがるようにして、敵弾が飛来した。

艦の頭上を飛び越し、正面に落下した。

前方の海面が大きく突き上がり、巨大な海水の壁が「伊勢」の前方を塞ぐ。

「伊勢」の艦首が海水の壁を突き崩し、大量の海水が、艦首甲板、第一、第二砲塔、更には艦橋の真上から降り注ぐ。

爆圧による被害は報告されていないが、降り注いだ海水の量は膨大だ。コロラド級の四〇センチ砲弾であろう。

前をゆく「日向」の左舷側海面にも、敵弾が落下する。

水柱は丈高い艦橋は無論《むろん》のこと、マストをも遥かに超えて伸び上がる。束の間、海面に山が出現したかと見まがうほどだ。

「危ない!」

日高は「日向」を見守りながら、小さく叫んだ。

艦齢二三年に達した「日向」の艦体や機関が、四〇センチ砲弾の爆圧に耐えられるのか。落伍するようなことになれば、「日向」は敵艦から袋《ふくろ》だたきにされてしまう……。

危惧したようなことは起こらない。「日向」は速力を緩《ゆる》めることなく、「伊勢」の前方を進んでいる。「日向」の艦体は、四〇センチ砲弾の爆圧に耐えたのだ。

後方から、新たな飛翔音が聞こえ始めた。

（今度はどの艦だ？　本艦か？　それとも――）

日高の思考は、敵弾落下と同時に中断された。右舷側の海面が大きく盛り上がり、巨大な海水の柱が突き上がった。

「伊勢」が左舷側に傾き、連合艦隊司令部の幕僚や大森艦長、雨宮航海長らがよろめいた。

「機関長、状況知らせ！」

大森が上条機関長に報告を求める。

直撃弾はなかったものの、右舷艦底部を強烈な爆圧が襲ったのだ。缶室や機械室が損傷してもおかしくない。

「三番缶室に軽微な浸水。機関は全力発揮可能。航行に支障ありません！」

上条が、はっきりした声で返答する。

「よし、大丈夫だ」

山本が幕僚全員を見渡し、安心させるように言った。

「伊勢」は、一時は「日向」と共に、帝国海軍最強の戦艦として君臨した艦だ。至近弾の一発や二発で致命傷を受けはしない――そんなことを言いたげだった。

新たな敵弾の飛翔音が、後方から届く。

今度は、「伊勢」の左舷側海面に落下し、艦が右舷側に傾く。

襲って来た爆圧は、先の至近弾によるものよりやや小さいように感じられる。

コロラド級の四〇センチ砲弾ではなく、テネシー級の三五・六センチ砲弾かもしれない。

「砲術、敵との距離は⁉」

「三六〇《サンロクマル》（三万六〇〇〇メートル）！」

大森の問いに、寺田砲術長が即答する。

その声に、新たな敵弾の飛翔音が重なった。

「大丈夫だ。こいつは当たらん」

黒島が言った。

「伊勢」は、敵の最大射程ぎりぎりのところにいる。しかも、二四ノットの速力で敵から遠ざかっている。命中するはずがない、と考えたようだ。

敵弾の飛翔音が、急速に拡大した。周囲の大気が、激しく鳴動した。

「逃がさぬ」

そんな意志が込められているように感じられた。

敵弾の落下と同時に、「伊勢」は前にのめった。艦首甲板が海面付近まで沈下したように感じられた。

「機関長、機械室か推進軸に異常はないか⁉」

「操舵室、状況知らせ！」

大森が上条機関長に、雨宮が操舵長弥永和樹《ややながかずき》特務少尉に、それぞれ報告を求める。

艦尾が持ち上げられるほどの爆圧だ。推進軸や舵の損傷が懸念された。

ほどなく、報告が届いた。

「舵に異常なし！」

「二番推進軸損傷。出し得る速力、一七ノット！」

弥永と上条が続けて報告した。

「いかん……！」

福留の顔が、一瞬で蒼白になった。

一七ノットでは、敵戦艦より劣速だ。追いつかれ、叩きのめされてしまうと悟ったようだ。

「落ち着け。今すぐに、本艦を直撃弾が襲うわけでもあるまい」

山本が言った。

怒鳴りはしなかったが、声に重みがあり、幕僚の焦慮を沈静化させる効果があった。

一旦落ち着いた幕僚たちの心を、後部指揮所から届いた報告が再び動揺させた。

「敵戦艦、二七〇度に変針。追って来ます！」

「敵巡洋艦、駆逐艦、後方より接近！」

「長官……！」

福留が絶望的な表情を見せた。セイロン島沖で、英国の「ネルソン」「ロドネイ」に追い詰められたときも見せなかった表情だった。

「焦るな」

山本が叱責するような口調で言った。

参謀長が取り乱してどうする、と言いたげだが、今少しで状況が好転すると信じているような口ぶりでもあった。

「通信より艦橋！」

不意に、通信室から報告が届いた。

「二航戦司令部より受信。『攻撃隊、只今発進セリ。〇八三一《マルハチサンヒト》（現地時間九時三一分）』であります！」

4

アメリカ合衆国太平洋艦隊隷下の戦艦部隊は、三列の複縦陣《ふくじゅうじん》を作り、二一ノットの最大戦速で、日本艦隊に追いすがっていた。

隊列の右方は三五・六センチ砲搭載戦艦「ペンシルヴェニア」「アリゾナ」「ネヴァダ」「オクラホマ」から成る第一戦艦戦隊《BD1》、中央は長砲身三五・六センチ砲を装備する「テネシー」「カリフォルニア」から成る第二戦艦戦隊《BD2》、左方は四〇センチ砲を装備するコロラド級戦艦「コロラド」「メリーランド」「ウエストバージニア」から成り、ジェームズ・O・リチャードソン太平洋艦隊司令長官が直率する第四戦艦戦隊《BD4》だ。

巡洋艦一〇隻のうち、二隻は被弾多数のために落伍したが、第六巡洋艦戦隊《CD6》のニューオーリンズ級重巡三隻と第九巡洋艦戦隊《CD9》のブルックリン級軽巡五隻は、第一駆逐艦戦隊《DF1》の軽巡「ローリー」、駆逐艦一六隻と共に、戦艦部隊の前衛を務めている。

戦艦九隻の周囲は、第二駆逐艦戦隊《DF2》の軽巡「デトロイト」と駆逐艦八隻が固め、雷撃を狙って来るであろう日本軍の水雷戦隊に目を光らせていた。

「何を考えているのでしょうな、ヤマモトは？　太平洋艦隊と勝負をする気があるのか、ないのか」

旗艦「コロラド」の戦闘艦橋では、ロバート・L・ゴームリー参謀長が首を捻っている。

切《き》れ者《もの》で通っており、将来の作戦本部長候補と目《もく》されている人物だが、そのゴームリーも、日本艦隊の意図を計りかねている様子だった。

「我が方に砲弾を浪費《ろうひ》させての弾切れ狙いだ」

「お分かりになりますか？」

こともなげに答えたリチャードソンに、ゴームリーは目を剝いた。

数十隻の大艦隊を指揮する者同士、通じ合うものがあるのか、と思った様子だった。

「推測だ。確証はない。が、日本艦隊の動きを観察していると、そのようにしか考えられない」

砲戦開始に先立ち、太平洋艦隊は針路を〇度に取り、T字を描いた。

艦隊決戦の理想とされる隊形だが、日本艦隊が正面から突っ込んで来るとは考えていない。

同航戦を挑んで来るだろう、と予想していた。

ところが日本艦隊は、太平洋艦隊に背を向け、一《いち》目散《もくさん》に逃げ出したのだ。

ＢＤ２、ＢＤ４の五隻が、日本艦隊の後方から射弾を浴びせたが、四万ヤード近い遠距離のために命中弾は得られなかった。

太平洋艦隊の戦艦群は最高速度が二一ノットであり、日本軍の戦艦には追いつけない。

一旦砲撃を中止し、様子を見ようとしたところ、日本艦隊は反転し、再び太平洋艦隊に向かって来た。

戦艦群が距離三万ヤードで砲撃を浴びせたところ、日本艦隊はまたも反転し、遁走を試みた。

アメリカ海軍 コロラド級戦艦「コロラド」

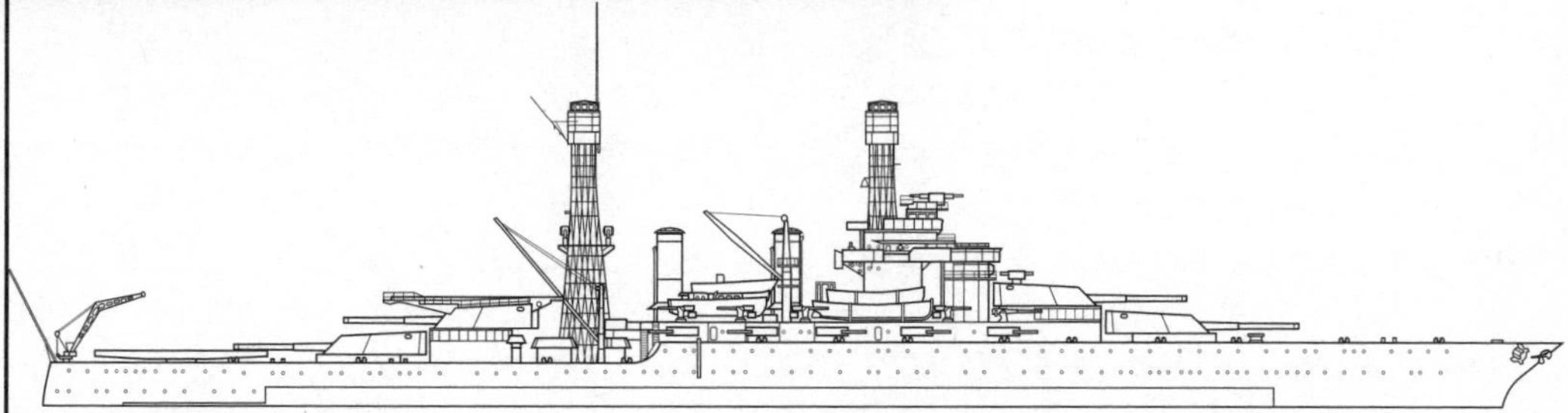

全長	190.2m
最大幅	29.7m
基準排水量	32,500トン
主機	蒸気ターボエレクトリック 4基／4軸
出力	28,900馬力
速力	21.0ノット
兵装	40.6cm 45口径 連装主砲 4基 8門 12.7cm 51口径 単装砲 8門 12.7cm 38口径 単装高角砲 8門
乗員数	1,080名

コロラド級戦艦の一番艦。ワシントン海軍軍縮条約により、建造途中で廃艦になる予定だったが、日本が長門型戦艦二番艦「陸奥」の保有を強硬に主張したため、対案として本艦の建造が認められた経緯がある。

当初は35.6センチ砲を12門搭載するべく設計されたが、長門型が40センチ砲搭載艦と判明したことで急遽設計を変更。40センチ砲を８門装備することとなった。このため装甲は対35.6センチ砲のままであり、防御力には不安が残るとされる。

最大速力は21ノットと遅く、空母との協同行動には不向きと言われるが、40センチ砲の砲火力は絶大であり、米海軍の戦艦部隊の中核として大きな存在感を示している。

射程外に取り逃がしそうになったが、今度は敵戦艦群の最後尾に位置していた伊勢型《イセ・タイプ》に至近弾を得、速力を大幅に低下させた。

リチャードソンは、日本艦隊撃滅の好機と考え、T字を崩しての突撃を命じたのだ。

ヤマモトが何を考えていたのか、リチャードソンにもよく分からない。

考えられるのは、コロラド級三隻の四〇センチ砲を過度に警戒していたのではないか、ということだ。「ナガト」「ムツ」を欠いている日本艦隊にとり、三隻のコロラド級に対抗できる戦艦はないからだ。

(伝統が、ヤマモトの命取りになった)

リチャードソンは、そう考えている。

トーゴー以来、連合艦隊《コンバインド・フリート》は最強の戦艦を旗艦に定め、司令長官が陣頭指揮を執る伝統がある。

その伝統に照らして考えれば、至近弾を受け、速力が低下したイセ・タイプは、ヤマモトの旗艦である可能性が高い。

ヤマモトは陣頭指揮を執っただけではない。後退するときには、旗艦を戦艦群の最後尾に置いている。

「攻撃のときは陣頭指揮、後退のときは殿軍《でんぐん》」という指揮官の理想を、体現しようとしたのだ。

その結果、ヤマモトの旗艦は至近弾による速力の低下を招き、太平洋艦隊の追跡を受けている。

戦意があるのかないのか、よく分からない運動を見せてくれたが、今度は逃がさない。

貴様たちが何よりも恐れたコロラド級三隻の四〇センチ砲で、叩きのめしてやる。

前部と後部に二基ずつを装備したコロラド級の四〇センチ連装主砲が火を噴き、イセ・タイプをヤマモトもろとも木っ端《こば》微塵に打ち砕く光景を、リチャードソンは思い描いていた。

「長官、砲戦距離は三万ヤードでよろしいですか?」

「よかろう」

ゴームリーの問いに、リチャードソンは即答した。

三万ヤードであれば、全戦艦の射程内に入る。

制空権を日本側に奪われ、観測機を使えない状態だが、砲力では太平洋艦隊が圧倒しているのだ。

（航空機など、海戦の場では補助兵器に過ぎぬ。勝敗を決するのは、あくまで戦艦だ）

と、リチャードソンは考えていた。

九隻の戦艦は、三列の複縦陣を作ったまま、二一ノットで突き進む。

前方では、麾下の巡洋艦、駆逐艦が、日本軍の巡洋艦、駆逐艦と砲火を交えている。

ＣＤ６、ＣＤ９がイセ・タイプに接近し、二〇・三センチ砲弾、一五・五センチ砲弾を叩き込もうとしているようだが、敵巡洋艦に阻まれ、思うに任せないようだ。

「味方巡洋艦を援護してはいかがでしょうか？」

作戦参謀ジャック・Ｆ・デイトン中佐の具申に、リチャードソンはかぶりを振った。

「戦艦九隻の主砲弾は、全て敵戦艦に用いる。巡洋艦や駆逐艦に主砲を用いるのは、砲弾の浪費だ」

「敵の巡洋艦や駆逐艦が、戦艦を攻撃して来た場合はいかがなさいますか？」

「そのときはやむを得ぬ。が、ＣＤ６やＣＤ９の指揮官は、自らの役割をわきまえている。巡洋艦や駆逐艦を、戦艦に近寄らせることはあるまい」

デイトンの問いに、リチャードソンはこともなげに答えた。

「距離三万二〇〇〇ヤード！」

「コロラド」の砲術長ジャック・コワルスキー中佐が報告を挙げる。

ＢＤ４の三隻は、既にイセ・タイプを射程内に収めているが、各艦は沈黙を保っている。

制空権を日本側に握られ、上空からの弾着観測ができないため、距離を詰めてから砲撃に移るのだ。

イセ・タイプとの距離は、じりじりと詰まる。

「コロラド」の前甲板では、第一、第二砲塔が微妙に旋回し、砲身が俯仰して、イセ・タイプへの狙いを定める。

数分後には、多数の四〇センチ砲弾を、ヤマモトの頭上から降らせてやれると思っていたが——。

「敵戦艦、〇度に変針。T字を描く態勢です!」

コワルスキーが、新たな報告を送った。

リチャードソンは目を見張った。

報告された通り、八隻の敵戦艦が順次面舵を切り、BD1、2、4に右舷側を向けている。

「目標、前方の敵戦艦。砲戦距離三万ヤード。各艦、最も照準の付けやすい艦を狙え」

リチャードソンは、落ち着いた声で下令した。

敵の意図は察《さっ》しがつく。

ヤマモトが乗っているイセ・タイプの速力が低下し、逃げ切れないと判断したため、決戦を挑むつもりなのだ。

制空権を確保しているため、砲戦になれば自分たちが有利との考えもあろう。

「長官、こちらも変針を!」

「このままだ」

ゴームリーの具申に、リチャードソンはかぶりを振った。

ここで変針し、同航戦に持ち込もうとすれば、回頭中のところに砲撃を受け、大きな被害が出る。

使用可能な主砲は半減するが、このまま突撃を続けた方が得策だ。

「ですが——」

「構わぬ。突き破れ《ブレイクスルー》!」

リチャードソンは大音声で叫んだ。

「会計士のように計算高い男」と言われたリチャードソンには、珍しい態度だった。

それに合わせたかのように、

「距離三万ヤード。目標、敵一番艦。射撃開始します!」

コワルスキーが報告を上げた。

一拍置いて、「コロラド」の前甲板から前方に向けて、巨大な火焔がほとばしった。

雷鳴を思わせる砲声が艦橋を包み、束の間、艦に急制動をかけたような衝撃が走った。

「コロラド」が前部四門の四〇センチ主砲を放ったのだ。

「コロラド」の右舷側でも発射炎が閃き、褐色の砲煙が上空に湧き出している。

ＢＤ２旗艦「テネシー」、ＢＤ１旗艦「ペンシルヴェニア」の砲撃だった。

「敵艦隊発砲！」

コワルスキーが報告を上げる。

「コロラド」の前方に、大量の砲煙が湧き出す様が見える。

日本軍の戦艦――イセ・タイプ、フソウ・タイプ、コンゴウ・タイプ合計八隻の砲撃だ。

戦闘の序盤は、及び腰の動きを見せていた日本艦隊だったが、ここに来て、太平洋艦隊との真っ向勝負に出たのだ。


双方共に、しばし弾着を待つ。

敵弾の飛翔音が聞こえ始めるが、リチャードソンも、ゴームリー以下の幕僚たちも、身じろぎもせず、前方を見守っている。

ほどなく敵の隊列のただ中に、発砲のそれとは明らかに異なる、巨大な火焔が湧き出した。


最初の直撃弾を受けたのは、このとき第一戦隊の先頭に立っていた「山城」だった。

敵戦艦の射弾が、右舷側海面に一本、左舷側海面に二本の水柱を噴き上げると同時に、艦の中央部付近から黒い塊が空中高く舞い上がったのだ。

その塊の真下から、至近弾の水柱に劣らぬ高さを持つ真っ赤な炎の柱が、天空に向けてそそり立った。

変針の結果、隊列の最後尾に位置する形になった第三戦隊旗艦「金剛」の艦橋からも、「山城」被弾の瞬間ははっきり見えた。あたかも海中から突き出された巨大な剣《つるぎ》が、「山城」を上下に刺し貫いたようだった。

雷鳴をも遥かにしのぐ巨大な炸裂音が轟き、艦の中央にそそり立っていた火柱が二つに分かれた。

「山城」の巨体は、中央部から二つに分断され、各々が炎に包まれたまま、海面を漂い始めた。

南雲忠一第三戦隊司令官には、何が起きたのか、はっきり分かる。

約二万七〇〇〇メートル遠方から発射された敵戦艦の射弾は、大落角《だいらっかく》で「山城」の第三砲塔か第四砲塔を直撃したのだ。

敵弾は、正面防楯《ぼうじゅん》よりも遥かに薄い天蓋《てんがい》を刺し貫き、艦底部深く食い入って、主砲弾火薬庫を誘爆させた。

「山城」は第一射を放ったばかりであり、三五・六センチ砲弾と主砲装薬は満載に近い。

それらが一度に炸裂したのでは、基準排水量三万トンを超える戦艦といえども、ひとたまりもなかったであろう。

「一戦隊、三五〇度に変針」

「三戦隊、針路三五〇度！」

報告を受けた南雲は、大音声で命じた。

「山城」は、南雲が大佐時代の最後の一年を艦長として過ごした艦だ。当時の部下も、大勢乗り組んでいる。

その人々が業火《ごうか》に呑まれたかと思うと、激しい怒りと悲しみがこみ上げるが、今は三戦隊の指揮を執らねばならない身だ。

「航海、取舵一〇度！」

田中頼三「金剛」艦長が航海長新井久志《あらいひさし》中佐に命じた。

舵が利くのを待つ間、日本側の弾着が観測される。

南雲の第三戦隊は、敵の左列隊——コロラド級戦艦とおぼしき敵艦を目標に第一射を放ったが、直撃弾はない。

四艦合計一六発の三五・六六センチ砲弾は、敵艦の左舷付近か右舷付近に落下し、水柱を噴き上げただけだ。

「金剛」は、第二射を放った。

各砲塔の二番砲が轟然と咆哮し、四発の三五・六センチ砲弾を叩き出した。

「榛名」「霧島」「比叡」が「金剛」に続き、敵一番艦に四発ずつを発射する。

前方では、第一戦隊の三隻が炎上する「山城」の左舷側を通過している。

第三戦隊の四隻も、一戦隊に続く。

「山城」は、原形を留めていない。扶桑型戦艦の外観を特徴付けていた艦橋は崩れ落ち、主砲塔も、煙突も、後部指揮所も、炎と黒煙に覆われている。

二つにちぎれた艦体は、真っ赤に焼けたコークスのようだ。弾火薬庫の誘爆が軍艦にいかなる事態をもたらすかを、「山城」の無残な姿が如実《にょじつ》に物語っていた。

「『日向』『扶桑』に至近弾！」

「金剛」が「山城」を追い抜いたところで、艦橋見張員の報告が上がった。

南雲は顔を上げ、第一戦隊に所属する二隻を凝《ぎょう》視《し》した。

水柱が崩れた直後らしく、二隻の右舷付近に大量の飛沫が上がっている。

（持ちこたえてくれ）

南雲が呼びかけたとき、「日向」「扶桑」の右舷側海面に、新たな弾着の水柱が奔騰した。

先の射弾が落下してから、二〇秒と経過していない。同じ艦による砲撃ではない。

「いかん……！」

南雲は、「日向」「扶桑」が追い詰められていることを悟った。

米艦隊は、複縦陣各列の一番艦だけが砲撃していたが、距離が詰まるにつれ、二番艦以降の艦が砲撃に加わったのだ。

このままでは、「日向」「扶桑」が集中攻撃を受ける。

「こちらの砲撃はどうだ？」

「第二射、命中はありません」

人見錚一郎首席参謀が南雲の問いに答えたとき、敵弾の飛翔音が聞こえ始めた。

音は急速に拡大し、「金剛」の頭上から迫る。

南雲が両目を大きく見開いたとき、飛翔音は「金剛」の頭上を通過した。

左舷側海面に、見上げんばかりの巨大な水柱がそそり立つと同時に、爆圧が「金剛」の左舷艦底部を突き上げ、艦が右舷側に傾いた。

「こちらに来たか……！」

南雲は思わず呻いた。

たった今、「金剛」を砲撃した艦は、敵左列隊の一番艦――コロラド級と思われる戦艦だ。

「山城」をただの一撃で轟沈《ごうちん》させた後、相対位置の変化に伴い、「金剛」に目標を変更したのだ。

弾着の水柱は、前方にも上がっている。

狙われているのは「榛名」と「霧島」だ。

マストを大きく超える巨大な水柱が奔騰し、基準排水量三万トンを超える高速戦艦の艦体が揺さぶられている。

コロラド級戦艦の主砲は、我が「長門」「陸奥」と同じ四〇センチ砲八門。巡洋戦艦として建造され、防御力が弱い金剛型であれば、数発の直撃を受けただけで廃艦に変わる。主砲弾火薬庫に被弾しようものなら、先に轟沈した「山城」の二の舞《にのまい》だ。

南雲は、艦橋の中央に仁王立ちとなって叫んだ。

「撃て！　反撃しろ！」

「金剛」の主砲が新たな咆哮を上げ、「榛名」以下の三隻も続く。

コロラド級の前甲板にも発射炎が閃き、褐色の砲煙が立ち上る。

四艦合計一六発の三五・六センチ砲弾がコロラド級に殺到し、敵艦が発射した四〇センチ砲弾も、唸りを上げて飛来する。

敵一番艦の左右に弾着の水柱が奔騰し、前甲板に真っ赤な爆炎が躍った。

「よし！」

南雲は、快哉《かいさい》を叫んだ。

二度空振りを繰り返したが、第三射でようやく直撃弾を得たのだ。

「次より斉射！」

大和田茂砲術長が報告したとき、「榛名」の射弾が落下した。

再びコロラド級を挟《はさ》んで水柱が突き上がり、艦上に火焔が湧き出す。

「霧島」「比叡」も、一発ずつの直撃弾を得る。コロラド級の艦上に新たな閃光が走り、黒い塵《ちり》状の破片が炎に乗って舞い上がる。

「命中！」の報告が届く度、南雲は右の握り拳を打ち振り、「金剛」の戦闘艦橋に歓声が上がる。

「金剛」だけではない。先行する「榛名」「霧島」「比叡」も同様であるはずだ。

四隻の高速戦艦は、矢継《やつ》ぎ早《ばや》に三五・六センチ砲弾を直撃させている。

コロラド級の四〇センチ砲弾も落下し、至近弾の爆圧が艦を揺さぶるが、南雲以下の三戦隊司令部幕僚も、金剛型四隻の乗員も、動揺することはない。

三五・六センチ砲装備の旧式戦艦四隻が、格上の四〇センチ砲戦艦を圧倒しつつある。

この事実が、各艦乗員の戦意を、かつてないほど高揚させていた。

「金剛」が、この日最初の斉射を放った。

第一、第二砲塔四門の砲口から巨大な火焔が湧き出す様が、艦橋からはっきりと見えた。

雷鳴さながらの砲声が艦橋を包み、全長二二二メートル、最大幅二九メートル、基準排水量三万一七二〇トンの鋼鉄製の艦体が、主砲発射の反動を受け、僅かに左へと傾《かし》いだ。

三五・六センチの大口径砲八門を一度に発射したときの反動は、艦が横転するのではないか、と危惧するほどだ。

前方では、「榛名」「霧島」「比叡」が、順次斉射を放っている。

四隻の金剛型戦艦は、合計三二発の三五・六センチ砲弾をコロラド級目がけて発射したのだ。

格上の四〇センチ砲戦艦といえども、四隻から斉射を集中されれば、無事では済まない。

「『山城』の仇だ」

南雲は呟いた。

多数の三五・六センチ砲弾を食らったコロラド級が、猛火に包まれる様を思い描いたが——。

「敵一番艦後退。二番艦前進！」

不意に、射撃指揮所から報告が上げられた。

南雲は、敵の隊列に双眼鏡を向けた。

報告された通り、一番艦が後退している。より正確には減速し、二番艦を前に出したのだ。

三戦隊各艦の斉射弾が落下し、奔騰する水柱が敵艦の姿を隠した。

「金剛」の水柱が崩れたかと思うと、「榛名」の斉射弾が新たな水柱を噴き上げる。

それが完全に崩れ去る前に「霧島」の斉射弾が落下し、みたび海面に巨大な海水の柱が出現する。

最後に「比叡」の斉射弾が多数の水柱を奔騰させた直後、敵二番艦がその向こうから出現した。

被弾損傷させた一番艦と同じコロラド級だ。中央部には籠マストがそびえ、前甲板では二基の四〇センチ連装砲塔が旋回しつつ、目標に狙いを定めている。

「三戦隊目標、敵二番艦！」

南雲が新たな命令を発したとき、

「『日向』被弾多数。火災発生！」

艦橋見張員が悲痛な声を上げた。

南雲は、息を呑んだ。

「伊勢」の前方に位置する「日向」が、黒煙に包まれている。

艦の後ろ半分は完全に煙に隠れ、第五、第六砲塔や後部指揮所は視認できない。

煙の中にちらほらと、火災炎の赤い揺らめきが見える。黒煙は後方になびき、「伊勢」のあたりまで流れている。

何発の砲弾が命中したのか、見当もつかなかった。「日向」は航進を続けているが、艦上に新たな発射炎が閃くことはない。

戦闘力を完全に喪失したようだ。

第一戦隊は「山城」に続いて、二隻目を戦列から失ったことになる。

「何故だ……！」

南雲の口から呻き声が漏れた。

日本側は、砲力では劣勢だが、戦術で充分補い得るというのが連合艦隊司令部の考えだった。

七〇機以上の九六艦戦で制空権を確保すれば、観測機は日本側だけが使用できるため、命中率の点で優位を確保できる。

その上で丁字を描けば、米艦隊を一方的に打ちのめすことも可能なはずだったのだ。

ところが、第一、第三戦隊は、著《いちじる》しく不利に立たされている。

「日向」「山城」は戦列外に去り、残るは「伊勢」「扶桑」と三戦隊の四隻だけだ。

一方米側は、コロラド級一隻が後退したものの、まだ八隻が健在だ。

勝利の条件を満たしたにも関わらず、何故日本側が追い詰められているのか。どこで、作戦手順が狂ったのか。

南雲の思考は、砲声によって中断された。

新目標に対する「金剛」の第一射だ。弾着修正用の交互撃ち方に戻している。

前方からも、「榛名」以下三隻の砲声が届く。

ほとんど同時に、敵二、三番艦――コロラド級の前甲板に発射炎がほとばしった。

第三戦隊の四隻が放った三五・六センチ砲弾一六発と、コロラド級の四〇センチ砲弾八発が空中で交錯し、各々の目標に殺到する。

敵弾の飛翔音が「金剛」に迫った。

「来る！」

南雲が直感したとき、右舷側海面に巨大な海水の壁が出現し、しばし敵戦艦の姿を隠した。

爆圧が右舷艦底部を突き上げ、「金剛」は左舷側に仰《の》け反った。

崩れる海水が滝のような音を立てて、右舷側甲板を叩く。

敵弾は、紙一重《かみひとえ》の差で至近弾となったようだ。

「敵二番艦に二発命中！　次より斉射！」

大和田砲術長が弾んだ声で報告する。

「金剛」も負けてはいない。敵二番艦に、砲術家の理想とも呼ぶべき初弾からの命中弾を得たのだ。

だが――。

「次は当たるな」

南雲は、そう直感した。

「金剛」の斉射が、ではない。敵二番艦の第二射弾が「金剛」に直撃すると予想したのだ。

三五・六センチ砲戦艦では、四〇センチ砲戦艦には勝ち目がない。

自分も「金剛」も、ここまでか、という気がした。

敵二番艦の艦上に新たな発射炎がほとばしったとき、新たな報告が飛び込んだ。

「後部見張りより艦橋。味方機多数、左九〇度より接近。艦爆と艦攻です！」

5

「全機突発信。『突撃隊形作レ』」

攻撃隊の総指揮を執る「飛龍」飛行隊長兼艦攻隊長楠美正少佐は、電信員の福田政雄一等航空兵曹に命じた。

「飛龍」と「蒼龍」が所属する第二航空戦隊は、この日の艦隊戦で、戦場上空の制空権確保を担当する予定だったが、連合艦隊司令部はその任務に加えて、

「艦爆、艦攻による艦隊戦の援護」を命じたのだ。

二航戦では、艦戦隊の一時間後に艦爆、艦攻を発艦させた。

機数は九九艦爆三〇機、九七艦攻二九機。

昨日の航空戦で生き残った艦爆、艦攻に、補用機《ほよう》を加えたものだ。

雷爆合計五九機の攻撃隊は、艦隊戦がたけなわとなっているところで、戦場上空に到着したのだった。

第一、第三戦隊は、丁字を描いているにも関わらず、米艦隊に押されている様子だ。

健在な艦は、八隻から六隻に減っている。

敵の戦艦部隊は三列の複縦陣を形成し、第一、第三戦隊に砲撃を浴びせながら突進している。

戦艦の護衛に当たるはずの巡洋艦、駆逐艦は、多くが戦艦の近くから離れ、味方の巡洋艦、駆逐艦と砲火を交えている。

敵戦艦九隻は、航空攻撃に対して、無防備に近い状態に置かれているのだ。

味方の戦艦部隊は苦戦しているものの、航空隊にとっては敵撃滅の好機と言えた。

「全機宛発信。『目標、前方ノ敵戦艦。〈飛龍〉隊ハ右。〈蒼龍〉隊ハ左。全軍突撃セヨ』」

楠美は福田に命じた。

大雑把な命令だが、細かく目標を指定する余裕はない。

敵戦艦の撃沈ではなく、味方戦艦部隊の支援が任務である以上、できるだけ多くの艦を攻撃し、隊列を混乱に陥れるのが得策だ。

楠美は自身の命令に従い、直率する「飛龍」の艦攻隊一四機、小林道雄大尉が率いる艦爆隊一六機を、向かって右に位置する三隻の戦艦へと誘導した。

艦攻隊は、敵艦の左舷側に回り込みつつ降下する。

艦爆隊は高度を三〇〇〇メートル前後に取り、敵戦艦群の正面から接近する。

敵戦艦の近くに位置する駆逐艦が、艦上に発射炎を閃かせた。

前方で、左右で、次々と爆発光が閃き、爆煙が湧き出すが、弾量も、密度も、昨日空母を攻撃したときとは比較にならない。

海面すれすれの低空に舞い降り、駆逐艦の対空砲火をかいくぐる。

楠美自身が狙いを定めたのは、敵戦艦の一番艦だ。

米戦艦の特徴である、丈高い籠マストを艦の中央にそびえ立たせ、前部の主砲を繰り返し放っている。

敵艦の周囲にも、青や黄色で着色された水柱が繰り返し噴き上がっている。

味方の戦艦部隊が、砲撃を加えているのだろう。

「どうする、米軍?」

愛機を操りながら、楠美は敵艦に呼びかけた。

雷撃を防ぐためには、一旦砲撃を中止し、回避運動を行わねばならない。

砲撃を継続するなら、現針路を維持しなければならず、艦攻隊は雷撃が容易になる。

敵の指揮官は、どちらを選ぶのか。

戦艦が、回避運動に入ることはなかった。

代わりに、艦橋や煙突の周囲に発射炎が閃き、多数の射弾が殺到して来た。

敵戦艦の艦長は砲撃を継続し、雷撃には対空砲火で対処すると決めたのだ。

「ならば、土手《ど て》っ腹《ばら》にぶち込むまでだ!」

楠美は昨日の空母戦で行ったように、操縦桿を前方に押し込み、高度を下げた。

「隊長、後続四機です」

「上等だ!」

偵察員を務める近藤正次郎中尉の報告に、楠美は即答した。

敵一番艦に向かうのは、楠美機も含めて五機。目標が回避行動を取らないなら、全魚雷の命中も夢ではない。

(混乱させるだけで充分と思っていたが、うまくすれば撃沈できる)

そう思ったとき、右方に飛沫が上がった。

「一機、海中に突っ込みました！」

近藤が悲痛な声で報告した。

艦攻一機が高度を下げ過ぎ、波に接触して墜落したのだ。

続いて一機が、敵弾を浴びて火を噴く。

その艦攻は、数秒間飛行を続けたが、やがて力尽きたように墜落して飛沫を上げる。

敵弾は、なおも飛んで来る。

楠美は残る二機の艦攻を従え、海面すれすれの高度を突き進む。

激しい対空砲火が、唐突《とうとつ》に止んだ。

顔を上げた楠美の目に、敵戦艦の左舷至近にそそり立つ緑色の水柱が映った。

水柱が崩れ、敵戦艦の姿が露《あら》わになる。直撃弾を受けたのか、黒煙を噴き出している。

「ありがたい！」

状況を悟り、楠美は叫んだ。

味方戦艦の射弾が命中し、敵戦艦の対空火器を破壊したのだ。残る三機の艦攻は、両用砲弾や機銃弾に脅かされることなく雷撃できる。

敵戦艦が、更に近づいた。

至近弾が噴き上げる水柱や火災煙に視界を遮られるが、楠美は目標を見失っていない。

「艦長は、慌てて転舵《てんだ》を命じているかもしれんな」

口中で、楠美は呟いた。

「だが、もう遅い！」

はっきり口に出して、その言葉を叩き付ける。

戦艦のような巨艦は、舵輪《だりん》を回してから舵が利き始めるまでに時間がかかる。今から転舵を命じても、舵が利く頃には、魚雷が下腹を抉っている。

目標との距離が、更に詰まる。

照準器の白い環に捉えた敵艦が左右に広がり、艦首と艦尾がはみ出す。

楠美は、環の中央を敵戦艦の艦首に合わせ、

「てっ！」

の叫びと共に、投下レバーを引いた。

操縦桿を心持ち前方に押し込み、反動による上昇を最小限に留める。

「後続二機、発射！」

「了解！」

近藤の報告を受け、楠美は左の水平旋回をかけた。

九七艦攻が、敵戦艦の艦首をかすめるようにして、右舷側海面へと飛び出す。

「命中！　水柱一本……二本確認！」

さほど時間が経たぬうちに、力のこもった福田の声が楠美の耳に飛び込んだ。


米艦隊が大混乱に陥っている様は、「伊勢」の艦橋からも見えていた。

第一、第三戦隊に対する砲撃は散発的になり、敵の巡洋艦、駆逐艦は、後退を開始している。

攻撃隊指揮官機からの報告電はまだ届いていないが、航空攻撃の成功は明らかだ。


「長官、反撃に移ります！」

「よかろう。各戦隊に突撃を命じよ。一、三戦隊は、健在な敵戦艦を目標に砲撃続行」

福留繁参謀長の具申に、山本五十六連合艦隊司令長官は意気込んだ声で命じた。普段の山本には、あまり見られない態度だった。

「伊勢」の通信室から命令電が飛び、麾下の各戦隊が最大戦速で突撃を開始する。

巡洋艦、駆逐艦の突撃を尻目《しりめ》に、「伊勢」の主砲が咆哮を上げる。

至近弾の爆圧によって、推進軸一基を損傷したものの、連装六基一二門の三五・六センチ砲は健在だ。

各砲塔の一番砲から発射炎が噴出し、発射の反動を受けた艦体が震える。

「伊勢」の前方からも、砲声が届く。

第一戦隊の僚艦「扶桑」と、第三戦隊の金剛型戦艦四隻が、陣形が混乱した敵戦艦群の頭上から主砲弾を降らせているのだ。

「山城」が轟沈し、「日向」が戦闘不能に追い込まれ、「伊勢」も速力が低下しているものの、健在な六隻の主砲を合計すれば五六門に達する。

これに、巡洋艦、駆逐艦の魚雷攻撃を加えれば、米太平洋艦隊に甚大な打撃を与えることは可能なはずだ。

(軍政畑を歩んで来られた方だが、発想は非凡《ひぼん》だ)

してやったり、と言いたげな笑みを浮かべている山本を、日高は賛嘆の思いで見つめた。

「米太平洋艦隊との決戦に際しては、セイロン島沖海戦の戦訓を活かす」

山本は昨夜の最終打ち合わせで、幕僚たちにそう語っている。

七月のセイロン島沖海戦では、航空機の存在が水上砲戦の流れを変えた。

日本艦隊の直衛に当たっていた九六艦戦の一部が、二隻の英国戦艦に機銃掃射をかけ、砲撃を妨害したのだ。

九六艦戦の七・七ミリ機銃には、戦艦に致命傷を与える力はないが、二隻のネルソン級戦艦に一時砲撃を中止させる効果があった。

ネルソン級の砲撃に追い詰められていた「長門」「陸奥」は、九六艦戦の戦闘参加によって主導権を奪い返し、勝利を収めることができたのだ。

「九六艦戦の銃撃でさえ、敵を混乱に陥れることができたのだ。艦爆、艦攻を水上砲戦に参加させれば、効果はもっと大きいはずだ」

山本はこの発想に基づき、米太平洋艦隊との決戦に際しては、艦爆、艦攻を水上砲戦に参加させると決定した。

最初に艦戦のみを発進させ、戦場上空の制空権を確保する。

続いて艦爆、艦攻を出撃させ、敵艦隊に対して、水上部隊による砲雷撃と航空攻撃を同時に加える。

米軍といえども、性格の異なる二つの戦闘には同時に対処できないであろう。

その作戦が、ようやく効果を発揮した。

艦爆、艦攻の戦場到着が遅れたため、連合艦隊も追い詰められ、「山城」「日向」が犠牲となったが、日本側は一転して優位に立ったのだ。

日高は飛行機乗りから連合艦隊の参謀に迎えられた身だが、航空戦と艦隊戦は分けて考えていた。

艦隊戦に付随して生起する航空戦も、戦場上空の制空権争いのみで、水上砲戦に艦爆、艦攻を参加させるという発想はなかった。

山本は、主として軍政系統の職を歩んで来たにも関わらず、軍令畑の士官が考えつかないような作戦案を考えつき、実行した。

軍政系統の士官だからこそ、敢えて旧来《きゅうらい》の考え方に囚《とら》われない奇策を案出したのかもしれない。

砲戦は、なお続いている。

米艦隊は、後退する動きを見せながらも、第一、第三戦隊目がけ、射弾を放って来る。

「伊勢」の周囲に敵弾落下の水柱が奔騰し、後方からも弾着の水音が伝わるが、被弾の報告はない。

射撃指揮所からは、

「敵戦艦九隻中、五隻に魚雷命中の水柱確認。七隻に爆弾命中を確認」

との報告が届いている。

損傷を受けた敵艦は、浸水に伴う縦傾斜《トリム》の狂いや測距儀《そっきょぎ》、射撃指揮装置等の損傷により、正確な砲撃が不可能になっているのかもしれない。

「砲術より艦橋。直撃弾を確認。次より斉射！」

寺田隆三砲術長が報告を上げた。

日高は「伊勢」の右方に見える敵艦隊を見やった。

戦闘艦橋からでは、敵艦をはっきりとは視認できない。分かるのは、敵の隊列から何条もの黒煙が噴出していることだけだ。

どれが「伊勢」の戦果で、どれが二航戦の戦果かは不明だが、日本側が押していることだけは確かだった。

主砲発射を告げるブザーが鳴り響き、「伊勢」が斉射を放った。

発射の瞬間、砲声が艦橋を満たし、「伊勢」の艦体が僅かに左へと傾斜した。

発射に伴う衝撃と砲声の強烈さは、三ヶ月前、セイロン島沖で経験した「長門」のそれに劣らない。

「伊勢」の三五・六センチ主砲は、一発当たりの破壊力こそ「長門」の四〇センチ主砲より劣るものの、装備数は一二門に達するのだ。

それをいちどきに放ったときの衝撃は、艦が壊れるのではないかと思わされるほどだった。

『『扶桑』斉射!』

『『榛名』『金剛』斉射!』

艦橋見張員と後部見張員が僚艦の動きを報告し、前後から砲声が伝わって来る。

「扶桑」も、三戦隊の金剛型戦艦も、直撃弾を得、斉射に移行したようだ。

多数の三五・六センチ砲弾が、味方の巡洋艦や駆逐艦の頭上を飛び越え、敵戦艦に殺到する。


「観測機より受信。敵戦艦一に二発命中!」

今度は、通信長鈴木《すずき》剛《たけし》少佐が報告を上げる。

砲戦開始に先立って発進した零式観測機が、九六艦戦に守られ、弾着観測を続けているのだ。

「伊勢」が第二斉射を放つ。

再び強烈な砲声が轟き、一二発の三五・六センチ砲弾が、大気を震わせながら飛翔する。

「伊勢」の戦闘艦橋からでは、弾着の瞬間も、直撃弾の爆炎も、はっきりとは分からない。

ただ、観測機や射撃指揮所の報告から、「伊勢」の斉射が戦果を上げていると信じるだけだ。

「伊勢」が更に三度の斉射を放ったところで、

「敵戦艦二隻大火災。行き足止まりました!」

「観測機より受信。『敵針路九〇度』」

寺田砲術長と鈴木通信長から、続けて報告が飛び込んだ。

「長官、敵が逃げます!」

福留が、目を輝かせて叫んだ。

敵が九〇度、すなわち真東に変針したところから、米艦隊が避退行動に移ったと判断したのだ。

「一、三戦隊、三水戦、針路九〇度。敵を追撃せよ！」

山本は、厳然《げんぜん》たる声で命じた。

日頃は人情味《にんじょうみ》のある長官として、部下にも慕《した》われる人物だが、敵に対してはここまで苛烈《かれつ》になれるのか、と思わされる声と表情だった。

山本は、重ねて下令した。

「敵を逃がすな。一隻でも多く撃沈せよ！」

6

避退する米艦隊に、先陣を切って突撃したのは、第二艦隊隷下の第二水雷戦隊だった。

軽巡洋艦「神通《じんつう》」を旗艦とし、第八、第一六、第一八駆逐隊一一隻を指揮下に収めている。

一一隻の駆逐艦のうち、六隻は昭和一二年から一四年にかけて一〇隻が建造された朝潮《あさしお》型、五隻は最新鋭の陽炎《かげろう》型だ。

旗艦「神通」は、戦艦部隊の後退を援護したときに被弾、落伍したため、現在は第八駆逐隊司令伊集院松治《いじゅういんまつじ》大佐が指揮を執っている。

男爵位《だんしゃくい》を持ち、毛並みの良さから二年近くに亘って皇族付武官を務めた経験もあるが、海軍生活のほとんどを艦船勤務で過ごした人物だ。少佐時代には五隻の艦を、駆逐艦長として渡り歩き、八駆司令に任じられる前は、第二三駆逐隊の司令も務めている。

司令官の代行として、一一隻の駆逐艦を率いるには、不足のない経験を有していた。

「敵戦艦三。左二〇度、一六〇《ヒトロクマル》（一万六〇〇〇メートル）。籠マストです！」

司令駆逐艦「朝潮」の射撃指揮所から、砲術長佐《さ》瀬《せ》恭一郎《きょういちろう》大尉が報告を上げた。

「砲術、敵の速度報せ！」

「一〇ノット前後と見積もられます！」

「朝潮」駆逐艦長藤田《ふじた》勇《いさむ》中佐の問いを受け、佐瀬は即答した。

「コロラド級だな。間違いない」

伊集院は藤田と顔を見合わせ、微笑した。

我が「長門」「陸奥」に匹敵する、四〇センチ砲搭載艦だ。連合艦隊旗艦「伊勢」を追い詰め、「山城」を轟沈させた仇でもある。

避退行動を取っているにも関わらず、速力が遅いのは、被弾か被雷によって、機関部や水線下を損傷しているためであろう。

二水戦にとり、これ以上はない大物だ。

「一〇ノットとして、速力差は二五ノットだな」

伊集院は、手早く頭の中で計算した。

敵の位置は左二〇度、距離一万六〇〇〇メートル。

敵の右正横《せいおう》に出るまでの距離は約一万五〇〇〇メートルだ。

二五ノットの速力差でこの距離を詰めるには、約二〇分を要する。

ただし、佐瀬砲術長が報告したのは、敵の最後尾までの距離だ。

コロラド級三隻全てを食うには、一番艦の前方に出なければならない。

となれば、二五分程度は必要になる。

「左魚雷戦。目標、左二〇度、一六〇《ヒトロクマル》の敵戦艦。雷速四八ノット、駛走《しそう》深度七」

「主砲は、敵巡洋艦、駆逐艦の反撃に備えよ」

伊集院は、二つの命令を下した。

その間にも、「朝潮」以下一一隻の駆逐艦は、三五ノットの最大戦速で、敵戦艦に追いすがっている。

敵艦からの砲撃はない。

二水戦に気づいていないのか、気づいていても隊列が混乱し、阻止《そし》する余裕がないのかは分からない。

距離が一万を切った直後、敵弾の飛翔音が聞こえ始めた。

伊集院が両目を大きく見開いたとき、轟音は「朝潮」の頭上を通過し、右舷側海面に弾着の飛沫が上がった。

「敵巡洋艦二！　左六〇度、八〇《ハチマル》（八〇〇〇メートル）！」

「来たか……！」

佐瀬の報告を受け、伊集院は呻き声を発した。

敵も、戦艦を守ろうと必死になっている。

敵巡洋艦が、二水戦への第二射を放つ。

褐色の砲煙が艦の後方へとなびき、敵弾が轟音と共に飛来する。

直撃はないが、弾着位置は第一射より近い。

「『大潮《おおしお》』に至近弾！」

「司令、敵艦はニューオーリンズ級です！」

後部見張員からの報告に続いて、藤田駆逐艦長が叫ぶ。

昭和九年から一二年にかけて竣工した重巡だ。主砲は三連装九門と、高雄型や妙高《みょうこう》型と比べて遜色ない火力を持つ。

防御力の乏しい駆逐艦にとっては強敵だ。

（どうする？）

伊集院は、しばし迷った。

駆逐艦が巡洋艦に対抗するには雷撃しかないが、ここで魚雷を使ってしまうと、肝心の戦艦を仕留め損なう。

朝潮型、陽炎型は、魚雷の次発装塡《そうてん》装置を持ち、二度の雷撃が可能だが、先に戦艦部隊の後退を援護したとき、敵駆逐艦に雷撃を実施したため、残りは一回分なのだ。

二水戦の保全を優先し、敵巡洋艦に魚雷を放つか。

魚雷はあくまで敵戦艦に用いるか。

考えを巡らしている間に、第三射が轟音と共に飛来する。

二発が左舷至近に落下し、炸裂に伴う衝撃波が、薄い外鈑を震わせる。

駆逐艦の一二・七センチ砲などより遥かに強力な二〇・三センチ砲による恫喝《どうかつ》だ。

「反撃だ。全艦、砲撃始め！」

伊集院が叫んだとき、今度は敵巡洋艦の周囲に多数の水柱が噴き上がった。

一発当たりの破壊力はさほどでもないようだが、数が非常に多い。五発、一〇発といった数ではない。鉄と炎の驟雨《しゅうう》が降り注いだようだ。

「後部見張りより艦橋。後方に七戦隊。最上型の援護射撃です！」

「ありがたい！」

伊集院は藤田と頷き合った。

最上型は一五・五センチ砲装備の軽巡だが、門数が一五門と多く、発射間隔も短い。「重巡以上の実力を持つ軽巡」との評もある。

その最上型が四隻、敵重巡を牽制し、二水戦を援護してくれている。

「七戦隊司令部に打電。『謝《シャ》ス』」

伊集院は藤田に命じた。

ごく短い電文だが、三川司令官にはそれだけで謝意が伝わるはずだ。

伊集院は、敵重巡二隻に双眼鏡を向けた。

七戦隊の四隻は、最初からの斉射を用いているようだ。敵艦の周囲には、何十本もの水柱が繰り返し突き上がっている。

敵艦の艦上にも発射炎が閃いているが、「朝潮」や「大潮」の頭上に落下する敵弾はない。

敵も、七戦隊を相手取るだけで精一杯なのだ。

二水戦の一一隻は、なおも敵戦艦に追いすがる。

「八五《ハチゴ》（八五〇〇メートル）……八〇《ハチマル》……七五《ナナゴ》」

佐瀬砲術長が、敵との距離を報告する。

数字が小さくなるに従い、敵の艦影が拡大する。

佐瀬が報告した通り、コロラド級のようだ。艦の中央に、丈高い籠マスト二基がそびえている。
一、二番艦は、航跡が黒く染まっている。二航戦の九七艦攻が雷撃し、水線下を抉ったのだ。
速力を無理に上げようとすれば、被雷箇所付近の水圧が増大し、隔壁《かくへき》を破られる。そうなれば、浸水が一挙に拡大する。

危ういところでバランスを取りつつ、航進している のだ。

三番艦は、被雷はしていないものの、上部構造物に大きな損害を受けたようだ。艦の中央部から火災煙が噴出しており、後方になびいている。

戦艦同士の砲戦で被弾したのか、九九艦爆の攻撃によるものかは不明だった。

(気の毒だが、米軍最強の戦艦を生かして帰すわけにはいかんのだ)

その言葉を、伊集院は三隻のコロラド級に投げかけた。

「距離七〇《ナナマル》(七〇〇〇メートル)!」

の報告が飛び込んだとき、敵三番艦の艦上に発射炎が閃いた。束の間、爆風が火災煙を吹き飛ばし、上部構造物が露わになった。

一〇秒近くの間を置いて、「朝潮」の左舷側海面に弾着の飛沫が上がった。

三番艦だけではない。前を行く一、二番艦も、矢継ぎ早に発射炎を閃かせ、小口径砲弾を放っている。

「両用砲か!」

伊集院は事態を悟った。

コロラド級が装備する多数の一二・七センチ単装砲が、反撃を開始したのだ。

「目標、敵三番艦。全艦、撃ち方始め!」

伊集院が下令するなり、「朝潮」の前甲板に発射炎が閃き、下腹にこたえるような砲声が轟いた。

前部一基、後部二基の一二・七センチ連装砲六門による斉射だ。

「『大潮』『満潮《みちしお》』『荒潮《あらしお》』撃ち方始めました。『初《はつ》風《かぜ》』『雪風《ゆきかぜ》』『黒潮《くろしお》』撃ち方始めました!」

後部見張員が、僚艦の動きを報せる。

小口径砲弾が唸りを上げて飛び交い、多数の外れ弾が、サイパン沖の真っ青な海面を白く染め変える。

戦艦の舷側に命中する一二・七センチ砲弾もあるが、表面で爆発するだけであり、貫通はない。一二・

七センチの小口径砲弾では、七〇〇〇メートルという近距離からの砲撃であっても、戦艦の分厚い装甲板を破る力はない。

命中弾は、全て表面のみで炸裂し、弾片を海面に撒き散らすだけだ。

「何故、主砲を使わないのでしょうか?」

藤田が疑問を提起した。

コロラド級がその気になれば、四〇センチ砲で駆逐艦を撃つことも可能だ。

七〇〇〇メートルという近距離から巨弾を叩き込まれれば、基準排水量二〇〇〇トンそこそこの駆逐艦などは瞬時に消し飛ぶ。

にも関わらず、コロラド級は主砲を撃とうとしない。四〇センチの巨砲は、沈黙を保っている。

「射撃指揮装置の故障かもしれん」

と、伊集院は答えた。

敵三番艦は、上部構造物を大きく損傷している。被害箇所の中に、艦橋トップの射撃指揮所や艦後部の予備射撃指揮所が含まれていれば、精度のいい砲撃は期待できない。

被弾によって電路《でんろ》が切断され、砲塔が旋回不能に陥っている可能性もある。

敵一、二番艦は、被雷によるトリムの狂いが、正確な砲撃を不可能にしている。

それ故、三隻とも小口径砲で反撃せざるを得ないのだろう、と伊集院は推測していた。

二水戦各艦の射弾は、コロラド級の上部にも命中している。

爆発光が閃き、周囲の火災煙が吹き飛び、小口径砲による砲撃が弱まる。

駆逐艦一一隻の集中射撃は、コロラド級の装甲板を貫通する力は持たないが、一二・七センチ両用砲を破壊し、反撃の力を奪っている。

「どうやら、これで――」

伊集院が呟いたとき、予期していなかったことが起きた。

敵一、二番艦の艦上に、名状《めいじょう》しがたい強烈な閃光が走ったのだ。

束の間、籠マストが左右に大きく振れたように見えた。

「朝潮」の周囲の大気が鳴動し、何か巨大なものが頭上を通過する。

若干の間を置いて、「朝潮」の右舷側海面に多数の水柱が、摩天楼《まてんろう》さながらの高さに突き上がる。

弾着位置は遠く、爆圧もほとんど感じない。

それでも水柱一本の高さ、太さが、「朝潮」の全長、全幅を上回っていることは分かる。

直撃したら「朝潮」の艦体は、二三九名の乗員もろとも消し飛ぶであろうことを、はっきりと物語っていた。

敵一、二番艦が第二斉射を放った。

再び敵弾が「朝潮」の頭上を通過し、右舷側海面に落下した。

弾着位置は、第一斉射より近い。艦底部を突き上げる爆圧は、艦全体を空中に持ち上げんとするかのようだ。

「『大潮』に至近弾一。落伍します！」

「なんて威力だ」

後部見張員の報告を受け、伊集院は呻いた。

恐るべきは四〇センチ砲弾の破壊力だ。直撃せずとも、至近距離に落下しただけで、駆逐艦を落伍させる力を持っている。

敵一、二番艦の四〇センチ砲が、更に咆哮する。

敵弾の落下と同時に、後方から巨大な炸裂音が伝わった。

「いかん……！」

伊集院は、顔から血の気が引くのを感じた。

恐れていたことが起きた。駆逐艦の一隻が直撃弾を受けたのだ。

「み、『満潮』轟沈！」

後部見張員が、取り乱した声で報告する。

敵戦艦の射弾は、八駆の三番艦を捉えたのだ。この距離で直撃弾を受けたのでは、ひとたまりもない。

「司令、このままでは――」

「二水戦針路一二〇度。変針と同時に魚雷発射！」

藤田が具申するより早く、伊集院は断を下した。

敵戦艦の射撃精度は意外に高い。

戦艦三隻の前方に出、網をかけるようにして発射するつもりだったが、そこに行き着く前に二水戦が全滅しかねない。

ここは次善《じぜん》の策として、目標の斜め後方から前方に向けて魚雷を放つのだ。

魚雷の駛走距離が長くなる分、命中率は低下するが、二水戦には「朝潮」を含め、九隻の駆逐艦が残っている。

発射雷数は七二本だ。既に損傷している敵戦艦に止めを刺すには、充分な数だ。

「後続艦に信号。『我ニ続ケ』」

「航海、面舵一杯。針路一二〇度！」

藤田が、信号長小暮太郎《こぐれたろう》一等兵曹と航海長石橋《いしばし》俊作《しゅんさく》中尉に命じた。

「面舵一杯。針路一二〇度！」

石橋が命令を復唱し、舵輪を回す。

「朝潮」はしばし直進を続けるが、やがて艦首を大きく右に振る。

藤田は、水雷長太田浩《おおたひろし》大尉に大音声で下令した。

「魚雷発射始め！」

7

「BD4全艦、右に回頭。針路二一〇度！」

ジェームズ・O・リチャードソン太平洋艦隊司令長官は、旗艦「コロラド」の戦闘艦橋に仁王立ちとなり、大音声で下令した。

たった今、「コロラド」の射撃指揮所から、

「敵駆逐艦、一二〇度に変針。全艦の魚雷発射を確認」

との報告が届いたのだ。

魚雷に対しては、艦首を正対させ、対向面積を最小にする以外に有効な回避術はない。

日本軍の戦艦部隊に追いつかれる危険はあるが、当面は雷撃回避が最優先だ。

「面舵一杯。針路二一〇度」

「面舵一杯。針路二一〇度!」

「コロラド」艦長リチャード・S・エドワーズ大佐の命令を、航海長サイモン・K・ブラウン中佐が操舵室に伝える。

「コロラド」は、すぐには艦首を振らない。

基準排水量三万二五〇〇トンの艦体は、直進を続けている。

「悪夢だ」

その一言が、リチャードソンの口から漏れた。

太平洋艦隊は、連合艦隊《コンバインド・フリート》を追い詰めていた。

戦場上空の制空権を奪われ、日本艦隊にT字を描かれるという不利な条件をものともせず、敵戦艦八隻のうち、フソウ・タイプ一隻を轟沈させ、イセ・タイプ一隻に集中砲火を浴びせて、戦闘不能に追い込んだ。

日本戦艦が描くT字など、合衆国の戦艦部隊にとっては、薄い膜のようなものに過ぎない。

日本海軍の戦艦全てを葬り去れると信じて疑わなかった。

ところが、六〇機前後の九九艦爆《ヴァル》、九七艦攻《ケイト》が出現したとき、状況は一変した。

戦艦九隻のうち、七隻がヴァルの急降下爆撃によって被弾・損傷し、五隻がケイトの雷撃によって一本ないし二本の魚雷を受けた。

魚雷二本が命中した「アリゾナ」「メリーランド」「ウェストバージニア」の被害は特に大きく、浸水に伴うトリムの狂いによって、射撃精度はほとんど確保できなくなった上、出し得る速力は一一ノットまで低下した。

日本艦隊は猛然たる勢いで反撃に転じ、残存する六隻の戦艦による猛射を浴びせて来た。

航空攻撃による被害を受けなかったＢＤ２の「テネシー」「カリフォルニア」が戦線を支えようと試みたが、二隻とも集中砲火を浴び、戦闘・航行不能に追い込まれた。

リチャードソンは「これ以上戦えば、太平洋艦隊は壊滅する」と判断し、全艦隊に退却を命じたが、日本艦隊は執拗に追って来た。

リチャードソンの旗艦「コロラド」は、比較的被害が小さかったため、ＢＤ４の最後尾に付き、「メリーランド」「ウェストバージニア」の撤退を援護したが、三隻とも速力を上げられない。

ＢＤ１の「ペンシルヴェニア」「アリゾナ」も同様だ。

各艦は、追って来た敵艦に対し、搭載砲で応戦したが、照準が不正確な状態では防ぎ切れるものではなく、ＢＤ４に対する雷撃を許してしまったのだ。

優位に立っていた太平洋艦隊が、一転して守勢に立たされ、敗走を強いられていることも、合衆国の戦艦群——別けても四〇センチ砲を装備するコロラド級三隻が駆逐艦ごときに追われていることも、悪夢としか思えない。

太平洋艦隊はまだ出撃しておらず、自分はホノルル近郊の長官公邸で眠っているのではないか、と思うほどだが、これは紛れもない現実だ。

予想外の戦術にしてやられた、とリチャードソンは考えている。

艦隊砲戦の最中に空襲がかけられるなど、想像の埒外《らちがい》だ。

しかもヴァル、ケイトが出現したとき、味方の巡洋艦、駆逐艦は、敵巡洋艦、駆逐艦との戦闘に拘束され、戦艦を援護できる態勢ではなかった。

ＢＤ１、ＢＤ４は、護衛なしで航空攻撃に対処しなければならなかったのだ。

この戦訓は、何としても持ち帰らねばならない。

そのためには、日本艦隊の追撃を振り切り、生還することだ。

「敵駆逐艦、遠ざかります」

射撃指揮所から、報告が上げられる。

「コロラド」も、前方の「メリーランド」「ウェストバージニア」も、既に砲撃を中止し、舵の利きを待っている。

変針を命じてから一分近くが経過したとき、ようやく「コロラド」が艦首を右に振り始めた。

前方の「メリーランド」「ウェストバージニア」も、「コロラド」よりやや遅れて回頭に入っている。

合衆国が誇る世界最強の戦艦三隻が被雷から逃れるべく、艦首を右に振ってゆく。

右後方に見えていた敵駆逐艦が左に流れ、後方で援護に当たっている味方の巡洋艦や、敵艦の姿が視界に入る。

「敵巡洋艦四、右三〇度。最上型《モガミ・タイプ》です！」

射撃指揮所から、報告が上げられる。

四隻の敵巡洋艦が、ＢＤ４と反航しつつ、後方に離脱してゆく様が遠望される。

「目標、右反航の敵――」

「無用だ」

射撃指揮所に命じようとしたエドワーズ「コロラド」艦長を、リチャードソンは止めた。

「コロラド」も魚雷一本を受けており、射撃精度は確保できない。撃ったところで、四〇センチ砲弾を無駄にするだけだ。

日本軍の巡洋艦はいずれ、今回の復讐戦《ふくしゅうせん》を挑むときに仕留めてやる、と心中で呟いた。

三分、四分と時間が経過する。

「雷跡！」の報告はない。

三隻の戦艦は、二一〇度に艦首を向けたまま航進を続けている。

（騙《だま》されたか？）

リチャードソンの脳裏に疑念が浮かんだ。

日本軍の駆逐艦は、ＢＤ４の足止めを図るため、雷撃の振りをしただけではないのか。

実際には、雷撃の動きを見せただけで、魚雷は放っていないのではないか。

　だが、「コロラド」砲術長ビル・マーステン中佐は、「全艦の魚雷発射を確認」と報告している。敵駆逐艦が魚雷を発射し、舷側付近に飛沫が上がった瞬間を、マーステンは確かに目撃したのだ。

「無航跡魚雷か！」

「まさか、そのような！」

　リチャードソンが口にした言葉を、ロバート・L・ゴームリー参謀長が否定した。

　日本にそんな技術力があるはずがない、と言いたげだった。

「それなら何故『雷跡』の報告がない？」

「敵は、狙いを外したのかもしれません」

「それは楽観が過ぎる」

「お二人とも、議論をしている場合ではありません！　敵が迫っています！」

　デイトン作戦参謀が、たまりかねたように叫んだ。

「しかし、今のままでは――」

　リチャードソンは躊躇《ちゅうちょ》した。

　現状では、ＢＤ４が雷撃回避に成功したかどうか分からない。

　避退行動を再開し、土手っ腹に魚雷を受けるようなことになれば、三隻の戦艦の命運はそこで尽きる。

「避退すべきです。このままでは被雷は免れても、敵戦艦に捕捉されます！」

「わ、分かった。全艦、針路九〇度！」

　気圧《けお》されたように、リチャードソンは変針を下令した。

　デイトンの主張の正しさを認めたのだ。

「取舵一杯。針路九〇度！」

「『メリーランド』『ウェストバージニア』に通信。『戦隊針路九〇度』」

　エドワーズが、ブラウン航海長と通信長ケリー・ブロンディ中佐に命じる。

「コロラド」の通信室から、二隻の姉妹艦に命令電が飛び、ブラウンが操舵室に「取舵一杯。針路九〇度」と下令する。

約一分の間を置いて、「コロラド」の艦首が左に振られ始めたとき、それは起こった。

艦の右舷艦底部から、突き上げるような衝撃が二回連続して襲いかかり、艦は左舷側に大きく仰け反った。

艦橋内の全員が大きくよろめき、ゴームリーやデイトンはその場に転倒した。

「コロラド」の艦橋を大きく超えて突き上がってゆく、巨大な白い海水の柱を、リチャードソンは茫然と見つめた。

今になって、自身の旗艦が被雷したという事実が信じられなかった。

「『メリーランド』被雷二！　右舷中央、及び艦尾！」

「『ウェストバージニア』、右舷艦首に被雷！」

「本艦、右舷中央、及び後部に被雷！　第三、第四缶室、第七、第八機械室に浸水！」

射撃指揮所から僚艦の被害が報告され、機関長アーネスト・クラレンス中佐が「コロラド」の被害箇所を報せる。

「右舷中央と後部だと⁉」

リチャードソンは叫び声を上げた。

敵駆逐艦が放った魚雷なら、相対位置から見て、艦首か舷側のバルジに命中するはずだ。何故、中央部や後部に被雷するのか。

「長官、モガミ・タイプです！　モガミ・タイプが、魚雷を発射したんです！」

デイトンの言葉から、リチャードソンは状況を理解した。

合衆国の巡洋艦は、多くが雷装を廃止したが、日本軍の巡洋艦は魚雷を切り札と位置づけ、ほぼ全ての艦に魚雷発射管を装備している。

ＢＤ４の三隻は、敵駆逐艦の魚雷回避を図ったことで、モガミ・タイプに雷撃の好機を与えてしまったのだ。

それに気づかなかったとは、不覚《ふかく》の極みという他はない。

「右正横、二万五〇〇〇ヤードに敵戦艦。コンゴウ・タイプです！」

「ここまでか……！」

マーステン砲術長の報告を聞き、リチャードソンはBD4の運命が旦夕《たんせき》に迫ったことを悟った。

先に航空雷撃を受け、速力が一一ノットまで低下したところに、更に雷撃を受けたのだ。

足の速いコンゴウ・タイプから、逃げられる道理がない。

「健在な全艦に繋いでくれ。最後の命令を伝える」

リチャードソンはエドワーズ艦長を通さず、直接ブロンディ通信長に命じた。

「どうぞ」との一言を待って、おもむろに下令した。

「太平洋艦隊司令長官より健在な全艦に命じる。全艦、最大戦速で現海面より離脱せよ。落伍した艦を援護する必要はない。自艦のことのみを考え、一人でも多くの将兵を生還させるよう努めよ。以上だ」

リチャードソンが受話器を置いたとき、あたかもそれを待っていたかのように、

「敵戦艦発砲！」

の報告が届いた。

「長官……！」

ゴームリー参謀長やデイトン作戦参謀らが、血の気の引いた顔をリチャードソンに向けた。

逃れようもない死を、目前にした者の顔だった。

リチャードソンは口を開いたが、言葉にならなかった。

敵弾の飛翔音が急速に迫り、直撃弾の衝撃が、大きく傷ついている「コロラド」の艦体を揺るがした。

リチャードソンの最後の命令は、後方五〇浬の海面に展開していた第二任務部隊《TF2》の各艦でも受信されていた。

ＴＦ２司令部では、ＴＦ１の援護に当たった戦闘機クルーの報告と友軍の通信傍受により、ＴＦ１が敗北したらしいこと、全艦が後退しつつあることを、既に把握している。

そこに、太平洋艦隊司令長官直々《じきじき》の命令が届いたのだ。

「これは、ＴＦ２をも対象とした命令でしょうか？」

「レキシントン」艦長スタン・フート大佐は、「サラトガ」から移乗してきた司令官ジョン・Ｈ・ニュートン少将に聞いた。

命令がＴＦ２をも対象としているのであれば、「レキシントン」以下の各艦は現海面より離脱しなければならない。

「健在な全艦と言っている以上、ＴＦ２も含まれると考えるべきだろうが……」

ニュートンの顔には迷いが見えた。

ＴＦ２は、昨日の空母戦で「サラトガ」を失ったとはいえ、他の艦は全て健在だ。

新たな旗艦となった「レキシントン」も、護衛の重巡、軽巡各二隻、駆逐艦一六隻も損傷はない。

ただ、「レキシントン」の搭載機のうち、急降下爆撃機、雷撃機のほとんどは、昨日の戦闘で失われ、戦闘機も数を大きく減じている。

空母としての戦力は、ほぼ喪失したと言っていい。

この状況で、空襲を受けるようなことがあれば、「レキシントン」も「サラトガ」の後を追うことになりかねない。

とはいえ、ＴＦ１の残存艦は、戦場から完全に離脱したとは言い難い。

彼らを見捨てて、ＴＦ２だけが先に引き上げていいものか。ＴＦ１と合流し、損傷艦を援護しつつ後退すべきではないか、とニュートンは考えているのだろう。

「ＴＦ１を待つべきです。状況から考えて、同部隊には多数の損傷艦があり、負傷者も相当数に上るはずです。彼らを置いてはいけません」

参謀長マイケル・ベイツ大佐が発言し、フートも同調した。

「私も同意見です。現在、リチャードソン司令長官は生死不明の状態です。生存がはっきりするまでは、司令官が太平洋艦隊の指揮を代行すべきです」

「日本艦隊がTF1を追って、なだれ込んで来る可能性はないだろうか？」

ニュートンの懸念に、ベイツが答えた。

「イギリス海軍の情報によれば、ヤマモトは慎重な人物であり、深追いを戒《いまし》める傾向にあるとのことです。セイロン島沖海戦でも、イギリス艦隊を徹底的に追撃し、殲滅《せんめつ》するところまではしなかったとか。TF1を、五〇浬も追撃するような真似はしないでしょう」

「いいだろう。諸官の具申に従い、現海面に待機し、TF1を待つとしよう」

——だが、およそ一時間後、彼らはニュートンが最悪の選択をしたと悟ることになる。

現地時間の一二時一四分、レーダーマンのポール・キャリング大尉が、切迫した声で報告したのだ。

「レーダーに反応。敵味方不明機多数。方位二二〇度、距離五〇浬」

フートは、ニュートンやベイツと顔を見合わせた。

現在の状況から見て、味方機ということはあり得ない。敵機が、TF2に接近しつつあるのだ。

「飛行長、戦闘機隊を直ちに発進させろ。ジャップが来る！」

フートは飛行長マイク・ハミルトン中佐を呼び出し、慌ただしく命じた。

「すぐには無理です。戦闘機隊のほとんどは帰還したばかりであり、燃料、弾薬の補給が必要です！」

「なんたることだ……！」

フートは、天を振り仰いだ。

「レキシントン」の艦戦隊は、TF1の援護を終えて帰還したばかりだ。敵機は、最悪のタイミングで出現したのだ。

「燃料、弾薬をすぐに補給し、発進させろ。一機でも二機でも構わん！」

フートは、ハミルトンに怒鳴った。

飛行甲板は、騒然となった。

帰還機のうち、再出撃が可能な機体に慌ただしく燃料、弾薬が補給される。

「不明機との距離、三〇浬……二五浬」

キャリングが、レーダーから読み取った数値を報告する。

戦闘機隊の準備は、遅々として進まない。死刑執行前の秒読みを聞いているようだ。

最初の一機が爆音を轟かせ、飛行甲板上で滑走を始めたとき、

「右一四〇度、敵機。九六陸攻《ネル》です！」

見張員が、絶望的な声で報告した。

双発の爆撃機が、TF2の左右に大きく分かれ、「レキシントン」を包み込むように殺到して来た。

8

「昨日の戦果と合わせて、空母の撃沈は二隻となりました」

「うむ！」

日高の報告を聞いて、山本は満足の声を漏らした。

連合艦隊旗艦「伊勢」の通信室が、鹿屋航空隊指揮官機の報告電を直接受信したのは、一二時丁度《ちょうど》（現地時間一三時）だ。

電文は、

「我、敵空母一ヲ雷撃ス。魚雷五本ノ命中ヲ確認ス。一二〇〇《ヒトフタマルマル》」

と伝えていたが、この時点では、敵空母が沈没に至ったかどうかは分からなかった。

その後、索敵に向かった重巡「高雄」の水上偵察機が、

「敵空母ハ沈没シツツアリ。敵艦隊ハ溺者《デキシャ》救助中ナ

り。一三四二《ヒトサンヨンフタ》」

と報告したところから、敵空母の撃沈確実と判断したのだ。

昨日の戦闘では、第二航空戦隊がレキシントン級空母一隻を撃沈し、今日は第一連合航空隊隷下の鹿屋航空隊、高雄航空隊が、同じくレキシントン級空母一隻を沈めている。

搭乗員出身の参謀としては、我が事のように誇らしかった。

「最終的な戦果はどうなる？」

「撃沈は戦艦七隻、空母二隻、巡洋艦四隻、駆逐艦八隻です。撃破は戦艦二隻、巡洋艦三隻、駆逐艦六隻と判断されます」

山本の問いに、福留参謀長が答えた。

「戦艦七隻」の一語に、特に力が込められているように感じられた。

日本側の戦艦八隻に対し、米側の戦艦は九隻。しかもうち三隻は、日本側が持たない四〇センチ砲搭載艦という不利な条件下にありながら、大戦果を収めたのだ。

日本側は、一時的には追い詰められながら、二航戦の艦爆、艦攻が戦闘に加わったことで逆転した。

敵戦艦のうち五隻は、航空雷撃を受けたため、射撃精度が激減し、巡洋艦、駆逐艦の雷撃が止めを刺した。

二隻は、健在な日本戦艦六隻の集中射撃により沈没に追い込んだ。

日本海海戦に匹敵する大戦果と言っていい。

その海戦に参謀長として参加できたのは、武人《ぶじん》の本懐《ほんかい》です――そんな感情が、福留の声に込められていた。

「我が方の被害は？」

「沈没は、戦艦『山城』『日向』、重巡『摩耶』『衣笠』、駆逐艦『山風《やまかぜ》』『江風《かわかぜ》』『白露《しらつゆ》』『満潮』です。被弾損傷は、本艦と軽巡『最上』『三隈』『神通』、駆逐艦『村雨《むらさめ》』『海風《うみかぜ》』『雷《いかずち》』『電《いなずま》』『曙《あけぼの》』『大潮』との報告が届いております。他に、昨日の『赤城』『加賀』の被害が加わります」

幕僚たちがどよめいた。

米太平洋艦隊の主力を相手取る以上、無傷で済むとは誰も考えていない。

それでも、被害の大きさを具体的な形で示されると、嘆《なげ》かずにはいられなかったようだ。

「『日向』は救えぬか」

山本はため息をついた。

「日向」は、敵の一隊――三五・六センチ砲戦艦四隻から砲火を集中され、複数箇所で火災を起こした上、戦闘・航行不能に陥ったのだ。

「日向」艦長原田清一《はらだせいいち》大佐は、

「鎮火《チンカ》ノ見込ミ立タズ」

との報告を送っている。

連合艦隊は米太平洋艦隊との決戦で、二隻の戦艦を喪失したのだ。

「一連空は、二航戦の艦爆、艦攻と共に、艦隊戦に参加させるべきでしたな」

福留が言った。

一連空は当初、サイパン島に展開して、決戦に参加する予定だったが、サイパンへの移動中に、同地が空襲を受けたため、硫黄島に留め置かれた。

その一連空に対し、山本は、硫黄島からトラックに飛ぶよう命じた。

九六陸攻の航続距離であれば、硫黄島からトラックまで一息に飛ぶことは可能だが、技量の未熟な搭乗員には負担が大きい。

無理な長距離移動による事故や遭難の発生が懸念されたが、幸い一連空の九六陸攻は、一機も損なわれることなく、トラックに到着した。

米軍の侵攻が早く、決戦場がサイパン沖と定められたところから、一連空の任務は、敵空母への攻撃と定められた。

艦隊戦が始まれば、敵空母の戦闘機隊は、水上砲戦部隊の援護に集中しなければならない。必然的に、空母自体の守りは手薄になり、仕留めやすくなると、山本は計算したのだ。

目論見通り、一連空は敵空母一隻撃沈の大戦果を上げたが、同隊に敵戦艦を叩かせれば、太平洋艦隊の全戦艦を仕留めると共に、日本側の損害を抑えられたかもしれない、と福留は考えたようだ。

「トラックからサイパンまでの距離を考えますと、艦隊戦に合わせて一連空を戦場に呼び寄せるのは困難です」

日高は言った。

トラックからサイパン島の東方海面までは、約四〇〇浬の距離があり、九六陸攻の巡航速度では三時間近くを要する。

艦隊戦が生起する時刻を正確に予測し、前もって一連空に指示を出さない限り、陸攻隊の戦場到着は早すぎるか遅すぎるかのどちらかになる、と日高は主張した。

「戦訓の分析は、内地に戻ってからだ」

山本が笑いながら口を挟んだ。

「ああしていればよかった、こうしておけばよかったと悔やんでも、沈んだ艦が浮上するわけではない。失敗は、次の機会に活かせばよいのだ。――ＧＦの長官としては、今回の決戦を最初で最後にしたいと考えているが」

「本海戦の勝利を、講和に結びつけたいとお考えですか？」

「その通りだ」

福留の問いに、山本は大きく頷いた。

海戦の結果、米太平洋艦隊は大規模な作戦行動を起こす能力を喪失した。

戦艦七隻、空母二隻を喪失し、残った主力艦は戦艦二隻のみという状態だ。

連合艦隊も手痛い被害を受けたが、米艦隊に比べれば遥かに小さい。

戦艦の喪失は二隻に留まり、被弾損傷した空母も、修理が可能だ。

米海軍は、大西洋からの主力艦回航を考えるだろうが、米国は独伊との戦いにも備えなければならない。太平洋と大西洋の戦力配分には、政治面の考慮も必要なのだ。

この機を逃さず、米英との交渉を開始すれば、条件次第で講和が可能ではないか、というのが山本の主張だった。

「独伊との盟約には、単独講和を禁止する条項があります」

「分かっている」

福留の言葉に、山本は頷いた。

「しかし、我が国と米国の国力が隔絶《かくぜつ》していることは、皆も知っている通りだ。長期戦になれば、我が国に到底勝算はない。元々私は、対米戦は短期決戦以外にあり得ないと考えていたし、前首相の平沼さんにも、現首相の長谷川さんにも、その旨を申し上げている。米軍に、当分の間来寇不能となるほどの大打撃を与えた今を措《お》いて、講和の機会はないと考えるのだ」

「長官のお考えに異存はありませんが、内外からの激しい抵抗が予想されます。親独一辺倒《いっぺんとう》の陸軍が、長官のお考えを受け容れるとは思えませんし、海軍内部における親独派の抵抗も予想されます」

「長期戦に突入すれば、我が国は必ず亡国の道を辿る。その線で、反対派を説得してみるつもりだ。三国同盟は、滅びを共にするために結んだものではない。独伊と心中《しんじゅう》する義理はない、とな」

(長官の顔がいつもと違う)

山本と福留のやり取りを聞きながら、日高はそのように感じている。

心なしか、山本の顔が、作戦会議や戦闘の指揮を執っているときよりも生き生きして見えるのだ。

勝利を収め、講和の道筋を付ける望みが立ったためかもしれず、本来の領分である政治面の話をしているためかもしれない。

これが、長官の本来の姿なのだろう――と、腹の底で呟いた。

「内地に戻りますか？」

福留の問いを受け、山本は周囲の海面を見渡した。

駆逐艦が、活発に走り回っている。

沈没艦の溺者救助に当たっているのだ。

「山城」や「日向」だけではなく、米軍の沈没艦乗員も分け隔てなく救助していた。

山本は、決定を伝えた。

「日没までは、現海面に留まろう。一人でも多く助けたい」

第六章　新しい段階

1

在スウェーデン日本公使館付陸軍武官船坂兵太郎は、ドイツ公使館に足を踏み入れるなり、大歓迎を受けた。

一等書記官クラスの高級職員から、タイピストの女性まで、誰もが笑顔で握手《あくしゅ》を求めて来る。

「大勝利、おめでとう！」

「歴史的な快挙だ！」

「さすがはトーゴーの後継者だ！」

そんな言葉がかけられ、抱擁《ほうよう》して来る者までいる。

去る一〇月一五日から一六日にかけて、マリアナ諸島サイパン島の東方海上で生起した連合艦隊と米太平洋艦隊の決戦、大本営の公称「サイパン島沖海戦」における大勝利は、中立国のスウェーデンでも大々的に報道され、「ツシマ沖の再現」「大国アメリカの失墜《しっつい》」といった見出しが新聞を飾ったのだ。

ドイツの公使館員は、盟邦の大勝利を、我が事のように喜んでくれている。

（中立国の公使館でこの有様なら、在独大使館の連中は、下にも置かぬ扱いを受けているだろうな）

船坂はそう思いながら、案内された公使館の会議室に入った。

在スウェーデン・ドイツ公使館付陸軍武官ハンス・リーマン中佐が、笑顔で船坂を迎えた。

背はそれほど高くないが、引き締まった肉体と薄いブロンド、青い目の持ち主だ。

鋭角的な顔立ちは、船坂が内地で見知っている、憲兵隊の士官を想起させた。

「サイパン島沖海戦の勝利は、総統閣下も、本国の海軍総司令部も、高く評価している。『実に見事な勝利だ。日本と同盟を結んだ選択は正しかった』と」

「そう言って貰えて嬉しいが、私は陸軍の所属だ。海戦には、直接関与していない」

苦笑しながら、船坂は応えた。

勝利を喜んで貰えるのは有り難いが、帝国海軍に対する賞賛を陸軍軍人の自分が聞かされるのは面《おも》はゆい気がした。

「貴国の陸軍も、フィリピンのアメリカ軍を降伏に追い込んだではないか。海でも、陸でも連戦連勝だ。昨年から今年にかけての、我が軍の快進撃が、太平洋でも再現されたようだ」

在比米軍は、ルソン島西部のバターン半島とコレヒドール島に立てこもり、同地の攻略を担当する第一四軍と対峙《たいじ》していたが、一〇月二二日に降伏した。

彼らは太平洋艦隊の来援を信じ、救援部隊の到着まで籠城する構えを取っていたが、サイパン島沖海戦の敗報を聞いて、戦意を失ったのだ。

在比米軍の降伏により、日本本土と南方資源地帯を結ぶ航路上に立ち塞がっていた敵は、姿を消した。

緒戦において日本が目指した長期持久態勢は、ようやく完全なものとなったのだ。

「盟邦の勝利は喜ばしいが、ドイツ本国には、それを危惧する声もある。サイパン、フィリピンでの勝利を契機として、貴国がアメリカ、イギリスとの単独講和に走るのではないか、と。我が国の在日本大使館からも、日本国内に、講和に向けた動きがあるとの情報が届いている」

リーマンが笑いを消した。

これが、この日の本題であることを、その口調と表情が物語っていた。

（その通りだ）

船坂は、腹の底で呟いた。

義弟の浜亮一海軍中佐が手紙で報せて来たところによれば、連合艦隊司令長官山本五十六大将が海軍大臣や軍令部総長に働きかけ、米英との早期講和を促しているという。

大勝利の立役者《たてやくしゃ》であるだけに、大本営も、政府も、山本の発言を無視できないようだ。

在日ドイツ大使館も、山本の動きを察知し、ドイツ本国に報せたものであろう。

「我が国も一枚岩《いちまいいわ》というわけではない。戦争遂行については、多様な考えがある」

船坂は、慎重に言葉を選びながら応えた。

「だが、三国同盟は国際条約であり、政府に対する拘束力は非常に強い。政府が国際信義にもとる動きはしないと、私は信じている」

「盟邦の一軍人の言葉として受け取っておこう」

リーマンは頷いた。

船坂個人は信頼するが、日本政府を全面的に信用するかどうかは別問題だ、と言いたげだった。

「貴国の戦略はどうなのだ？　貴国がアメリカ、イギリスを講和に踏み切らせることが可能であれば、我が国も貴国と足並みを揃えられるのだが」

今度は、船坂が聞いた。

ドイツはイギリスを屈服させるべく、七月一〇日より英本土への航空攻撃を開始し、連日のようにイギリス本土の空軍基地やロンドンの市街地に爆撃を加えた。


一方イギリス空軍も、スーパーマリン・スピットファイア、ホーカー・ハリケーンといった戦闘機隊によって抗戦し、戦況は一進一退《いっしんいったい》を繰り返した。

ドイツ政府は、セイロン島沖海戦における日本海軍の勝利を讃え、

「イギリス国民の士気《しき》は大いに低下している。今こそイギリスを屈服させる好機だ」

と宣伝に利用したが、大英帝国首相ウィンストン・チャーチルも、

「『ネルソン』『ロドネイ』の仇を討て！」

「インド洋艦隊の犠牲を無駄にするな！」

との合い言葉で、国民に忍耐と団結を呼びかけた。

七月二六日に米国が参戦すると、イギリス本土を巡る航空戦は更に激化した。

ドイツ総統アドルフ・ヒトラーは、

「アメリカがやって来る前に、イギリスを屈服させるのだ」

と空軍を督戦《とくせん》しただけではなく、イギリス本土進

攻作戦のため、フランス、ベルギー、オランダに陸軍部隊を待機させた。

大発の設計図を元に開発された揚陸艇も、多数が準備され、ヒトラーの命令を待った。

一方チャーチルは、

「もう少し待てば、アメリカ軍がやって来る。今こそ、イギリス国民の底力を見せるときだ」

と、国民と空軍を激励した。

最終的に、この戦いにはイギリス軍が勝った。

ドイツ空軍は戦力の消耗に耐え切れず、イギリス本土上空の制空権奪取を断念したのだ。

制空権の奪取に失敗した以上、イギリス本土への上陸はできない。

ヒトラーはイギリス本土上陸作戦を中止し、ドイツは大陸欧州の囲い込みへと戦略を転換している。

米英連合軍の反攻に備え、フランス、ベルギー、オランダ等の大西洋岸に要塞築城《ようさいちくじょう》を開始したのだ。

東方では、エジプトやギリシャに対するイタリア軍の進攻作戦に協力し、装甲部隊を派遣している。

ただ、これらが講和の決め手になるとは、船坂には思えなかった。

「ヒトラー総統が、ナポレオンに倣う可能性はないだろうか？」

船坂は、以前からの懸念について尋ねた。

フランス皇帝ナポレオン・ボナパルトが強行したロシア遠征が、見るも無惨な敗北に終わり、ナポレオンが没落するきっかけとなったことは、よく知られている。

ヒトラーが、ナポレオンと同じ道を歩む可能性はないか。

元々ヒトラーの目的は、著書『我が闘争《マイン・カンプ》』にも書かれている通り、ドイツの東方、すなわちヨーロッパ・ロシアを併呑《へいどん》し、ゲルマン民族の生存圏《レーベンラウム》を確保することだ。

フランスを始めとする西欧の国々の占領は、ヒトラーの本来の目的ではない。

ヒトラーが英国に背を向け、本来の目的であるソ連に攻め込む可能性も考えられるのではないか。

リーマンは、言下《げんか》に答えた。

「あり得ない。総統閣下は大胆な政策を実行されるが、無謀ではない。アメリカとソ連の両方を同時に敵に回すような真似はなさらないだろう」

現在、ソ連は中立を守っており、表面上は枢軸国との友好関係を保っているが、日本も、ドイツも、万一の事態に備え、国境に兵力を展開させている。

ソ連が野心に駆られ、連合国に加わるようなことがあれば、ドイツのみならず、日本も破滅だ。

シベリア鉄道が断ち切られ、ドイツの技術が手に入らなくなるだけではない。太平洋に米国、大陸にソ連と、東西に巨大な敵を抱えることになる。

米国が参戦した今、ソ連だけは何があっても敵に回してはならない。

その点については、日独の考えは一致するはずだ。

「主敵はあくまで、アメリカとイギリスということだな？」

確認を求めた船坂に、リーマンは頷いた。

「主敵はイギリスだ。同国が屈服すれば、アメリカは戦争の大義名分を失う」

「大西洋岸の要塞構築とエジプトへの進攻だけでは、充分とは言えまい。他にも、策があるのではないか？」

リーマンは少し考え、ニヤリと笑った。

「今の時点では詳しいことは明かせないが、一つだけ、ヒントを教えよう。総統閣下は、友情に厚い方でね。統領《ドゥーチェ》の夢をかなえて差し上げたいと考えておられる」

2

一一月九日早朝、地中海の西側出入り口付近にあるジブラルタルに、一群の艦船が接近しつつあった。

ジブラルタルはイギリスが海外に持つ領土の一つ

であり、一九四〇年一一月現在は、イギリス海軍北大西洋部隊、通称「H部隊」が展開している。

地中海への侵入を図るドイツ海軍のUボートや、大西洋への進出を目論むイタリア海軍の艦艇に目を光らせる他、ジブラルタル海峡を通過するイギリス国籍艦船の護衛も担っている。

この日、ジブラルタルに接近して来た船団は、輸送船一〇隻、護衛の巡洋艦一隻、駆逐艦六隻から成っており、H部隊や同地の飛行場に展開する空軍部隊への補給物資を満載していた。

「艦長、ジブラルタルまで一二浬です」

護衛に当たる駆逐艦の一隻「ヘイスティ」の航海長を務めるピーター・デミル中尉が、艦長アラン・キスリング少佐に報告した。

「あと二時間か」

キスリングは左舷側に顔を向け、二列の複横陣《ふくおうじん》を作って航行する船団を見やった。

七隻の護衛艦艇は、旗艦「カルカッタ」が先頭に立ち、駆逐艦が三隻ずつに分かれて、左右に張り付いている。

水上砲戦になれば、三〇ノット以上の高速で洋上を疾駆《しっく》できるが、今は輸送船に合わせて、六ノットで航行している。

積み荷を満載した輸送船は、船足《ふなあし》が非常に遅い。機関出力を目一杯振り絞っても、八ノットがせいぜいだ。

Uボートはイギリス本土とアメリカ合衆国を結ぶ大西洋上の航路を襲うことが多く、地中海で襲撃を受けた艦船は少ないが、事例はゼロではない。

イタリア海軍の潜水艦も、ジブラルタルやマルタ島近海に出没し、イギリス軍の艦船を狙って来る。

入港までは、気を抜けなかった。

船団はイベリア半島の南岸に沿って、東北東に航行している。

起伏に富んだ半島の大地が、左に遠望される。

内陸はうっすらとした緑に覆われているが、海面付近は岩肌《いわはだ》が剝き出しになっているところが多い。長年、海水による浸食《しんしょく》を受けた海岸が、荒々しい地肌を見せている。

一時間ほどが経過したところで、左前方に湾が見えて来た。

イベリア半島南部のジブラルタル湾だ。

南北約五・四浬、東西約四・三浬の大きさを持ち、馬蹄《ばてい》のような形状を持つ。

目指すジブラルタルは、その東岸に位置していた。

「湾内に入れば安心だな」

キスリングはひとりごちた。

ジブラルタル湾内では、駆潜艇、哨戒艇等、多数の対潜用艦艇が、常時哨戒を行っている。Uボートであれ、イタリア軍の潜水艦であれ、湾内への侵入どころか、湾口に近づくことさえできない。

開戦後の間もない時期、本国艦隊の母港スカパ・フローに侵入したUボートによって、戦艦「ロイヤル・オーク」が撃沈されるという事件もあったが、以後、主要港湾周辺の対潜警戒態勢は著しく強化されたのだ。

「大英帝国海軍は、無敵でも万能でもない。だが、同じ失敗を繰り返すほど愚かでもない」

キスリングが口中で呟いたとき、通信室から泡を食った声で報告が飛び込んだ。

「ジブラルタル基地より緊急信。『敵味方不明機多数、貴方ニ接近中』であります！」

「何だと⁉ 方位と距離は？」

キスリングは、半ば反射的に聞き返した。

「当隊よりの方位一五〇度、距離三〇浬！」

「馬鹿な！ そのようなところに、ドイツ軍の飛行場が――」

あるはずがない、と言いかけて、キスリングはあることに思い至った。

方位一五〇度にあるのは、フランス領モロッコだ。そのフランスは、現在ドイツ軍の占領下に置かれている。ナチス・ドイツにモロッコへの進駐《しんちゅう》を要求されて、拒否できる立場ではない。

ドイツ軍はイギリス軍の知らぬ間に、モロッコに軍を送り込み、飛行場を建設していたのではないか。

「旗艦より命令。『全艦、対空戦闘準備。各艦、射程内に入り次第射撃開始』」

「対空戦闘、配置に付け。敵機が来る！」

新たな報告を受け、キスリングは大声で命じた。

「ヘイスティ」のクルーが、殺気をはらんで動き始めた。

ラッタルの昇降音、通路を駆け抜ける靴音が響き、命令と復唱が交わされる。一二センチ単装砲と一二・七ミリ四連装機銃が右舷上空に向けられ、発砲準備を整える。

護衛部隊の旗艦「カルカッタ」も、六隻の駆逐艦も、急速に戦闘準備を整えてゆく。

一〇隻の輸送船も、例外ではない。船尾の備砲に砲員が取り付き、砲身を上向けている。

自分たちの船は自らの手で守るのだ、との気概を感じさせた。

「レーダーがあれば……！」

キスリングは歯噛《はが》みをした。

対独開戦後、イギリス海軍は各艦に急ピッチで291型対空レーダーの装備を進めたが、全ての艦に行き渡るまでにはどうしても時間がかかる。

今回は、未装備の艦のみで護衛部隊を編成したため、ジブラルタル基地のレーダーに頼るという無様なことになってしまった。

もっとも、全艦が対空レーダーを装備していたとしても、最大八ノットでしか航行できない船団を敵機から守るのは至難だったかもしれないが――。

「敵機です。右一二〇度、高度三〇〇フィート！」

早くも敵機が視界内に入ったのだろう、射撃指揮所から報告が入った。

「低空からの肉迫攻撃か」

キスリングは、敵の戦術を悟った。

高度三〇〇フィートは、海面に張り付くような低高度だ。レーダーでの探知も難しい。

敵機が三〇浬に近づくまで発見できなかったのも、敵が低空からの攻撃を選んだためであろう。

キスリングは、右舷側に双眼鏡を向けた。

海面付近に、敵の機影が見えた。最初は黒い点の集まりにしか見えなかったが、距離が詰まるにつれて拡大する。

速度性能は高い。爆撃機というより、戦闘機の動きのように見える。

「敵機はＪｕ88！　機数約四〇！」

「ユンカースの双発機か」

新たな報告を受け、キスリングは軽く唇を舐めた。

ユンカースの爆撃機はＪｕ87〝スツーカ〟が有名だが、艦船にとってはＪｕ88の方が脅威だ。速度性能、運動性能が共に高く、爆弾の搭載量も大きい。水平爆撃の他、急降下爆撃や雷撃もこなせるという。

その機体が今、一〇隻の輸送船団と七隻の護衛艦艇に襲いかかって来たのだ。

「砲術、射程内に入り次第、射撃開始」

「射程内に入り次第、射撃開始します」

キスリングの指示に、砲術長ハリー・マークス大尉が復唱を返した。

「砲術より艦長。射撃開始します」

マークスが報告すると同時に、「ヘイスティ」の艦上に砲声が轟いた。

やや遅れて、後方に位置する駆逐艦「ヒーロー」「ホットスパー」も撃ち始め、隊列の先頭を守る旗艦「カルカッタ」も砲撃を開始した。

Ｊｕ88の前方に、左右に、多数の爆発光が閃き、黒煙が湧き出す。

一機が左主翼から火を噴いて海面に突っ込み、その後方にいた一機がコクピットに被弾したのか、火も煙も噴き出すことなく墜落する。

他のＪｕ88は、僚機の被弾・墜落も、一二センチ砲弾の炸裂もものともしない。速力を落とさず、編隊を崩すこともない。

爆煙をプロペラに巻き込み、後方に吹き飛ばし、爆音を轟かせながら突っ込んで来る。

更に一機のＪｕ88が火を噴くが、敵機の第一波は、もう間近に迫っている。

砲声に加えて機銃の連射音が響き、青白い火箭が宙に翔上がる。一二・七ミリ四連装機銃が、射撃を開始したのだ。

だが――。

「防ぎ切れん……！」

キスリングは呻き声を発した。

一機、二機といった数は墜とせても、全機の阻止はできない。僅か七隻の護衛艦艇で、防ぎ切れる数ではない。野牛の暴走を、素手《すで》で押しとどめようとするようなものだ。

Ｊｕ88は、護衛艦艇には目もくれなかった。爆音を轟かせながら、「ヘイスティ」や「ヒーロー」の頭上を通過した。

輸送船の船上からも射弾が浴びせられるが、それに捉えられるＪｕ88はない。速力を緩めることなく、船団の左方へと抜ける。

船団のただ中で、続けざまに爆炎が躍り、外れ弾が飛沫を噴き上げた。

船橋《せんきょう》に直撃弾を受けた輸送船がよろめき、上甲板に被弾した輸送船からは火焔が噴き上がる。

複数の爆弾を同時に受けた輸送船は、黒煙に包まれてその場に停止し、貯油タンクを破壊された油槽《ゆそう》船《せん》からは、重油が周囲の海面に広がり始める。

第一波で四隻が被弾し、炎と黒煙は地中海の空を焦がし始めた。

「第二波が来るぞ！」

キスリングは、マークス砲術長に注意を喚起した。

被弾した船は、今更どうしようもない。今できることは、敵の第二波から残存する六隻を守ることだ。

マークスが「了解！」と返答したとき、誰も予想しなかったことが起きた。

「う、右舷雷跡！」

艦橋見張員が、悲鳴じみた声で叫んだのだ。

キスリングは、両目を大きく見開いた。報告された通り、何条もの雷跡が右正横に見えた。

「面舵一杯！」

「面舵一杯。宜候！」

キスリングの命令を受けた操舵員が舵輪を回す。

若干の間を置いて、「ヘイスティ」が艦首を右に振り始めるが、このときにはＪｕ88の第二波が突撃を開始しており、雷跡も間近に迫っている。

ドイツ軍は、航空機と潜水艦の同時攻撃を加えて来たのだ。

Ｊｕ88の第二波が「ヘイスティ」の頭上を通過した直後、魚雷命中の衝撃が突き上がった。

キスリング以下の全員が弾け飛び、艦橋の側壁や海図台、計器盤に叩き付けられた。キスリングも内壁に頭を打ち付け、気を失った。

指揮官を失った「ヘイスティ」の艦内に、緊急事態を告げる警報《アラーム》が鳴り響く中、機関が停止し、艦は黒煙を噴き上げながら、その場に停止する。

このときにはＪｕ88が投弾を終え、新たに被弾した輸送船が、炎と黒煙に包まれている。

無事な輸送船は一隻も残っていない。

全ての輸送船が、直撃弾を受けて炎上するか、護衛艦艇の間をすり抜けた魚雷に下腹を抉られて沈みかかっている。

輸送船の右舷側を守っていた「ヘイスティ」以下の三隻も被雷し、炎上していた。

残存する三隻の駆逐艦が、ジブラルタル湾口から駆け付けて来た駆潜艇や哨戒艇と共に、対潜戦闘を開始する。

湾口の沖に、爆雷が次々と投げ込まれ、海中で爆発が続けざまに起こるが、艦体破壊音が確認されることも、ディーゼル燃料の軽油が浮かんで来ることもない。

Ｕボートは混乱に紛れて、いち早く遁走したようだった。

後に「ジブラルタルの惨劇」と呼ばれるこの日の戦闘が、地中海の出入り口を巡る攻防戦の始まりだった。

3

「爆音が聞こえます。本艦の右後方！」

航海士を務める大林三郎《おおばやしさぶろう》少尉が、緊張した声で叫んだ。

伊号第五四潜水艦長柴田源一《しばたげんいち》中佐は、司令塔の上で身体を入れ替え、艦の右後方に耳を澄ませた。

若干の間を置いて、爆音が聞こえ始める。

一機、二機といった数ではない。かなりの規模の編隊を思わせる。

「クェゼリンの要塞化を進めるつもりかな？」

柴田は、艦の前方に視線を戻して呟いた。

伊五四の現在位置は、クェゼリン環礁の北端にあるルオット島の北三〇浬だ。

米国領ウェーク島とクェゼリンを結ぶ空路の真下にあり、ウェークからクェゼリンへの増援があれば、すぐに察知できる。

一〇月一五日のサイパン島沖海戦以来、太平洋の戦場では、大きな動きはない。

連合艦隊は、マリアナに来寇した米太平洋艦隊に大打撃を与えて撃退したものの、日本側の被害艦艇も多く、多数の艦がドック入りを余儀なくされた。

大本営としては、サイパン沖の勝利に引き続いて、マーシャル諸島の奪回にかかりたいところだが、連合艦隊は当分の間身動きが取れない。

そこで海軍は、マーシャル諸島の主立った拠点に潜水艦を送り込み、米軍の動向監視に当たらせると決めたのだ。

伊五四が所属する第四潜水戦隊は、クェゼリンの監視を担当しており、伊五四は、僚艦の伊号第五三、五五潜水艦と交替で、同地を見張っていた。

現在の時刻は、一二月一一日の二〇時三四分（現地時間二三時三四分)。

月齢は一二であり、満月にやや欠けた月が、海面に柔らかい光を投げかけている。

伊五四は浮上しているが、敵機が海面付近まで舞い降りて来ない限り、発見される危険は少ない。

「周囲の海面を見張れ。俺は、敵機を観測する」

柴田は、司令塔上に上がっている三人の乗員に命じ、自身は右後方に双眼鏡を向けた。

爆音は、次第に近づいて来る。距離を詰めると同時に、高度を下げているのだ。

おそらく、クェゼリン本島かルオット島の飛行場に降りるつもりであろう。

(人の飛行場を、好き勝手に使いやがって)

柴田は舌打ちした。

クェゼリン環礁の飛行場は、日本艦隊の設営部隊が建設したものだ。

内地の飛行場ほど設備が整ったものではないが、きちんと整地して滑走路を整え、付帯設備も建設し、九六陸攻数十機を運用可能な飛行場を完成させた。

それが今では、米軍のものになっている。

隆起珊瑚礁《さんごしょう》の島をきちんと整地した設営部隊の苦労を思うと、忌々しさがこみ上げる。

連合艦隊の戦力が回復したら、必ず奪回してやる
――その言葉を心中で敵に投げかけ、柴田は観察を続けた。

ほどなく、敵機の標識灯が見えた。

柴田は敵の規模を見極めるべく、双眼鏡を前後左右に動かした。

「あれは……!」

柴田の口から、唸り声が漏れた。

機数は、さほど多くない。三、四〇機といったところだ。

だが、機体はかなり大きい。現時点における帝国海軍最大の機体である九七式飛行艇と比べても、遜色ないように思える。

「四発の重爆か!」

その可能性に、柴田は思い至った。

盟邦ドイツでも、米英でも、四発重爆撃機の開発を進めており、既に実戦部隊への配備も始まっているという。

米国が、四発重爆を太平洋に投入しても不思議はない。

山本連合艦隊司令長官は、サイパン島沖海戦の勝利を講和に結びつけるべく、政府に働きかけているというが、米国に応じるつもりはさらさらない。

彼らはマーシャルに四発重爆を配備し、新たな攻勢に出ようとしているのだ。

「通信、四潜戦司令部に打電。『敵四発重爆ノ編隊見ユ。位置、〈ルオット〉ヨリノ方位〇度、三〇浬。二〇《フタマル》敵機ハ〈クェゼリン〉ニ着陸セルモノト認ム。二〇四六《ヨンロク》』」

柴田は伝声管《でんせいかん》を通じ、通信長荒川健作《あらかわけんさく》中尉に命じた。

四発重爆の編隊は爆音を轟かせながら、伊五四の頭上を通過してゆく。

真下にいる潜水艦に気づいた様子はない。

通報されても構わない。存在を知られたところで、日本軍に対処する手段などありはしないのだ――そんな傲慢《ごうまん》さを感じさせた。

やがて標識灯も、四発重爆の影も、伊五四の司令塔からは見えなくなり、爆音も闇に溶け込むように消えた。

柴田は身じろぎもせず、しばし四発重爆が降りたであろうクェゼリンの方角を見つめていた。


【第三巻に続く】

ご感想・ご意見は
下記中央公論新社住所、または
e-mail：cnovels@chuko.co.jpまで
お送りください。

C★NOVELS

烈火《れっか》の太洋《たいよう》2
――太平洋艦隊急進《たいへいようかんたいきゅうしん》

2021年10月25日　初版発行

著　者　横《よこ》山《やま》信《のぶ》義《よし》
発行者　松田陽三
発行所　中央公論新社
〒100-8152　東京都千代田区大手町1-7-1
電話　販売 03-5299-1730　編集 03-5299-1930
URL http://www.chuko.co.jp/

DTP　平面惑星
印　刷　三晃印刷（本文）
大熊整美堂（カバー・表紙）
製　本　小泉製本

Published by CHUOKORON-SHINSHA, INC.
Printed in Japan　ISBN978-4-12-501440-1 C0293

烈火の太洋 1

セイロン島沖海戦

横山信義

昭和一四年ドイツ・イタリアとの同盟を締結した日本は、ドイツのポーランド進撃を契機に参戦に踏み切る。連合艦隊はインド洋へと進出するが、そこにはイギリス海軍の最強戦艦が――。

ISBN978-4-12-501437-1 C0293　1000円　　カバーイラスト　高荷義之

荒海の槍騎兵 1

連合艦隊分断

横山信義

昭和一六年、日米両国の関係はもはや戦争を回避できぬところまで悪化。連合艦隊は開戦に向けて主砲すべてを高角砲に換装した防空巡洋艦「青葉」「加古」を前線に送り出す。新シリーズ開幕！

ISBN978-4-12-501419-7 C0293　1000円　　カバーイラスト　高荷義之

荒海の槍騎兵 2

激闘南シナ海

横山信義

「プリンス・オブ・ウェールズ」に攻撃される南遣艦隊。連合艦隊主力は機動部隊と合流し急ぎ南下。敵味方ともに空母を擁する艦隊同士――史上初・空母対空母の大海戦が南シナ海で始まった！

ISBN978-4-12-501421-0 C0293　1000円　　カバーイラスト　高荷義之

荒海の槍騎兵 3

中部太平洋急襲

横山信義

集結した連合艦隊の猛反撃により米英主力は撃破された。太平洋艦隊新司令長官ニミッツは大西洋から回航された空母群を真珠湾から呼び寄せ、連合艦隊の戦力を叩く作戦を打ち出した！

ISBN978-4-12-501423-4 C0293　1000円　　カバーイラスト　高荷義之

表示価格には税を含みません